Sandra Scott

Marcs Tagebuch

Erotischer Roman

www.blue-panther-books.de

BLUE PANTHER BOOKS TASCHENBUCH
BAND 2194
1. AUFLAGE: NOVEMBER 2013

VOLLSTÄNDIGE TASCHENBUCHAUSGABE
ORIGINALAUSGABE

UMSCHLAGGESTALTUNG: WWW.HEUBACH-MEDIA.DE
GESETZT IN DER TRAJAN PRO UND ADOBE GARAMOND PRO
PRINTED IN GERMANY
ISBN 978-3-86277-339-8
WWW.BLUE-PANTHER-BOOKS.DE

Am späten Abend

Die kleine Praxis lag scheinbar in völliger Stille. Nur schwach drang der Schein der Straßenlaternen durch die Gardinen an den Fenstern. Im kleinen Wartezimmer mit den gemütlichen, altmodischen Sesseln lagen Zeitschriften und Ratgeber in unordentlichen Stapeln auf dem runden Beistelltisch. Der Kleiderständer war verwaist bis auf eine bedruckte Stofftasche, die ein Patient dort vergessen hatte. Im Eingangsbereich und im Flur knackte das helle Echtholzparkett leise, als die Hitze des Tages nach und nach der Kühle des späten Abends wich.

Die Tür zum Büro war nur angelehnt. Ein schwacher Lichtschein schimmerte durch den Spalt und fiel auf das Parkett im Flur. Und dann war da plötzlich noch etwas anderes, das durch den Türspalt drang: ein leises, aber beharrliches Brummen, wie von dem Vibrationsalarm eines Mobiltelefons, der auf Dauerbetrieb lief.

Im Schein einer Schreibtischlampe saß Doktor Victoria Summer hinter ihrem wuchtigen, antiken Schreibtisch aus dunklem Holz. Sie war ganz und gar in die Lektüre des schmalen Buches vertieft, das vor ihr auf der ordentlich aufgeräumten Tischplatte lag. Ihre langen roten Haare fielen ihr ins Gesicht und schimmerten im Licht der Lampe wie Strahlen aus Feuer.

Victoria Summer stieß einen tiefen Seufzer aus, während sie mit der rechten Hand das Buch umblätterte. Die linke Hand befand sich unter der Schreibtischplatte. Zwischen ihren

Fingern hielt sie die Ursache des Brummens: einen kleinen, violetten Vibrator, den sie unter ihren hochgeschobenen Rock zwischen ihre Schenkel bugsiert hatte und langsam in ihrer feuchten Spalte vor und zurück bewegte.

Victoria Summer war Psychotherapeutin und lebte für ihren Beruf. Den größten Teil ihres Lebens verbrachte sie in ihrer kleinen Praxis, und selbst wenn sie sich in ihrer Wohnung aufhielt, beschäftigte sie sich meistens mit der Arbeit. Ihr Privat- und insbesondere ihr Intimleben waren bereits seit einiger Zeit so gut wie nicht mehr existent. Und jetzt dieses Buch …

Einer ihrer Patienten, ein junger Mann namens Marc Turner, hatte es, auf ihre Anregung hin, geschrieben. Sie hatte geglaubt, dass es ihm helfen würde, seine Gedanken zu ordnen. Er sollte aufschreiben, was er erlebte und was er dabei fühlte und dachte – nur für sich, niemand sonst sollte es jemals lesen.

Doch dann war Marc von seinem Aufenthalt in Spanien zurückgekehrt und hatte laufend zweideutige Andeutungen gemacht, die Victorias Neugier geweckt hatten. Als er ihr dann sein Tagebuch anbot mit dem Wunsch, sie möge ihm doch bitte mitteilen, was sie davon hielte, hatte ihre Neugier gesiegt.

Die Wirkung der Lektüre hatte nicht lange auf sich warten lassen. Marc hatte die amourösen Abenteuer, die er im Ausland erlebt hatte, sehr explizit und ausführlich beschrieben. Sie hatte sich glücklicherweise an ihren kleinen violetten Freund erinnert, der aus einer Zeit stammte, in der sie sexuell noch wesentlich aktiver gewesen war, und der seit Jahren irgendwo tief vergraben in der untersten Schublade ein trostloses und vergessenes Dasein gefristet hatte. Batterien hatte sie auch auftreiben können und dann hatte sie den Vibrator seiner zweckmäßigen Bestimmung zugeführt.

Gierig sog Victoria Wort für Wort und Satz für Satz in sich

auf, fieberte dem Höhepunkt der Szene, die sie gerade las, entgegen. Und dann durchzuckte sie ein wilder Orgasmus, und ein kehliges Stöhnen löste sich von ihren Lippen.

Victoria nahm den Vibrator weg und gönnte ihrer erhitzten Muschi einige Minuten Ruhe, während sich ihr Atem langsam beruhigte. Doch sie legte das Spielzeug nicht fort, sondern blätterte die Buchseite um und las weiter. Sie hatte das dumpfe Gefühl, dass dies nicht ihr letzter Höhepunkt des Abends sein sollte.

Sie schätzte kurz die Dicke des Tagebuches ein. Auf ihrem geistigen Notizzettel vermerkte sie: *Ich brauche mehr Batterien.*

»Verlangen«
Die Internet-Story
mit dem Gutschein-Code
SC1TBFPWM
erhalten Sie auf
www.blue-panther-books.de
diese exklusive Zusatzgeschichte als E-Book
in den Formaten PDF, E-PUB und Kindle.
Registrieren Sie sich einfach online oder
schicken Sie uns die beiliegende
Postkarte ausgefüllt zurück!

4. Juni

Wie beginnt man seinen ersten Tagebucheintrag? Auf keinen Fall mit »liebes Tagebuch«, das ist klar. Ich sinke nicht so tief, dass ich ein Buch wie eine Person anspreche.

Vielleicht mit einer Vorstellung? Also schön, mein Name ist Marc Turner, ich bin 27 Jahre alt und komme aus London. Beruflich … Nein, das ist doch lächerlich! Was soll das? Niemand außer mir wird dieses Tagebuch jemals lesen.

Ich habe noch nie ein Tagebuch geführt und ich sehe auch jetzt keinen Sinn darin. Aber Doktor Summer hält es für eine gute Maßnahme, wenn ich meine Gedanken aufschreibe. Das ist alles Teil der Therapie. Genauso wie meine Reise nach Barcelona.

Also sitze ich hier und schreibe, statt aus dem Fenster des Flugzeuges zu sehen und die Landschaft unter mir zu betrachten. Eigentlich habe ich keine Lust und auch keinen Nerv dafür, jetzt einen ellenlangen Roman zu verfassen. Aber irgendwann muss ich damit anfangen und jetzt erscheint mir ein guter Zeitpunkt, ehe mich mein Abenteuer in Beschlag nimmt.

Mein Abenteuer. Meine Auszeit. Ich habe ihnen gesagt, dass ich keine Auszeit brauche. Ich habe ihnen gesagt, dass mein Zusammenbruch – mir fällt kein besserer Name dafür ein – nichts mit Stress zu tun hatte. Ich habe es meinen Eltern gesagt. Meinem Chef. Meiner Therapeutin. Keiner wollte es hören.

Aber ich will mich nicht beschweren. Sechs Wochen lang in einem anderen Land, in einer anderen, aufregenden Stadt

– bezahlt von meinem Chef. Ich habe keinen Grund, mich zu beklagen und will versuchen, die Zeit zu genießen, auch wenn ich überzeugt davon bin, sie nicht zu brauchen.

Barcelona – schon der Klang des Wortes lässt es in meinem Bauch kribbeln. Was für eine Stadt! Ich war schon einmal hier, für einen Kurzurlaub, und habe mich ein bisschen in die Stadt verliebt. Ich freue mich auf die Gelegenheit, hier sechs Wochen zu verbringen und die Teile der Stadt kennenzulernen, die dem gewöhnlichen Touristen verschlossen bleiben.

Ist es Zufall, dass mein Chef ausgerechnet eine Reise hierher vorschlug? Oder Schicksal? Eigentlich glaube ich nicht an Schicksal. Ich soll hier ein Forschungsinstitut besuchen und helfen, die Experimente dort mit unserer eigenen Forschung zu koordinieren. Wir beide, mein Chef und ich, wissen, dass das allenfalls drei Wochen in Anspruch nehmen wird, selbst wenn ich mir Zeit lasse. Er hat trotzdem einen sechswöchigen Besuch rausgeschlagen – meinetwegen.

Jetzt muss ich es doch schreiben: Ich mache gerade meine Doktorarbeit. Hirnforschung. Um genauer zu sein, messe ich die Gehirnaktivität von Ratten, während sie sexuell stimuliert werden. Klingt ziemlich abgefahren, aber eigentlich ist es eine ganz bodenständige Grundlagenforschung, wenn ich es mit einigen anderen Themen vergleiche, von denen ich schon gehört habe. Vor kurzem hat unsere Arbeitsgruppe eine Kooperation mit einer Forschungseinrichtung in Barcelona begonnen: Die Leute hier wollen die gleichen Beobachtungen, die wir anhand der Rattengehirne gemacht haben, jetzt an Menschen wiederholen. Ich bin ehrlich gesagt schon sehr gespannt darauf, wie man das praktisch umsetzt. Schließlich geht es darum, dass Freiwillige sich in eine klaustrophobisch enge Röhre legen, während ein überdimensionierter Magnet um sie herum einen fürchterlichen Krach produziert, und dabei sexuell erregt werden sollen. Wie soll das …

***

Nachtrag:

Entschuldigung, ich bin unterbrochen worden.

Ach, Mist. Der zweite Eintrag und schon ist es soweit: Ich entschuldige mich bei einem Tagebuch!

Egal.

Ich musste leider mit dem Schreiben aufhören, weil das Flugzeug plötzlich in einige leichte Turbulenzen geriet, und dann begann auch schon der Landeanflug. Ich musste mich zwingen, nicht die Augen zu schließen und mich in die Armlehnen zu krallen – ich fliege nicht allzu gern und das Wissen, dass mich nur ein dünner Metallboden von tausend Metern freiem Fall trennt, hilft mir nicht gerade, mich zu entspannen. Aber den Ausblick hätte ich nicht verpassen mögen.

Wir flogen geradewegs an der Küste entlang und am Fenster glitt die Stadt vorbei. Ich erkannte Barcelonas Hafen mit der Kolumbus-Statue, den metallenen Fisch, der sich über den *Port Olímpic* erhebt, die berühmte *Rambla,* die Barcelonas Altstadt mit ihren engen, verwinkelten Gassen in der Mitte durchteilt, und den *Montjuic,* den Hausberg der Stadt, auf dem die alte Festung über Stadt und Hafen wacht.

Dann ging das Flugzeug in eine Kurve und ich sah nur noch Wasser, weil wir den Flughafen geradewegs vom Meer aus anflogen. Unter mir rauschten die Küste und anschließend ein Industriegebiet vorbei, dann tauchte auch schon das Flugfeld auf, und nur Augenblicke später setzten die Fahrwerke sanft auf der Landebahn auf.

Durch den engen Schlauch drängten die Passagiere aus dem Flugzeug. Ein sauberes, lichtdurchflutetes Terminal mit endlosen Reihen rotbrauner Stühle erwartete mich. Ich ließ mich von der Menge weiterspülen, an Abfluggates, weiteren Sitzreihen und Toiletten vorbei, bis wir über eine kurze Treppe die Gepäckhalle erreichten. Zwanzig Minuten später zog ich meinen schweren Koffer hinter mir her ins Freie. Vor dem Flughafen standen Palmen und heiße Sommerluft wehte mir ins Gesicht.

Einige Augenblicke stand ich einfach nur da und genoss die Sonne auf meiner Haut. Vor weniger als drei Stunden war ich in London ins Flugzeug gestiegen, bei circa zwölf Grad Außentemperatur und einer dichten, seit Tagen nicht aufbrechenden Wolkendecke am Himmel. Jetzt war ich im Sommer angekommen! Ich schälte mich aus meiner Regenjacke, die ich hoffentlich in den nächsten sechs Wochen nicht mehr brauchen würde, packte meinen Koffer und machte mich auf die Suche nach dem *Aerobus,* der mich in die Innenstadt bringen sollte.

***

Eine knappe halbe Stunde später stieg ich am *Plaça de Catalunya* aus dem blauen Bus und blickte mich suchend um. Meine zukünftige Kollegin, und gleichzeitig Mitbewohnerin, Isabelle, wollte mich hier treffen. Sie stand am Anfang ihrer Doktorarbeit in dem Institut, das ich besuchte, und hatte, als ich nach einer passenden Unterkunft suchte, ein Zimmer in ihrer WG angeboten. Sie hatte mir versprochen, vor dem Springbrunnen auf mich zu warten. Die Frage war jetzt nur: vor welchem? Es gab zwei völlig gleich aussehende große Brunnen an zwei Ecken des Platzes eingebettet in ein Meer aus Blumen. Ich näherte mich demjenigen, der näher lag – und da sah ich sie, mit einem Schild in der Hand, auf dem mein Name stand.

Mit ihren langen goldblonden Locken und dem weißen Sommerkleid, das sie trug, sah sie aus wie ein Engel – ein wunderschöner Engel, muss ich hinzufügen, mit einer umwerfenden Figur, endlosen, schlanken, gebräunten Beinen und einer beeindruckenden Oberweite. Die Struktur ihres BHs zeichnete sich deutlich unter dem Kleid ab und ich ertappte mich dabei, sie mit den Augen auszuziehen. Ihr Körper musste umwerfend aussehen! Verdammt, ich habe einfach schon viel zu lange keinen Sex mehr gehabt! Ich sah in ihr schönes, herzförmiges Gesicht, dem die Sommersprossen auf ihrer Nase eine gewisse Niedlichkeit verliehen, und stellte mir unwillkürlich vor, wie es sich vor Lust verzerren würde, wenn ich es ihr besorgen würde. Auch jetzt lassen mich diese Bilder nicht los. Im Grunde eine ziemlich absurde Vorstellung, denn ich kenne mich schließlich: Ich bin viel zu zurückhaltend und schüchtern. Außerdem ist Isabelle wohl eindeutig eine Klasse zu hoch für mich. Am besten, ich schlage mir das gleich wieder aus dem Kopf.

Figur hin, Oberweite her, am meisten, ob man es glaubt oder nicht, waren es Isabelles großen, himmelblauen Augen, die mich auf Anhieb faszinierten. In diesen Augen konnte ich mich verlieren, und ich hätte sie ewig anstarren können.

Ihre Erscheinung hatte mich derart in den Bann geschlagen, dass ich für einige Augenblicke vergaß, dass sie wegen mir hier stand und die eben ausgestiegenen Touristen musterte. Also riss ich mich zusammen, sammelte mich kurz und trat einen Schritt näher. »Isabelle?«

Sie drehte sich mit einem strahlenden Lächeln zu mir um. »Hola, Marc, da bist du ja! Du bist doch wohl Marc, oder?«

»Erwartest du sonst noch jemanden?«

Sie lachte. »Nein.« Dann trat sie an mich heran, umarmte mich und gab mir einen Kuss auf jede Wange. Für einen Augenblick konnte ich ihre Oberweite an meiner Brust spüren, dann löste sie sich wieder von mir. Ich spürte, wie mir das Blut in das Gesicht stieg. Verspätet erinnerte ich mich daran, dass dies die übliche Begrüßung in Spanien war.

»Und, wie war der Flug?«, fragte Isabelle.

Ich zuckte mit den Schultern. »Ruhig, bis auf die letzten Minuten. Ich bin froh, wieder festen Boden unter mir zu haben.«

Isabelle nickte. »Okay. Du willst wahrscheinlich erst mal dein Gepäck loswerden. Oder willst du dich gleich ins Gewühl stürzen? Die *Rambla* beginnt gleich da vorn.«

Ich schüttelte meinen Kopf. »Nein, wenn du nichts dagegen hast, würde ich gern gleich zur Wohnung fahren.« Ich blickte an mir hinab. »Ich bin für diese Hitze unpassend angezogen.«

»Stimmt.« Isabelle setzte sich in Bewegung und ich folgte ihr quer über den Platz. »Wie ist das Wetter zurzeit in England?«

»Wir haben den Sommer übersprungen und sind direkt zum Herbst übergegangen«, antwortete ich und Isabelle lachte.

Sie führte mich zu einem anderen Platz in der Nähe, wo wir in die Metro einstiegen und einige Stationen weit fuhren. Ich wusste, dass sich unsere Wohnung im Stadtteil Pomblenou befand, einem ehemals industriell geprägten Wohngebiet, das direkt am Meer lag. Während der kurzen Fahrt fragte mich Isabelle neugierig über meine Reise aus. Doch bereits nach wenigen Minuten erreichten wir unser Ziel und stiegen aus. Mühsam zerrte ich meinen schweren Koffer die Treppe hinauf auf die Straße und sah mich aufmerksam um.

Um mich herum herrschte geschäftiges Treiben. Im Erdgeschoss der meisten Häuser befanden sich kleine Läden, Bars oder Cafés, darüber fünf- bis achtstöckige Wohneinheiten. Die Häuser schienen aus den siebziger oder achtziger Jahren zu stammen und befanden sich in unterschiedlichen Stadien der Abnutzung. Einige sahen frisch renoviert und einladend aus, aber die meisten befanden sich in keinem sonderlich beeindruckenden Zustand. Auf den Bürgersteigen erledigten Menschen ihre Einkäufe und auf den Straßen brausten alte Autos und Mopeds vorbei.

Isabelle führte mich zwei Straßen weiter bis zu einer Ecke der charakteristischen, schachbrettartig angelegten Häuserblöcke, die Barcelona rings um die Altstadt herum prägen. Als wir den Eingangsbereich betraten, staunte ich nicht schlecht über den schicken, glänzenden Steinboden, die Glastür mit dem goldenen Rahmen und die Briefkästen, die aussahen wie aus Marmor gefertigt. Die Bewunderung verschwand sogleich, als wir das enge, heruntergekommene Treppenhaus betraten. Die Wohnungstüren waren alt, das Metall der runden Türknäufe in ihrer Mitte angelaufen, der Steinboden abgenutzt. Der Lift, mit dem wir in das oberste Stockwerk fuhren, war so eng, dass ich mich unvermittelt ganz nahe bei Isabelle wiederfand. Ich roch ihr dezentes Parfüm, das mich an Gänseblümchen erinnerte, und als der dünne Stoff ihres Sommerkleides meinen Arm streifte, spürte ich eine Gänsehaut, die sich über meine Haut ausbreitete.

In der Wohnung selbst war es angenehm kühl. Ein langer Flur verband den Eingangsbereich mit einer Glastür, die auf eine kleine Dachterrasse führte. Mehre Türen gingen davon ab.

»Hier vorn ist die Küche«, erklärte Isabelle und zeigte mir einen kleinen Raum mit einer Küchenzeile, Gasherd und einem gewaltigen Kühlschrank. »Daneben ist das Bad. Und danach kommen unsere Zimmer. Und hier gegenüber ist das Wohnzimmer!«

Isabelle schob mich in einen relativ großen Raum, dessen eine Hälfte von einem altmodischen, dunklen Esstisch mit vier dazu passenden Stühlen und die andere Hälfte von einer bequem aussehenden Sitzecke samt Fernseher beherrscht wurde. Auf einem Sofa saßen zwei Mädchen.

»Das sind«, sagte Isabelle, »Claire und Carmen, deine neuen Mitbewohnerinnen. Mädels, das ist Marc.«

Ich musste in diesem Augenblick kein sonderlich intelligentes Gesicht gemacht haben. Ich war so überrascht, dass ich einige Sekunden brauchte, um mich an die grundlegendsten Umgangsformen zu erinnern und zu grüßen.

Isabelle hatte mir schon per Mail im Vorfeld mitgeteilt, wie die anderen beiden Mädchen heißen. Und bei den Namen Claire und Carmen hatten sich bestimmte Bilder vor meinem inneren Auge gebildet, die nun an der Realität zerbarsten.

Carmen war eindeutig asiatischer Abstammung: Sie war klein und zierlich, hatte schimmerndes schwarzes Haar, das ihr bis zum Po reichte, braune Mandelaugen und ein fein geschnittenes Gesicht wie eine Porzellanfigur. Wie ich später erfuhr, waren ihre Eltern aus Thailand hierher eingewandert, sie selbst war in Spanien geboren und aufgewachsen. Carmen lächelte mir schüchtern zu und wandte dann den Blick ab.

Claires Herkunft verortete ich richtigerweise irgendwo in Lateinamerika – sie stammte in der Tat aus Französisch-Guayana, einem der letzten verbliebenen französischen Überseegebiete. Als sie aufstand, um mich zu begrüßen, bot sie einen beeindruckenden Anblick. Sie war groß, beinahe so groß wie ich, und hatte den Körper eines Models. Endlose Beine, schlank, aber mit Kurven an den richtigen Stellen. Ihre Haut hatte die Farbe von Cappuccino. Schwarze glatte Haare und dunkle, beinahe schwarze Augen, aus denen sie mich abschätzend, aber nicht unfreundlich musterte, vervollständigten ihre Erscheinung.

Nach der Begrüßung und einigem Smalltalk zeigte mir Isabelle noch mein Zimmer. Ich packte meinen Koffer aus, schlüpfte in gemütlichere Kleidung und nahm das Zimmer in Augenschein. Irritiert stellte ich fest, dass es, wie auch alle anderen Räume der Wohnung, mit einfachen Steinfliesen ausgelegt war, die ich bisher allenfalls von Hausfluren kannte. Ansonsten war das Zimmer zweckdienlich und ein wenig spartanisch eingerichtet. Die leeren schmutzig-weißen Wände wirkten trostlos, doch immerhin würde ich nur einige Wochen hier sein und mich zudem vermutlich nur zum Schlafen in diesem Raum aufhalten. Nachdem ich meine Sachen eingeräumt hatte, gesellte ich mich wieder zu meinen Mitbewohnerinnen, die es sich inzwischen auf der Dachterrasse gemütlich gemacht hatten.

Die Abenddämmerung brach herein und mir bot sich ein wundervoller Ausblick über die Dächer Barcelonas und den nahen Strand. Claire öffnete eine Flasche Rotwein – später noch eine zweite – und wir saßen bis in die tiefste Dunkelheit zusammen und machten uns miteinander bekannt.

Jetzt bin ich hundemüde und freue mich auf mein Bett. Morgen werde ich meinen Arbeitsplatz für die nächsten Wochen kennenlernen und bin gespannt darauf, was mich erwartet. Mein Abenteuer beginnt!

5. Juni

Das! Ist! Der! Pure! Wahnsinn!

Meine Hand zittert noch ein wenig vor Aufregung. Wahrscheinlich kann ich morgen kein Wort von diesem Gekrakel mehr entziffern, aber ich muss es einfach aufschreiben. Jetzt, wo das Erlebte noch frisch ist.

Ich kann es noch gar nicht glauben, dass mir so etwas passiert ist! Ich dachte, so was gibt es nur in Filmen. Vorzugsweise in solchen, in denen schlüpfrige Männerfantasien bedient werden.

Aber der Reihe nach.

Isabelle und ich machten uns am Morgen zu Fuß auf den Weg zum Institut, der geradewegs am Strand entlanglief. Es war einfach herrlich. Die Sonne war gerade am Horizont über den Wellen aufgegangen. Es war bereits angenehm warm, aber noch nicht heiß. Der Weg aus rotbraunen Steinplatten, die wie Holzbohlen gemasert waren, wurde auf der einen Seite von Palmen und auf der anderen Seite von einer endlosen Reihe steinerner Sitzbänke gesäumt. Gut zwei Meter unter uns verlief der breite Sandstrand. Auf dem Strand selbst, ebenso wie auf der Promenade darüber, waren Fahrradfahrer, Inlineskater, Jogger und Spaziergänger unterwegs, die ihre Hunde Gassi führten. Während wir uns auf die beeindruckende Fischskulptur aus Stahlgeflecht zubewegten, die in einiger Entfernung zwischen zwei Bürotürmen am Strand aufragte, sah ich ein Flugzeug auf die Küste zufliegen und erinnerte mich an die fantastische Aussicht, die ich beim Anflug gehabt hatte.

Nur mit Mühe konnte ich ein enthusiastisches Auflachen unterdrücken. Ich fühlte mich einfach großartig! Die ungewohnte Sonne so früh am Morgen belebte mich, dazu die wunderschöne Aussicht auf das Meer, die Wellen, die sanft gegen den Strand brandeten, die Palmen, die Möwen … das alles machte mir eine verboten gute Laune.

Das entging auch Isabelle nicht, die mich von der Seite aus neugierig ansah. »Das ist anders als London, oder?«, fragte sie.

Ich lachte. »Es ist fantastisch!«

Isabelle nickte. »Ich weiß genau, was du meinst. Es liegt vor allem am ständigen Sonnenschein. Im ersten Jahr hier war es wie ein Rausch, weißt du? Ich hatte ständig den Drang, etwas zu unternehmen, die Sonne auszunutzen. Das ist man ja gewöhnt aus England: die wenigen wirklich schönen, warmen Tage nutzen. Aber irgendwann habe ich begriffen: Sonnentage sind hier nichts Kostbares.«

»Für mich schon«, erwiderte ich. »Ich habe jetzt sechs Wochen Sonne vor mir, und das finde ich einfach großartig!«

Im Institutsgebäude angekommen, führte mich Isabelle zu den Räumen ihrer Arbeitsgruppe, wo ich vom Gruppenleiter, einem kleinen, pummeligen Franzosen in den Vierzigern, überschwänglich begrüßt wurde. Er führte mich in den Räumen des Instituts herum und stellte mir die anderen Mitglieder seiner Gruppe vor. Dann fragte er Isabelle, wann sie denn den nächsten Probanden erwarte.

»Jetzt«, antwortete Isabelle. »In ein paar Minuten.«

»Ausgezeichnet«, freute er sich. »Dann kann Marc gleich mal sehen, wie es abläuft.« Er wandte sich wieder an mich. »Wir reden dann später weiter.«

Isabelle führte mich in einen Raum, in dem sich auf zwei Schreibtischen Computertürme und Bildschirme drängten.

Durch eine Glasscheibe konnte man die große weiße Röhre des Magnetresonanztomographen, kurz MRT, erkennen. Ich musste ein Schaudern unterdrücken, als Erinnerungsfetzen vor meinem inneren Auge erschienen. Vor nicht allzu langer Zeit hatte man mich selbst in eine solche Maschine geschoben. Mir war schwindelig und übel gewesen, ich hatte meine rechte Körperhälfte nicht bewegen und überdies nur noch lallen, statt sprechen können. Ein halbes Dutzend Ärzte und Pfleger waren um mich herumgewuselt, hatten mir Kontrastmittel gespritzt und meine Kleidung nach metallischen Gegenständen durchsucht. Dann kam ich mit fixiertem Kopf in diese Röhre und hatte das Gefühl, lebendig in einem Sarg zu stecken, nur dass es auf dem Friedhof sicher nicht so höllisch laut wäre.

Ich versuchte, mich damit zu beruhigen, dass es diesmal ganz anders sein würde. Nicht nur, weil ich nicht selbst in die Röhre musste, sondern andere dabei überwachte. Vor allem aber waren es gesunde Freiwillige, die keine potentiell lebensbedrohlichen Krankheiten hatten, sondern für eine Tafel Schokolade oder eine kleine Aufwandsentschädigung ein wenig Zeit der Wissenschaft opferten.

»Kennst du dich damit aus?«, wollte Isabelle wissen.

Ich nickte. Ich konnte nicht behaupten, die genauen physikalischen Vorgänge zu begreifen, die dazu führten, dass man mithilfe eines starken Magnetfelds Gehirnaktivität messen konnte, aber im Prinzip quantifizierte man Änderungen in Durchblutung und Sauerstoffgehalt von Gehirnarealen, von denen wiederum auf Aktivitäten der entsprechenden Regionen geschlossen werden konnte. »Ich weiß, wie es funktioniert«, sagte ich einfach.

»Gut. Wenn du den Raum mit dem MRT betreten willst, darfst du nichts Magnetisches am Körper haben. Pack dein Handy, deine Uhr und alles, was du sonst noch hast, am besten in deinen Rucksack.« Sie sah mich abschätzend an. »Hast du irgendwelche versteckten Piercings?«

Ich bildete mir ein, dass sie leicht enttäuscht wirkte, als ich den Kopf schüttelte. Aber sie nickte nur und sagte: »Gut. Die hättest du sonst rausnehmen müssen.«

In diesem Moment klopfte es an der Tür zum Vorraum und Isabelle ging hinaus, um das Opfer, beziehungsweise den Freiwilligen, hineinzulassen. »Mach's dir bequem«, rief sie mir zu. »Ich erklär dir gleich alles.«

Ich nahm auf einem der Bürostühle Platz und ließ meinen Blick über die Computermonitore schweifen. Auf einer Benutzeroberfläche mit vielen kleinen Fenstern waren Diagramme und Einstellungen abgebildet, andere waren schwarz und warteten offensichtlich auf Dateninput.

Durch die Glasscheibe konnte ich jetzt Isabelle sehen, die eine Studentin zum MRT führte, ein zierliches schwarzhaariges Mädchen, das höchstens zwanzig sein konnte. Sie trug einen einfachen grünen Kittel und offensichtlich keine Hosen. Isabelle bedeutete ihr, sich auf eine weiße Liege zu legen, brachte einige Klebe-Elektroden an und spannte dann ihren Kopf in ein weißes Gebilde ein, von dem ich wusste, dass es für die genaue Detektierung der Veränderungen im Gehirn verantwortlich war. Anschließend instruierte Isabelle das Mädchen und schob die Liege in die monströse Röhre. Dann kam sie zu mir in den Computerraum.

Sie drückte auf einen kleinen Knopf, der die Gegensprechanlage mit dem schallisolierten Raum aktivierte. »Ich starte jetzt die Aufnahme. Bleib ganz ruhig liegen.«

Isabelle klickte auf einigen Schaltflächen der Bediensoftware herum, und im Nebenraum begann das MRT deutlich hörbar durch die isolierten Glasscheiben zu brummen und dröhnen.

»Ich mache jetzt erst mal eine Messung im unerregten Zustand«, erklärte mir Isabelle.

Ich nickte. »Als Referenz.«

»Richtig. Danach messen wir, während sie sexuell erregt ist.«

»Und wie macht ihr das?«, fragte ich neugierig.

»Sie macht es sich selbst«, erklärte Isabelle schlicht.

»Hier, in der Röhre?«

»Ihre Muschi ist außerhalb.« Isabelle grinste. »Ihre Hände darf sie bewegen, nur den Kopf nicht. Ziel ist, dass sie sich zum Höhepunkt bringt.« Isabelles himmelblaue Augen strahlten, als sie mich ansah. »Ist das nicht spannend? Herauszufinden, was beim Orgasmus so im Kopf passiert?«

»Jaaah«, dehnte ich. Ich konnte ihr ja schlecht sagen, dass »spannend« nicht unbedingt das Wort war, das mir dazu spontan eingefallen wäre. Die Vorstellung, jetzt gleich zu erleben, wie diese junge Studentin sich selbst zum Höhepunkt masturbierte, während ich schon seit Monaten auf Sex-Entzug war, fand ich zugleich erregend und frustrierend.

Die erste Messung war nach einigen Minuten abgeschlossen. Isabelle betätigte wieder die Sprechanlage. »Du kannst jetzt anfangen, Maria.«

Zeitgleich drückte Isabelle noch einen weiteren Knopf, der die Jalousien an der Glasscheibe herabließ. »Damit sie ein wenig Privatsphäre hat«, erklärte Isabelle mir lächelnd. »Es ist so schon schwer genug in dieser Umgebung. Für Notfälle haben wir die Überwachungskamera«, sie deutete auf einen kleinen Monitor und zwinkerte mir zu, »aber verrate das den Studenten nicht.«

Durch die Lautsprecher der Gegensprechanlage drang jetzt ein leises, unterdrücktes Stöhnen. Ich blickte auf eine Darstellung des Gehirnscans, auf dem sich bunte Lichter bewegten.

»Das sagt dir gar nichts«, erklärte Isabelle, als sie meinen Blick bemerkte. »Um wirklich irgendwelche sinnvollen Ergebnisse zu bekommen, müssen die Daten ausführlich analysiert werden.«

Nach einigen Minuten erklang Marias leise Stimme: »Es klappt nicht.«

»Du machst das großartig«, behauptete Isabelle in das Mikrofon. »Versuch, dich zu entspannen.«

Nach einigen weiteren Minuten meldete sich Maria erneut. »Es geht einfach nicht.« Ihre Stimme klang zu gleichen Teilen entschuldigend und frustriert.

Isabelle drehte sich zu mir um. »Wer soll ihr zur Hand gehen?«, fragte sie. »Du oder ich?«

Ich starrte sie aus großen Augen an und glaubte zunächst, mich verhört zu haben. »Was?«

Isabelle zuckte mit den Schultern. »Sie schafft es nicht allein, sie braucht Hilfe.«

»Du willst da reingehen und sie befriedigen?«, vergewisserte ich mich ungläubig.

»Wenn du es nicht tun willst«, erwiderte Isabelle ungerührt. »Was glaubst du, wie wenigen es gelingt, sich in dieser Situation so fallen zu lassen, dass sie zum Orgasmus kommen? Wenn ich es ihnen selbst überlassen würde, bekämen wir nur von jedem zehnten Freiwilligen Daten, wenn überhaupt.« Sie zwinkerte mir zu. »Mit meiner Hilfe schaffen es fast alle.«

»Aber das kannst du doch nicht machen!«, stieß ich erschrocken hervor.

»Warum nicht?«, wollte Isabelle wissen. »Bist du einer von diesen Moralaposteln? Nur weil ich eine Frau bin, heißt das nicht, dass ich Sex und Gefühle nicht voneinander trennen kann. Und außerdem ... warum sollen hier nur die Studenten ihren Spaß haben?«

Ich schüttelte den Kopf. Abgesehen davon, dass ich die Vorstellung unglaublich fand, dass jemand, um mehr Daten für eine Studie zu bekommen, massenweise fremde Menschen sexuell befriedigte, gingen meine Bedenken in eine völlig andere Richtung. Schließlich war ich durch und durch Wissenschaftler.

»Aber das verfälscht doch die Ergebnisse!« Ich dachte daran, wie peinlich genau ich bei meinen eigenen Experimenten darauf achtete, die Versuchstiere in keiner Weise zu beeinflussen.

Isabelle zuckte mit den Schultern. »Wieso denn? Wir wollen einen Orgasmus messen, oder? Ist doch egal, wie der zustande kommt.«

»Was soll ich machen?«, fragte Marias ungeduldige Stimme aus dem Lautsprecher. »Brechen wir ab?«

»Also willst du es ihr jetzt besorgen oder nicht?«, fragte Isabelle herausfordernd.

Mir fielen spontan mindestens ein Dutzend Gründe ein, wieso es überhaupt nicht wissenschaftlich korrekt war, was wir da taten. Aber andererseits – wie lange war es jetzt her, dass ich zum letzten Mal die Muschi einer Frau geschmeckt hatte? Die einzige richtige Antwort darauf war: viel zu lange.

Ich betätigte die Sprechanlage und räusperte mich. »Soll ich dir helfen?«

Einige Augenblicke war es still auf der anderen Seite, dann kam zögernd die leise Antwort: »Ja.«

Isabelle zwinkerte mir zu, als ich zur Tür ging. »Viel Spaß. Und sei nicht zu heftig, sonst verwackelt das Bild.«

Ich betrat den Untersuchungsraum und näherte mich dem MRT. Marias grüner Kittel war bis über ihren Bauchnabel hochgerutscht und gab den Blick auf ihre nackten, braungebrannten Beine und ihren Intimbereich frei.

Ich erinnerte mich daran, dass Marias Kopf im Inneren der

Röhre festgeklemmt war und sie mich nicht sehen konnte. Um sie nicht zu erschrecken, sprach ich sie leise an: »Hallo Maria. Ist alles in Ordnung?«

»Ja«, kam die zaghafte Antwort aus dem Inneren.

»Versuch, dich zu entspannen«, riet ich ihr. »Schließ einfach die Augen und stell dir vor, du lägst auf deinem Bett.« Ich überlegte kurz. »Stell dir vor, du hast diesen netten und unglaublich süßen Typen kennengelernt, der dich jetzt verwöhnen will. Versuch, alles andere zu vergessen und dich fallen zu lassen.«

»Okay.«

Ich berührte mit einer Hand sanft ihren Unterschenkel. Sie zuckte kurz zusammen, entspannte sich dann aber wieder. Ich legte meine andere Hand auf ihr anderes Bein. In zärtlichen, langsamen Bewegungen streichelte ich über ihr Knie, ihre Oberschenkel, ihren flachen Bauch und den zarten Flaum dunkler Schamhaare, die über ihrer Spalte sprossen. Mit den Fingerspitzen beschrieb ich kleine Kreise über die Innenseite ihrer Oberschenkel und registrierte zufrieden den leichten Schauer, der über ihre Haut fuhr. Als ich das erste Mal mit einem Finger ihre Schamlippen entlangstrich, spürte ich, wie sie den Atem anhielt. Ich beugte mich nach vorn, stützte mich zwischen ihren gespreizten Beinen mit meinen Ellenbogen auf die Liege und näherte mich mit meinem Gesicht ihrem Intimbereich.

Ich nahm ihre zarte junge Muschi ausgiebig in Augenschein, während ich genussvoll ihren Duft einsog. Es war eindeutig viel zu lange her, seit ich so etwas das letzte Mal getan hatte, und am liebsten hätte ich mich auf sie gestürzt und mich in dem zarten rosa Fleisch vergraben. Aber ich wollte die eingeschüchterte junge Studentin nicht verschrecken. Ich streckte meine Zunge weit heraus und leckte einmal langsam von unten nach oben über ihre gesamte Spalte. Marias Kehle entrang sich ein leises Seufzten, als meine Zunge über ihre Klitoris glitt. Ich ließ meine Zungenspitze jetzt jeden Millimeter der jungen Möse erkunden, die kleinen Fältchen dort, wo die äußeren Schamlippen zusammenlaufen, den Rand der Lippen selbst, den kleinen Ausgang der Harnröhre, bis hinunter zum Damm zwischen Vulva und Anus. Immer wieder ließ ich dabei meine Zunge auch zwischen ihre Schamlippen schnellen und erntete dabei jedes Mal ein wohliges Stöhnen. Mit zwei Fingern spreizte ich ihre Lippen, um mit der Zunge tiefer in das rosa Fleisch eindringen zu können und kostete den süßen Geschmack ihrer feuchten Möse.

Dann beschloss ich, ernst zu machen, und glitt mit der Zunge nach oben zu ihrem bereits angeschwollenen Kitzler. Ich stülpte meine Lippen um ihre zarte Perle und saugte leicht daran. Inmitten des Vakuums, das ich dadurch schuf, begann meine Zungenspitze mit der Knospe zu spielen, zunächst ganz zärtlich und schließlich immer schneller und wilder. Marias unterdrücktes Stöhnen und die Zuckungen ihres Unterleibs feuerten mich nur zusätzlich an. Ich ließ währenddessen meine Hände über ihren schlanken Körper gleiten, über ihre Schenkel, ihre Pobacken und über den Bauch hinauf bis zu ihren kleinen, festen Brüsten, die ich unter dem Kittel ertasten konnte.

Ich steigerte meine Bemühungen immer weiter, bis plötzlich ein lautes »Dios mío!« aus der Röhre drang. Maria spannte alle Muskeln ihres Unterkörpers an und ihre Möse begann wild zu zucken. Ich verharrte bewegungslos wie ich war, bis der Höhepunkt abgeklungen war, drückte einen zärtlichen Kuss auf ihre klatschnasse Spalte und erhob mich dann.

»Sehr gut«, erklang plötzlich Isabelles Stimme aus dem Lautsprecher und ich fragte mich, wen sie damit meinte. »Bleib bitte noch einige Minuten still liegen, Maria, dann bist du erlöst.«

Maria antwortete nicht. Ich sah am Heben und Senken ihres Bauches, dass sie immer noch schwer atmete. Lächelnd verließ ich das Untersuchungszimmer und gesellte mich wieder zu Isabelle. Sie drehte sich auf ihrem Bürostuhl zu mir um, musterte mich und grinste dann. »Du hast das genossen«, stellte sie fest.

Ich zuckte nur mit den Schultern.

»Und du warst sehr gut«, fuhr Isabelle fort. »Sehr einfühlsam.«

»Danke«, erwiderte ich und ließ mich auf meinen Stuhl fallen. Ich spürte Isabelles forschenden Blick weiter auf mir ruhen, beschloss aber, ihn zu ignorieren.

»Was passiert jetzt?«, fragte ich betont sachlich.

»Wir messen noch das Abklingen der Erregung«, antwortete Isabelle. »Das dürfte in diesem Fall eine Weile dauern, schätze ich.«

Ich konnte mir ein leichtes Lächeln nicht verkneifen. Es war offensichtlich, dass Isabelle mich provozieren wollte. Ich ging absichtlich nicht darauf ein, um zu sehen, wie weit sie gehen würde. Das Spiel begann, mir Spaß zu machen.

Wir brachten den Rest der Untersuchung größtenteils schweigend hinter uns und befreiten Maria dann aus der Röhre. Ich reichte ihr eine Hand, um ihr von der Liege zu helfen. Ihr Gesicht war gerötet und sie blickte mich aus großen Augen an, als ich sie zur Umkleide brachte. Bevor sie darin verschwand, drehte sie sich noch einmal zu mir um.

»Das … das war sehr schön«, flüsterte sie in gebrochenem Englisch und wich dabei meinem Blick aus. »Danke.«

»Ich fand es auch schön«, gab ich zu und schenkte ihr ein Lächeln.

Das schien sie nur noch nervöser zu machen. Mehrmals öffnete sich ihr Mund und schloss sich wieder, ohne etwas zu sagen. Ich wollte mich schon abwenden, als sie plötzlich doch noch einige Worte hervorstieß: »Wollen wir mal … ich meine … vielleicht könnten wir …« Verlegen brach sie ab.

Ich sah sie lange an. Eigentlich war sie zu jung für mich und viel zu nervös und unsicher, um wirklich mein Interesse zu wecken. Andererseits war sie ganz süß und ich war schon sehr lange mit keiner Frau mehr zusammengewesen. Maria erweckte den Eindruck, als wäre sie im Moment zu schlichtweg allem bereit, und in meinem chronisch untervögelten Zustand machte allein das sie bereits überaus attraktiv.

»Gib mir doch einfach deine Handynummer«, schlug ich vor. Um ein Haar hätte ich das Versprechen hinzugefügt, dass ich sie anrufen würde, verkniff es mir dann aber. Ich wollte mir meine Möglichkeiten offen halten.

Ihr Gesicht lief noch röter an, als ich ihr einen Stift reichte. Suchend blickte sie sich nach einer geeigneten Schreibunterlage um und malte schließlich mit zitternder Hand eine Zahlenreihe auf meinen Unterarm, den ich ihr hinhielt. Dann verabschiedete sie sich mit einem gehauchten »Adiós« und verschwand in der Umkleide.

Als ich zu Isabelle zurückkehrte, grinste sie mich an. »Und, hast du ein Date?«

Ich hob meinen Arm. »Ihre Nummer.«

»Nicht schlecht für das erste Mal.« Sie zwinkerte und trat dann einen Schritt auf mich zu. »Männer, die so gut lecken können, sind selten. Die muss man sich greifen, wenn man sie trifft.« Sie schenkte mir einen langen Blick aus ihren himmelblauen Augen und ich dachte mir, dass sie bei weitem nicht so unschuldig war wie sie aussah.

Wir standen uns direkt gegenüber, nur wenige Zentimeter voneinander entfernt, und blickten uns an. Ich sah, wie Isabelle leicht ihren Kopf zur Seite neigte und ihre Lippen sich einen Spalt breit öffneten. Ich beugte mich nach vorn und näherte meine Lippen den ihren …

Die Tür wurde aufgestoßen und ein Kopf mit einem vergnügten, runden Gesicht hineingestreckt. Isabelle und ich traten schnell einen Schritt auseinander. Der magische Moment war verflogen.

»Ah, Marc«, sagte der Gruppenleiter. »Seid ihr fertig? Sehr schön. Dann können wir ja das weitere Vorgehen besprechen.«

Isabelle trat zurück an ihren Computer. »Ich muss hier weitermachen«, verkündete sie.

Der Gruppenleiter nickte. »Natürlich, natürlich.«

Ich schnappte mir meinen Rucksack und folgte dem Franzosen schweren Herzens. »Wir sehen uns«, sagte ich noch.

»Ja. Bis dann.«

Die Tür zum MRT schloss sich. »Aufregend, nicht wahr?«, fragte der Gruppenleiter.

»Und wie«, antwortete ich.

»Ich wette, dass wir faszinierende Ergebnisse erhalten werden.«

Ich nickte und war in Gedanken gerade überhaupt nicht bei der Wissenschaft ...

***

Die darauffolgende Besprechung war informativ, aber kurz. Wir verständigten uns darauf, dass ich am Montag anfangen sollte, gemeinsam mit Isabelle die Probanden für mein Projekt zu testen. Das bedeutete, am morgigen Freitag würde ich frei haben, was mir sehr gelegen kam. Auf diese Weise hatte ich Zeit, die Stadt und die Umgebung meiner neuen

Wohnung kennenzulernen. Als es nichts weiter zu besprechen gab, verabschiedete ich mich vom Gruppenleiter und verließ das Institutsgebäude. Ich überlegte kurz, noch einmal zu Isabelle zu gehen, verwarf den Gedanken aber sofort wieder. Wir würden in den nächsten Wochen nicht nur miteinander arbeiten, sondern auch gemeinsam wohnen. Es würde genug Gelegenheiten geben, ihr näher zu kommen – sofern ich mir überhaupt echte Hoffnungen machen konnte.

Es war erst Mittag und viel zu früh, um schon nach Hause zu gehen. Also wanderte ich ein wenig durch die Innenstadt. Vom *Plaça de Catalunya* aus die berühmte *Rambla* entlang und durch die Gassen des gotischen Viertels. Ich genoss die Sonnenstrahlen auf meiner Haut, genoss das Leben in den Straßen. Ich wanderte vorbei an den kleinen Ständen, die Postkarten, T-Shirts mit mehr oder minder lustigen Sprüchen, Kühlschrankmagneten in Form von Sehenswürdigkeiten, spanischen Stieren oder Flamencotänzerinnen und die allgegenwärtigen, von Gaudí kopierten Echsen aus kleinen bunten Fliesen verkauften. An anderen Ständen wurden Blumen und Gartenpflanzen angeboten, an wieder anderen Vögel, Hamster, Schildkröten und Meerschweinchen, samt der dazugehörigen Käfige. Restaurants hatten Tische und Stühle in den Fußgängerbereich gestellt. Bunte Tafeln mit Fotos der einzelnen Gerichte sorgten dafür, dass Touristen jeder Nationalität wussten, was sie bestellten. Links und rechts fuhren Autos und Busse die schmalen Einbahnstraßen entlang und die Kellner balancierten mit ihren Tabletts zwischen dem Verkehr hindurch, um zu ihren Gästen zu gelangen. Hübsche Mädchen standen neben den Tischen und versuchten, vorbeieilende Touristen zum Bleiben zu bewegen. Die einzige Ausnahme bildete hier das unausweichliche Restaurant mit dem goldenen M, dessen

Außentische bis auf den letzten Platz besetzt waren. Dann kamen die Straßenkünstler. Maler präsentierten ihre Bilder, Zeichner boten an, Passanten in wenigen Minuten zu portraitieren, und die berühmten lebenden Statuen standen perfekt kostümiert alle paar Meter weit und zogen ganze Trauben von Touristen an, die gespannt darauf warteten, wann sich die Darsteller bewegen würden.

Auf meinem Weg die Straße hinunter vergaß ich natürlich auch nicht, einen Abstecher zu dem großen Markt *La Boqueria* zu machen, ebenso wenig wie auf den wunderschönen *Plaça Reial,* der mich mit seinen Palmen und seinem einzigartigen Flair schon während meines letzten Aufenthalts begeistert hatte.

Stundenlang wanderte ich durch die Gassen des gotischen Viertels und rundherum um die Kathedrale, wo schwarze Jugendliche vor einer begeistert klatschenden Menge Breakdance-Kunststücke vorführten, an der nächsten Ecke eine Frau Cello spielte und eine Gasse weiter ein Mann Kerzenhalter verkaufte, die er aus Getränkedosen geformt hatte.

Irgendwann, als ich mich müde gelaufen hatte, kehrte ich zufrieden nach Hause zurück. Keine meiner Mitbewohnerinnen hielt sich in den gemeinsam genutzten Räumen auf. Geselliges Zusammensein schien heute Abend nicht auf dem Programm zu stehen. Also machte ich mir schnell in der Küche was zu essen und wollte auch in mein Zimmer gehen. Als ich am Bad vorbeiging, hörte ich lautes französisches Fluchen. Ich verstand kein Wort, aber am Tonfall war Claires Stimmungslage leicht zu erkennen. Ich zögerte kurz, dann klopfte ich und fragte, ob alles in Ordnung sei.

»Hilf mir mal bitte!«, kam Claires Antwort.

Also öffnete ich die Badezimmertür – und blieb erstarrt auf der Schwelle stehen! Was für ein Anblick!

Claire wendet mir den Rücken zu, nur in ein Badetuch gewickelt, das gerade mal bis zum Ansatz ihrer Schenkel reicht. Sie steht weit vornübergebeugt vor der Badewanne und gewährt mir einen direkten Blick ins Paradies. Ich sehe ihre kaffeebraunen, perfekt gerundeten Apfelpobacken und darunter ihr Heiligstes. Beim Anblick ihrer Schamlippen, die sich dunkler, mokkafarben von ihrer Cappuccinohaut abheben und zwischen denen ein helles Rosa hervorschimmert, spüre ich, wie mir das Blut in die Lenden schießt.

Ohne sich umzudrehen, sagt Claire zu mir: »Komm mal bitte und fass mit an. Und mach die Tür zu, es wird kalt!«

Rasch befolge ich ihre Wünsche, schließe die Tür und nähere mich ihr. Als ich neben ihr stehe, sehe ich auch, was sie beschäftigt. Offensichtlich wollte sie gerade ein Bad nehmen, die Badewanne ist mit Wasser und weißem Schaum gefüllt. Doch die Halterung, mit der man den Duschkopf direkt über der Wanne in Reichweite festmachen kann, hat sich gelöst. Locker hängt die verchromte Halterung an den Dübeln, die halb aus ihren Löchern zwischen den altmodischen Fliesen heraushängen.

»Kannst du es mir machen?«, fragt Claire mit einem bittenden Augenaufschlag und hält mir das Chromteil hin. Ich weiß nicht, was mich mehr antörnt: dieses unschuldige Gesicht mit den funkelnden, tiefschwarzen Augen oder der französische Akzent in ihrer Stimme.

»Wenn du mich ranlässt«, erwidere ich und kann mir kaum ein Grinsen verkneifen. Englisch ist nicht ihre Muttersprache, deshalb weiß ich nicht, ob die Zweideutigkeit, die ich aus dem Gespräch heraushöre, auch bei Claire ankommt.

Es gelingt mir, die Dübel wieder in die Löcher zu stecken. Das wird nicht lange halten, aber fürs Erste genügen. »Halt bitte mal fest«, sage ich und deute auf das Chromteil, während ich eine lockere Schraube mit der Hand so weit wie möglich festziehe. Am Ende steht mir der Schweiß auf der Stirn, ob von der Anstrengung, der Hitze im Badezimmer oder von Claires Gegenwart kann ich nicht sagen. Aber die Halterung sitzt wieder notdürftig. Zufrieden setze ich mich auf den Rand der Badewanne und bin mir Claires unmittelbarer Nähe plötzlich überdeutlich bewusst, als sie zu mir heranrückt. Ihre nackte Schulter berührt meine, ihre langen, kaffeebraunen Beine sind ausgestreckt und in Reichweite. Eine kleine Bewegung meiner Hand und ich könnte sie berühren.

»Merci«, sagt Claire. Wieder dieser Augenaufschlag. »Dafür hast du eine Belohnung verdient. Willst du mit mir in die Wanne?«

Ohne eine Antwort abzuwarten, steht sie auf und lässt ihr Handtuch zu Boden fallen. Ich muss hart schlucken. In ihrer ganzen Pracht steht sie vor mir. Nackt, schön, wild. Eine Sexgöttin, wie direkt meinen feuchten Träumen entsprungen. Ich kann nicht anders, mein Blick gleitet an ihrem großen, schlanken Traumkörper entlang, über ihre wohlgeformten Apfelbrüste mit den dunkelbraunen Nippeln, die hart von ihnen abstehen, über ihren flachen Bauch, ihre Schenkel, ihre spiegelglatt rasierte Lustspalte … Wenn mein kleiner bester Freund es nicht schon zuvor war, spätestens jetzt ist er zum großen besten Freund geworden. Ich spüre das Ziehen in meinen Lenden, spüre, wie er sich hart und prall gegen den Stoff meiner Jeans drückt. Ich kann jetzt meine Hose nicht ausziehen, meine Erektion würde ihr geradewegs ins Gesicht springen, wäre nicht zu übersehen! Ich fühle mich unsicher. Weiß ich denn, was sie will? Ihr Angebot klingt eindeutig, aber vielleicht interpretiere ich es ja falsch? Ich kenne diese

Frau nicht, vielleicht hat sie einfach nur eine sehr lockere Art an sich und gar kein echtes Interesse. Dann verschrecke ich sie jetzt, wenn sie meine Erektion sieht.

Claire scheint in meinen Gedanken zu lesen wie in einem Buch. Ein Lächeln umspielt ihre Lippen. »Sei nicht schüchtern«, haucht sie und legt mir eine Hand direkt in den Schritt. Ich fühle, wie sie sanft gegen meinen harten Penis drückt, der sich ihr pulsierend entgegenschiebt. Ihr Lächeln wird breiter und ihre Augen funkeln. »Für den brauchst du dich wirklich nicht zu schämen, glaube ich«, gurrt sie und knöpft mir die Hose auf.

Jetzt spätestens weiß auch ein absoluter Nicht-Frauenversteher wie ich, was die Stunde geschlagen hat. Ich brauche zwei Sekunden, mir mein Shirt abzustreifen und in eine Ecke zu werfen. In der Zwischenzeit hat Claire meinen Reißverschluss geöffnet. Ich helfe ihr. Hose und Slip sinken zu Boden und ich schleudere beides mit einer Bewegung meines Fußes davon. Mein Schwanz schnellt wippend und knochenhart in die Höhe.

Claire mustert mich, und ihrem Gesichtsausdruck nach ist sie nicht enttäuscht von dem, was sie sieht. Mit einem Zeigefinger fährt sie über meine Brust und anschließend meinen Bauch hinab. Ich war nie durchtrainiert und hatte nie ein ausgeprägtes Sixpack, aber ich habe mich stets in Form gehalten und ich weiß, dass sie meine Bauchmuskeln unter der Haut fühlen kann. Ihr Finger gleitet tiefer über meinen Schambereich, den ich direkt vor der Abreise noch rasiert hatte. Und dann umfasst ihre Hand meinen Schaft. Fest und entschlossen. Besitzergreifend. Sie weiß genau, was sie will und sie weiß auch, wie sie es bekommt. *Dieser schöne, große, harte Schwanz*, sagt ihre Umklammerung, *gehört jetzt mir, und ich werde ihn erst dann wieder hergeben, wenn ich vollkommen befriedigt bin.*

Vielleicht ahnt Claire, dass ich nicht zu den wenigen Männern gehöre, welche die subtilen Signale der Frauen verstehen, und will für mich noch deutlicher machen, was sie von mir will. Ohne ein weiteres Wort beugt sie sich hinunter und küsst die empfindliche Eichel meines Ständers. Ich spüre, wenn das überhaupt möglich ist, wie er unter der Berührung noch mehr wächst. Dann fährt die süße Französin einmal mit ihrer Zunge den Schaft entlang, von der Wurzel bis zur Spitze. Schließlich lässt sie ihn in ihren Mund schlüpfen und saugt kurz daran. Als Claire sich wieder aufrichtet, lächelt sie noch mehr als zuvor und leckt sich über die Lippen. »Du schmeckst gut.« Dann steigt sie ins Wasser und ich beeile mich, ihr zu folgen.

Wir geben nicht für eine Sekunde vor, nur zwei Wohngenossen zu sein, die ein Bad nehmen. Claire setzt sich rittlings auf meine Oberschenkel. Ihre rechte Hand wandert unter die Wasseroberfläche und greift dort meinen harten, pochenden Schwanz, der sich ihr entgegenstreckt. Ihre linke Hand legt sie um meinen Hals und zieht mich zu sich. Sie küsst mich und ich spüre ihre weichen, zarten Lippen auf meinen. Ihr Kuss aber ist wild, leidenschaftlich, hart und fordernd. Ihr Mund ist dabei leicht geöffnet und ich strecke meine Zunge ihrer entgegen. Das Gefühl, als sich unsere Zungenspitzen berühren, ist elektrisierend. Ihre Zunge umspielt die meine, dringt in meinen Mund ein, fährt von innen meine Lippen nach und scheint meinen ganzen Mund in Besitz nehmen zu wollen.

Ich lasse meine Hände über ihren Körper gleiten, will jeden Quadratzentimeter ihrer samtweichen, kaffeebraunen Haut erkunden. Nur mit den Fingerspitzen fahre ich ihren Rücken entlang nach unten. Sie krümmt sich unter meinen Berührungen und stöhnt wollüstig. Ich nutze die Gelegenheit, mit zärtlichen Küssen ihren Hals hinabzuwandern bis zu ihren wunderschönen Brüsten. Mit der Zunge gleite ich ihre Rundungen entlang, spiele an ihren dunklen, fast schwarzen Knospen, die hart und erregt abstehen. Ich nehme sie in den Mund und sauge daran, und sie gibt ein Geräusch von sich, das beinahe wie das wohlige Schnurren einer Katze klingt. Ich will sie berühren und küssen, überall an ihrem Körper. Noch nie in meinem Leben hatte ich Sex mit einer dunkelhäutigen Frau und ihre exotische Schönheit gibt mir einen zusätzlichen Kick. Jetzt umfassen meine Hände ihre runden Pobacken und kneten sie leicht. Ihre Rechte hält weiter meinen harten Lustspender fest umklammert, fährt an ihm auf und ab, wichst ihn im Wasser. Gleichzeitig reibt sie ihren Intimbereich an meinem Oberschenkel und stöhnt immer wilder. Ich bedecke ihren Oberkörper weiter mit heißen Küssen.

Schließlich stemmt sie sich in die Höhe und rutscht mir entgegen. Ich presse mein Gesicht zwischen ihre herrlichen Brüste und spüre gleichzeitig, wie sie sich auf meinen Schwanz setzt. Ich dränge ihr entgegen, will in sie eindringen, will sie spüren. Sie hält weiter meinen Schaft umklammert und bringt ihn in die richtige Position, und ich kann schon fühlen, wie seine Spitze ihre Schamlippen öffnet – da ergreift im letzten Moment die Stimme der Vernunft Besitz von mir. Jahrelanges striktes Einhalten von Safer Sex lassen sich nicht so einfach über Bord werfen, nicht einmal von einer solch heißen, exotischen Schönheit. Sie ist eine fremde Frau aus einem fremden Land. Ich bin mir der Risiken nur zu gut bewusst.

»Wir brauchen ein Kondom«, presse ich hervor, das Gesicht immer noch zwischen ihren Brüsten verborgen.

Sie zuckt zurück, als hätte ich sie geschlagen, und sieht mich mit einem Gesichtsausdruck an, der gleichzeitig von Überraschung, Enttäuschung und Ärger geprägt ist. Ich glaube schon, es jetzt versaut, die besondere Stimmung zerstört zu haben, da deutet sie auf den Badezimmerschrank hinter mir. »Oberste Schublade.« Sie stößt sich von mir ab. »Beeil dich.«

Ich springe aus dem Wasser und aus der Wanne, rutsche mit meinen nassen Füßen beinahe auf den Fliesen aus und bin mit zwei Sprüngen beim Schrank. In der obersten Schublade liegen gleich ein Dutzend Gummis – heute ist offensichtlich nicht das erste Mal, dass sie hier benötigt werden.

Ich drehe mich wieder zu Claire um. Sie steht in der Badewanne, weit über den Rand gebeugt und stützt sich mit den Unterarmen auf die Waschmaschine, die daneben steht. Sie reckt mir drängend ihren perfekten Apfelpo entgegen, dreht den Kopf und gurrt: »Mach schon!«

Das lasse ich mir nicht zweimal sagen. Rasch rubbele ich meinen beinahe schon schmerzhaft pochenden Ständer mit einem Handtuch trocken, rolle das Kondom über und springe zurück in die Wanne. Mit beiden Händen umfasse ich ihre Pobacken, knete sie, ziehe sie auseinander und lege das rosa Innere ihrer zuckenden Lustspalte frei. Mit einem Finger streiche ich an ihr entlang und spüre eine Feuchtigkeit, die nicht vom Badewasser kommt.

»Los!«, befiehlt Claire jetzt. »Steck ihn rein! Fick mich! Ich will, dass du mich fickst, hörst du?«

Ich setze die Spitze meines Riemens an ihren Möseneingang und stoße zu. Widerstandslos gleitet er tief in ihre klatschnasse Spalte, bis zum Anschlag, und Claire stößt einen hohen, spitzen Lustschrei aus. Ich beginne, mich langsam in ihr zu bewegen. Claire beugt sich nach hinten zu mir, umklammert meinen Kopf und küsst mich.

»Komm, gib mir alles!«, raunt sie mir schwer atmend ins Ohr. »Ich brauche einen Hengst, willst du mein Hengst sein?

Los, fick mich richtig! So hart du kannst! Gib es mir, fick mich! FICK MICH!«

Die letzten Worte schreit sie, während sie sich wieder nach vorn beugt und meine Stöße empfängt, die immer härter und wilder werden. Angestachelt durch Claires Schreien und Stöhnen dränge ich mit aller Kraft in sie hinein. Ihre Arschbacken klatschen gegen meine Lenden, sie stöhnt bei jedem Stoß immer lauter und schreit mir französische Worte entgegen, die ich nicht verstehe, die mich aber nur noch geiler machen. Ich merke, dass ich dieses Tempo nicht mehr lange durchhalte, aber das macht nichts, denn Claire kommt bereits schreiend zum Orgasmus, der in kräftigen Wellen ihren Körper und ihre Muschi durchzuckt. Das gibt mir endgültig den Rest. Ich fühle auch meinen Höhepunkt aufsteigen, werfe meinen Kopf zurück und stöhne, während mein Schwanz explodiert und ich mich in kräftigen Schüben in ihr ergieße, zum ersten Mal wieder, seit so langer Zeit ...

Erschöpft lasse ich mich fallen, lege meinen Oberkörper auf ihren, genieße die Wärme ihrer Haut und küsse sie zärtlich in den Nacken. Einige Minuten verweilen wir in dieser unbequemen Position, bis wir uns voneinander lösen. Claire dreht sich zu mir um, nimmt mein Gesicht in beide Hände und küsst mich so leidenschaftlich, wie ich es noch nie in meinem Leben erlebt habe. Als sich unsere Lippen nach einer atemlosen, unendlich schönen gefühlten Ewigkeit voneinander lösen, spüre ich, wie meine weichen Knie nachgeben. Ihre schwarzen Augen funkeln mich an.

»Merci, chéri«, sagt sie lächelnd. Dann steigt sie aus der Wanne.

Noch immer schwer atmend trocknen wir uns gegenseitig ab und tauschen dabei weitere Küsse und Streicheleinheiten aus.

Claire wirft sich einen Bademantel über, ich schlüpfe wieder in meine Hose und mein Shirt. Als wir das Bad verlassen, wissen wir beide, dass es das noch nicht gewesen sein kann. Ich für meinen Teil bin fest entschlossen, sie in mein Zimmer zu ziehen, wenn wir es erreichen. Aber soweit kommen wir gar nicht.

Als wir an der Tür zu Carmens Zimmer vorbeigehen, hören wir ein Geräusch daraus hervordringen, das verdächtig nach dem Stöhnen zweier Frauen klingt. Die Tür ist nur angelehnt, nicht verschlossen. Ohne zu zögern streckt Claire ihre Hand aus und öffnet sie einen Spalt breit. Dann drückt sie die Tür noch ein Stück weiter auf, damit auch ich sehe, was im Zimmer vorgeht.

Im schummrigen Dämmerlicht des kleinen Zimmers liegen zwei Gestalten auf dem Bett. Beide sind nackt, eng umschlungen, und streicheln sich am ganzen Körper. Isabelle und Carmen liegen mit dem Kopf zu uns. Carmen reibt ihren Körper an Isabelles, während sie sich leidenschaftlich küssen. Genaues kann ich bei dem Licht nicht erkennen, doch es sieht so aus, als hätten beide je eine Hand zwischen den Schenkeln der anderen. Der Anblick ihrer nackten, sich windenden Körper und ihr Stöhnen erregen mich und ich spüre, wie mir erneut das Blut aus dem Kopf und in meine Lenden schießt.

Claire scheint das zu erahnen. Ich fühle ihre tastende, fordernde Hand in meinem Schritt. Offensichtlich zufrieden mit dem, was sie da findet, geht Claire vor mir auf die Knie und öffnet meine Hose. Mein bestes Stück hüpft ihr bereitwillig entgegen. Sie leckt an seinem Schaft entlang und umspielt mit ihrer Zungenspitze die Eichel, während er sich unter ihrer Behandlung innerhalb von Sekunden wieder zur vollen Größe aufrichtet. Und schon verschwindet mein Schwanz beinahe vollständig in ihrem gierigen Mund.

Überrascht bemerke ich, wie tief sie ihn in sich aufnimmt. Ich war immer einigermaßen stolz darauf, überdurchschnittlich gut ausgestattet zu sein, und noch nie hatte ich es erlebt, dass eine Frau ihn derart gierig verschlang. Das sind meine letzten bewussten Gedanken, bevor ich mich fallen lasse und einfach nur noch genieße. Während ich weiter die beiden jungen Frauen bei ihrem zärtlichen Liebesspiel beobachte, gönnt mir Claire ein Blaskonzert, wie ich noch keines je erlebt habe. Ihr Kopf bewegt sich auf und nieder, lässt meinen harten Prügel fast vollständig in ihrem Mund verschwinden und gibt ihn dann wieder frei. Gleichzeitig ist ihre unermüdliche Zunge überall gleichzeitig, am Rand meiner Eichel, an der kleinen Öffnung an der Spitze, an dem sensiblen Bändchen, das die Vorhaut mit dem Schaft verbindet. Seit heute weiß ich jedenfalls, warum Oralsex »Französisch« heißt: Das Klischee ist keines! Niemand kann seine Zunge so einsetzen wie eine Französin. Ich spüre, wie sich überraschend schnell ein weiterer Orgasmus in mir aufbaut.

Auch das Stöhnen der beiden Mädchen im Zimmer wird immer lauter, steigert sich zu einem Duett der Lustschreie. Jetzt reißt Isabelle den Kopf zurück und für einen Augenblick sehe ich in ihre weit aufgerissenen, himmelblauen Augen und in ihr vor Lust verzerrtes Gesicht, als sie ihren Höhepunkt hinausstöhnt. Und da kommt auch mit einer Urgewalt mein Orgasmus angejagt, dass ich nichts mehr tun kann, als ebenfalls aufzustöhnen. Ich kann Claire nicht mehr warnen, schieße mit enormer Wucht meinen Samen tief in ihre Kehle. Aber Claire stöhnt nur wohlig, schluckt alles herunter und macht sich dann daran, gierig jeden Tropfen von mir aufzulecken. Sie gibt meinen zuckenden Schwanz erst frei, als auch der letzte Tropfen in ihrem Mund verschwunden ist. Dann steht sie auf und gibt mir einen zärtlichen Kuss auf die Wange.

»Merci«, sagt sie zum dritten Mal an diesem Abend. Sie leckt sich noch einmal die Lippen und schreitet dann davon in ihr Zimmer.

Ich bleibe allein mit heruntergelassener Hose vor der fremden Tür stehen. Mir ist nur zu bewusst, dass meine beiden Mitbewohnerinnen mich gehört und gesehen haben müssen, aber sie beachten mich nicht, sind in ihrer Umarmung versunken. Mir bleibt nur, die Hose wieder hochzuziehen und in mein Zimmer zu wanken.

Jetzt, da ich dies schreibe, spüre ich, dass ich schon wieder erregt bin. Am liebsten würde ich in dieser Sekunde in Claires Zimmer gehen, aber sie schläft wahrscheinlich schon. Egal. Ich habe das sichere Gefühl, dass dies nicht der letzte Fick war, den sie von mir haben wollte.

Und, habe ich zu viel versprochen?

Es! Ist! Der! Pure! Wahnsinn!

6. Juni

Da ich nicht ins Institut musste, begann mein erstes Wochenende in Barcelona eben schon am Freitag. Meine Mitbewohnerinnen waren tagsüber alle ausgeflogen und ich war auf mich allein gestellt. Ich hatte heute keine Lust, mir in der Tageshitze die Füße wundzulaufen und beschloss daher, den Strand zu besuchen.

Obwohl es unter der Woche war, war der kilometerlange Sandstrand gut besucht. Zwei oder drei Meter erhöht führte die Strandpromenade am Strand entlang, auf dem zu jeder Tageszeit Fahrradfahrer, Skater, Jogger und Hundebesitzer unterwegs waren.

Ich wanderte eine Zeit lang durch den feinen Sand, bis ich eine Stelle fand, an der große Steine und Schilf die Promenade vom Strand trennten und ich nicht das Gefühl hatte, von tausend Passanten angeglotzt zu werden.

Während ich mein Handtuch ausbreitete, erkannte ich, dass mindestens die Hälfte aller Anwesenden nackt war. Das verwunderte mich etwas, da ich die Spanier für prüder gehalten hatte, aber dann dachte ich mir, dass ich wahrscheinlich zufällig in einem FKK-Bereich des Strandes gelandet war. Ich beschloss, die Gelegenheit zur nahtlosen Bräune zu nutzen und stieg ebenfalls aus allen Kleidern.

Ich ließ meinen Blick über die anderen Badegäste streifen, während ich mich mit Sonnencreme einrieb. Viele alte Männer waren darunter, deren braune, runzelige Haut so aussah, als würden sie seit zwanzig Jahren nichts anderes tun, als Tag für Tag in der Sonne zu liegen. Auch einige Familien mit kleinen Kindern waren hier. Die einzigen anderen Menschen in meiner unmittelbaren Nähe waren ein Pärchen, das ich auf Mitte dreißig schätzte. Es lag in einer Ausbuchtung einer Steinbegrenzung und war so vor neugierigen Blicken geschützt – außer vor den meinen.

Unauffällig musterte ich die beiden und vor allem natürlich den weiblichen Part. Sie hatte sonnengebräunte Haut und war nicht ganz schlank, aber mit ihren fraulichen Rundungen trotzdem sehr attraktiv. Sie lag auf dem Rücken und präsentierte mir ihre prächtigen, von der Sonnenmilch leicht schimmernden Brüste. Sofort erinnerte ich mich an den gestrigen Abend und an meine Lust, ihn bald zu wiederholen. Ich legte mich auf den Bauch, um gewisse Regungen meines besten Stücks zu verbergen, und drehte mich dabei so, dass ich die Frau bestens im Blick hatte.

Ganz so unauffällig wie ich dachte, war ich offensichtlich nicht, denn ich bemerkte, wie sie mehrmals zu mir herüberblickte. Normalerweise hätte ich schnell den Kopf weggedreht, aber aus irgendeinem Grund sah ich sie einfach weiter an und hielt den Blickkontakt mit ihr. Was sollte ich mir Sorgen machen, ich hatte schließlich Urlaub!

Ich hatte damit gerechnet, dass sie womöglich ärgerlich reagieren würde. Doch nach einigen Minuten veränderte sie ihre Position ein wenig, sodass ich jetzt direkt zwischen ihre Schenkel blicken konnte. Der Mann neben ihr hatte die Augen geschlossen und bemerkte nichts davon.

Die Frau lächelte, als sie meine großen Augen sah. Sie spreizte ihre Schenkel noch ein wenig mehr, dann glitt eine Hand über ihren Bauch zwischen ihre Beine. Ein zufälliger Beobachter hätte an der Bewegung nichts Anstößiges vermutet, doch sie zog mit zwei Fingern ihre Schamlippen auseinander und präsentierte mir ihre rosa Spalte. Jetzt war es um mich geschehen! Ich spürte, wie mein Schwanz sich verhärtete.

Ich hob den Kopf, um mich zu vergewissern, dass wir keine Zuschauer hatten, dann drehte ich mich so zur Seite, dass sie meinen Ständer sehen konnte. Sie lächelte und leckte sich über die Lippen. Dann begann sie, sich mit langsamen Bewegungen zu massieren. Selbst auf diese Entfernung konnte ich sehen, wie sich ihre Lust langsam steigerte, schließlich schloss sie die Augen und gab sich ganz ihrer Befriedigung hin.

Wie gern wäre ich zu ihr gegangen, hätte sie berührt, wäre in irgendeiner Form aktiv geworden – aber angesichts des kräftig gebauten Mannes, der da neben ihr lag, verbot sich das natürlich. Ich konnte nichts anderes tun, als den Blick unverwandt auf sie zu richten, sie zu beobachten, während sie sich nur für mich selbstbefriedigte. Ich ließ die Finger von meiner Erektion, erstens, weil ich mich doch nicht so ganz traute, mitten auf dem Strand zu masturbieren, und zweitens, weil ich darauf hoffte, heute Abend wieder mit Claire im Bett zu landen und meine Energie aufsparen wollte.

Schließlich sah ich, wie sich ihr Rücken krümmte, wie sie sich auf die Lippen biss und stumm ihren Orgasmus genoss. Nach einer Weile, als sich ihr Atem beruhigt hatte, öffnete sie ihre Augen und blickte zu mir. Wir lächelten uns gegenseitig an und nickten uns zu wie zwei Verschwörer, die ein Geheimnis teilten. Dann flüsterte sie ihrem Begleiter etwas zu, die beiden zogen sich an und ließen mich in meiner Erregung allein. Ich beschloss: Ich musste heute noch mit einer Frau schlafen!

***

Als ich am Nachmittag in die Wohnung zurückkehrte, fand ich sie leer und verlassen vor. Ich wollte schon in mein Zimmer gehen, als mein Blick durch die Glastür auf die Dachterrasse fiel. Da lag eine Gestalt auf einer Liege im Schatten des Sonnenschirms. Deutlich erkannte ich Carmens zierliche Gestalt und die Porzellanhaut ihres nackten Körpers. Carmen lag auf dem Bauch und präsentierte mir ihren Rücken und ihren kleinen, runden Po. Ihre Augen waren geschlossen und ihre Gesichtszüge sahen friedlich und unschuldig aus.

»Sie ist wunderschön, nicht wahr?«, flüsterte mir eine Stimme ins Ohr.

Ich zuckte erschrocken zusammen und Claire, die geräuschlos hinter mich getreten war, kicherte leise. Sie presste sich von hinten an mich, während ihre Hand in meinen Schritt griff und meinen Schwanz durch den Stoff meiner Hose massierte.

»Sie gefällt dir«, sagte Claire.

»Ja.« Ich stellte fest, dass meine Stimme rau vor Erregung war.

»Du willst deinen großen, harten Schwanz in ihrem engen Loch versenken«, fuhr Claire fort und knabberte an meinem Ohrläppchen. »Du willst sie ficken, habe ich recht? Sag es, mein Hengst!«

»Ich will sie ficken«, bestätigte ich.

»Es trifft sich gut, dass ich nicht eifersüchtig bin.« Claire grinste und drehte mich zu sich herum, damit ich in ihre schwarzen Augen sehen konnte. »Geh in mein Zimmer, zieh dich nackt aus und leg dich aufs Bett«, befahl sie. »In fünf Minuten komme ich mit Carmen nach. Wenn du dann nicht splitternackt bist, gehen wir wieder und haben miteinander Spaß, verstanden?«

Ich nickte stumm, warf noch einen letzten Blick auf Carmens nackten Körper und trollte mich.

***

Neugierig sehe ich mich in Claires Zimmer um. Es ist auch nicht größer als meines, aber wesentlich gemütlicher eingerichtet. An den Wänden hängen Poster französischer und spanischer Filme. Neben dem breiten Bett wird das Zimmer von einem massiven dunkelbraunen Kleiderschrank dominiert, der aussieht, als sei er mindestens hundert Jahre älter als ich.

Ich brauche nur wenige Augenblicke, um Shirt, Shorts, Socken und Slip loszuwerden. Dann schiebe ich die Bettdecke zur Seite und lege mich mit dem Rücken auf das Laken. Die Vorstellung, dass gleich Claire und Carmen hereinkommen würden und ich vielleicht sogar beide Mädchen ficken könnte, genügt, um meinen Schwanz aufzurichten.

Kurze Zeit später betreten die beiden Süßen das Zimmer. Die zierliche Carmen hat sich einen Kimono umgelegt, der ihre Reize verbirgt. Ich registriere zufrieden, wie ihre Augen größer werden, als ihr Blick an meinem Körper entlangwandert und an meinem harten, pochenden Prügel verharrt.

Claire steigt auf das Bett, beugt sich über mich und lässt meinen harten Schwanz mehrmals bis zur Hälfte in ihren Mund hinein und wieder hinausgleiten. Als ich versuche, meinen Oberkörper aufzurichten, drückt sie ihn entschlossen zurück auf das Laken. Dann hält sie Carmen meinen Schwanz hin, als würde sie ihr anbieten, mal an ihrem Eis zu lecken.

Carmen kommt dem Angebot gern nach. Sie krabbelt auf meiner anderen Seite auf die Matratze, beugt sich zu mir herunter und leckt mit flinker Zunge über den Schaft, dann nimmt sie die Eichel in den Mund und spielt gleichzeitig mit der Zungenspitze am Rand der Eichel. Ich stöhne genüsslich und gebe mich der zärtlichen Behandlung hin. Einige Male geht das Spiel so hin und her, abwechselnd blasen die beiden exotischen Frauen meinen Ständer. Dazwischen tauschen sie immer wieder heiße Küsse aus. Ihre Zungen spielen miteinander, während Claire meinen Schwanz langsam wichst.

Dann steigt Claire über mich und presst ihre weichen Lippen auf meine. Zärtlich saugt sie an meiner Zunge. Währenddessen zaubert sie wie aus dem Nichts zwei Paar Plüschhandschellen hervor und ehe ich mich versehe, ist meine rechte Hand an das Kopfgestell des Bettes gefesselt. Ohne unser Zungenspiel zu unterbrechen, folgt die zweite.

»Was soll das denn?«, will ich wissen.

»So sind die Bedingungen, wenn du Carmen ficken willst«, erklärt Claire und schiebt mir zuletzt noch eine pinkfarbene Schlafmaske über die Augen. Ich kann nichts mehr sehen, außer einem schwachen Lichtschimmer am Rand der Maske. »Lass uns nur machen und genieße einfach.«

Claire gleitet von mir herunter.

»Genieße es«, höre ich Claire sagen und weiß nicht, ob sie mich oder Carmen damit meint. Vielleicht auch uns beide. Ich versuche, mich zu entspannen und konzentriere mich ganz auf mein Gehör und meinen Tastsinn.

Ich spüre, wie jemand über mich klettert, fühle Hände auf meinem Körper, Schenkel an meinen Hüften. Jemand setzt sich rittlings auf mich und aus den zögernden, unsicher wirkenden Bewegungen schließe ich, dass es Carmen ist.

Eine Hand hält meinen Schwanz umklammert und rollt ein Kondom über. An der Spitze spüre ich einen drängenden Körper und ich freue mich darauf, in eine feuchte Möse vorzustoßen.

Doch irgendetwas stimmt nicht. Ich spüre, wie ich eindringe, aber es ist viel mehr Druck nötig, als ich es erwartet hätte und es ist so eng, dass ich glaube, sofort zu explodieren. Erst denke ich, Carmen sei eben sehr eng gebaut, doch dann erkenne ich: Ich bin nicht in ihre Muschi eingedrungen, sondern in ihren Po!

Ich hatte noch nie Analsex, aber es fühlt sich absolut geil an. Vorsichtig lässt Carmen Zentimeter um Zentimeter meines Schwanzes verschwinden, bis er bis zum Anschlag in ihr steckt und ich ihre Pobacken auf meinen Lenden spüre. Ich stöhne lustvoll auf, als sie beginnt, sich langsam auf und ab zu bewegen. Ich hätte nicht geglaubt, dass das so scharf sein könnte! Es ist warm und herrlich eng in ihrem Arschloch und jede Bewegung reizt meine Eichel bis zum Äußersten. Ich höre auch Carmen stöhnen, sie beschleunigt ihren Ritt.

Schnell, viel zu schnell, fühle ich, wie mich der Orgasmus überrollt. Röchelnd bäume ich meinen Oberkörper auf, zerre an meinen Handschellen und schieße meinen Saft tief in ihren Arsch.

Carmen macht noch einige Bewegungen auf mir, dann wird sie langsamer. Ich spüre lange Haare, die sanft über meinen Bauch streicheln und höre Carmen immer lauter stöhnen und schließlich zum Orgasmus kommen. Ich verstehe, dass das Claires Werk sein muss.

Dann erhebt sie sich, lässt meinen Schwanz aus ihrem Loch gleiten, beugt sich über mich und küsst mich. Einige Sekunden später wird mir die Schlafmaske von den Augen genommen. Claire lächelt mich an. Von Carmen ist nichts zu sehen.

Sie bemerkt meinen fragenden Blick: »Sie ist sehr schüchtern, weißt du?«

Claire beugt sich über mich und küsst mich wieder, während sie meine Fesseln löst. Mit einer Hand streift sie mein Kondom ab und lutscht dann meinen Schwanz gründlich sauber.

»Wie hat es dir gefallen?«, will sie wissen.

»Es war geil«, erwidere ich. »Aber ich hätte sie gern dabei gesehen.«

»Das nächste Mal vielleicht, mein Hengst«, vertröstet sie mich und zwinkert mir zu. »Wenn du brav bist.«

7. Juni

Ich hätte ja kaum gedacht, dass sich das, was ich in den letzten zwei Tagen erlebt habe, noch steigern ließe.

Heute weiß ich: Doch, das geht problemlos.

Es war Samstag und ich schaffte es, Isabelle davon zu überzeugen, mit mir in die Stadt zu gehen. Als ich sagte, ich wolle das schöne Wetter ausnutzen, lachte sie nur. »Du weißt doch: Wir haben hier fast immer schönes Wetter.«

Dennoch begleitete sie mich in die Altstadt. Wir spazierten am späten Vormittag am Strand entlang bis zum Hafen. Als es uns zu heiß wurde, zogen wir die Schuhe aus und gingen am Rand des Wassers entlang, wo sanfte Wellen immer wieder unsere nackten Füße umspülten. Wir erreichten das *Maremagnum,* das große Einkaufs- und Vergnügungszentrum am Hafen, und beschlossen, uns in eine Bar zu setzen, einige Tapas zu probieren und die Aussicht auf das Meer zu genießen.

Es war meine erste Gelegenheit seit meiner Ankunft, mich einmal länger mit jemandem zu unterhalten, und ich stellte fest, dass ich Isabelles Gesellschaft sehr genoss. Ihrer melodischen Stimme hätte ich ewig zuhören mögen und ich konnte meinen Blick kaum von ihrem Lächeln und ihren Augen, die mit dem strahlenden Blau des Himmels zu wetteifern schienen, losreißen. An den Inhalt unseres Gesprächs kann ich mich kaum noch erinnern, es waren belanglose Anekdoten aus meinem und ihrem Leben. Aber ihr Lachen und ihre Augen, die werden mir in Erinnerung bleiben.

Später wanderten wir durch den wunderschönen *Parc de la Ciutadella* oberhalb des olympischen Hafens. Wir ließen den überfüllten Zoo links liegen und streiften über die Grünflächen, am beschaulichen See entlang und schließlich zu dem prunkvollen Brunnen im Norden des Parks mit seinen Fontänen und prachtvollen, goldenen Statuen.

Direkt gegenüber vom Brunnen stand ein großer Pavillon, der voller Menschen war. Gerade als wir ankamen, ertönten die ersten Klänge von Musik. Zu meiner Überraschung handelte es sich dabei nicht um typisch spanische oder vielleicht südamerikanische Musik, die gut zu der allgemeinen Szenerie gepasst hätte, sondern um Rock 'n' Roll. Die Paare im Pavillon begannen ausgelassen zu tanzen, während rundherum Passanten stehen blieben, zusahen oder selbst einige Tanzschritte wagten.

Ich bemerkte, dass Isabelle neben mir unwillkürlich mit den Beinen zuckte. Bevor mir noch selber klar war, was ich da tat, nahm ich sie an der Hand.

»Möchtest du tanzen?«, fragte ich.

Isabelle blickte mich überrascht an, dann lächelte sie. »Sehr gern.«

Ich zog sie die drei Stufen nach oben. Viel Platz war auf der Tanzfläche nicht, was mir durchaus entgegenkam. Ich schätze meine Tanzfähigkeiten eher mittelmäßig ein und tanze, wie die meisten Männer, eigentlich nur aus einem einzigen Grund: um Frauen zu beeindrucken. In der Enge brauchte ich mir keine Gedanken um ausgefallene Tanzmanöver zu machen und konnte stattdessen den regelmäßigen engen Körperkontakt mit Isabelle genießen.

Eine gute Viertelstunde lang drehten wir ausgelassen lachend unsere Runden, dann verklang die Musik. Einige der Tänzer klatschten, obwohl ich nicht so recht verstand, wieso, schließlich hatte hier keine Live-Band gespielt. Dann zerstreute sich die Menge langsam und teilte sich in einzelne Paare auf, die rund um den Pavillon Tanzschritte und anspruchsvollere Choreographien einstudierten. Offensichtlich gehörten die meisten einem Tanzkurs an, der hier im Park übte. Isabelle und ich standen eine Weile lang herum und sahen dem Treiben zu, ehe wir weitergingen.

Isabelles Gesichtsfarbe normalisierte sich langsam wieder, was ich beinahe schade fand, denn die Röte, die während des Tanzens auf ihren Wangen erschienen war, hatte mir gefallen.

Inzwischen ging es auf den Abend zu und Isabelle führte mich durch die engen Gassen des gotischen Viertels zu einer kleinen Pizzeria in der Nähe der Kathedrale, die sie kürzlich für sich entdeckt hatte. Ich war zwar eigentlich nicht nach Spanien gekommen, um Italienisch zu essen, doch ich vertraute ihrer Wahl, außerdem mochte ich die italienische Küche sehr. Von außen wirkte das Restaurant so unscheinbar, dass ich ohne Isabelle wahrscheinlich daran vorbeigelaufen wäre, doch der Innenraum war sehr gemütlich eingerichtet, mit kleinen Nischen, in denen man ungestört sein konnte, und Bleistiftskizzen von alten Gebäuden der Stadt an den Wänden. Da wir früh dran waren, ergatterten wir problemlos einen kleinen Tisch in einer der Nischen.

Wir bestellten Pasta und eine Karaffe mit dem Wein des Hauses. Als wir mit klirrenden Gläsern anstießen, sah ich Isabelle dabei tief in die blauen Augen. Sie hielt meinem Blick eine Weile lang stand, ehe sie sich leise kichernd abwenden musste.

»Also«, sagte sie, als sie das Glas abstellte, »du hast vorgestern mit Claire geschlafen.«

Das war keine Frage, sondern eine Feststellung. Ich nickte.

»Und gestern hast du mit Carmen geschlafen.«

Ich nickte wieder.

»Jetzt bin ich wohl an der Reihe?«, fragte sie. »Also die Dritte, die du verführst?«

Was sollte ich auf diese Frage antworten? Es bestand gar kein Zweifel daran, dass ich großes Interesse an ihr hatte, jedes Leugnen wäre unehrlich, dumm und darüber hinaus auch äußerst lächerlich gewesen. Aber so wie sie es formulierte, konnte ich es nicht stehen lassen. Also schüttelte ich den Kopf. »Nein, du bist die Erste.«

Isabelle hob überrascht die Augenbrauen, sagte aber nichts.

»Ich habe Claire und Carmen nicht verführt«, versuchte ich zu erklären. »Es ist einfach geschehen. Du kennst Claire besser als ich, du weißt sicherlich, wie … überzeugend sie sein kann.«

Isabelle nickte mit einem wissenden Lächeln.

»Aber dich, dich möchte ich tatsächlich verführen«, fuhr ich fort.

Isabelle musterte mich einige Sekunden lang mit strengem Blick, dann nickte sie. »Du kannst es ja versuchen.« Sie zwinkerte mir zu. »Erzähl mir etwas.«

»Was denn?«

Sie betrachtete an der Wand die Zeichnung einer Baustelle, die dereinst zur berühmten Sagrada Familia werden sollte, und überlegte. »Erzähl mir ein Geheimnis«, entschied sie schließlich. »Erzähl mir etwas, was du niemals … sagen wir … niemals deinen Eltern erzählen würdest.«

Ich lachte. »Da gibt es einiges.«

»Zum Beispiel?«

»Nun, mal sehen. Zählt die Tatsache, dass ich in einer WG gelandet bin, in der eine Mitbewohnerin schöner, heißer und sexhungriger ist als die andere?«

Jetzt war es an Isabelle zu lachen. »Ja, an so was Ähnliches hab ich gedacht. Aber natürlich etwas, das ich noch nicht weiß.«

Ich überlegte kurz. »Ich habe meiner Familie nie von meinem ersten Mal erzählt«, gestand ich schließlich.

»Und warum nicht?«

»Weil sie es nicht verstanden hätten. Besonders meine Mutter nicht.«

Isabelle lehnte sich zurück. »Lass mich raten: Du bist auf dem Bauernhof deines Onkels von deiner zärtlichen Cousine entjungfert worden?«

Ich musste grinsen. »Nein, von der Mutter meines besten Freundes.«

Isabelle hob ihre Augenbrauen. »Wie alt war sie?«

»Anfang Vierzig.«

»Und du?«

»Siebzehn.«

»Hoppla! Und wie ist es dazu gekommen?«

Ich zuckte mit den Schultern. »Na, wie das eben so kommt, wenn ein dauergeiler Teenager mit einer attraktiven nackten Frau allein ist.«

Isabelle sagte nichts, aber ihr Gesichtsausdruck war eine einzige Aufforderung, weiterzuerzählen.

Also fuhr ich fort: »Ich war mit einem Freund und dessen Familie ans Mittelmeer gefahren, nach Kroatien. Es war eine gute Gelegenheit, kostenlos in den Urlaub zu fahren. Wir Jungs hatten unser eigenes Zimmer und zogen meistens zu zweit durch die Gegend. Es war fast so, als wären wir allein im Urlaub, und trotzdem hatten wir einen Erwachsenen dabei, der auf uns aufpasste. Und natürlich für alles bezahlte.« Ich grinste. »Außer uns waren noch die Mutter und die beiden kleinen Brüder meines Freundes dabei. Manchmal mussten wir auf die Kleinen aufpassen, aber meistens konnten wir uns absetzen.

Na ja, jedenfalls haben die beiden Kleinen meinen Freund eines Tages dazu gebracht, mit ihnen in die Stadt zu gehen und irgendwas einzukaufen. Ich wollte nicht mit, da bot mir seine Mutter an, sie an den Strand zu begleiten. Als wir dort ankamen, stellte sich allerdings raus, dass es sich um einen FKK-Strand handelte. Du kannst dir bestimmt vorstellen, wie peinlich es war, mich vor der Mutter meines besten Freundes auszuziehen. Sie hatte damit überhaupt kein Problem. Kaum hatten wir einen schönen, abgelegenen Platz gefunden, war sie auch schon nackt.

Mir sind beinahe die Augen aus dem Kopf gefallen. Abgesehen von meiner Mutter, und die zählt ja nicht, hatte ich noch nie eine nackte Frau gesehen –, zumindest nicht in echt. Und sie war wirklich attraktiv! Sie hatte eine rotblonde Mähne, die mich schon immer fasziniert hatte, und eine großartige Figur. Ich musste mich echt zusammenreißen, nicht die ganze Zeit auf ihre großen Brüste zu starren – aber mit Sicherheit ist es ihr trotzdem aufgefallen. Und dann stellte ich fest, dass sie auch noch zwischen den Beinen rasiert war. Das war mir völlig neu, vor zehn Jahren gab es für mich noch keine Internetpornos und die Mädchen in den Heften und Filmchen, die ich kannte, hatten da unten immer Haare. Ich konnte nicht mehr wegsehen.

Sie ist völlig ruhig geblieben, hat gelächelt und mich dann gefragt, ob ich mich denn nicht auch ausziehen wolle. Wie gesagt, mir war das peinlich, aber was sollte ich machen? Also hab ich mich halb umgedreht, während ich mir die Hose runtergezogen habe, und mich gleich aufs Handtuch gesetzt, um nicht zu viel zu zeigen.

Ich weiß nicht, ob sie all das geplant hatte, ob sie von vorneherein an mir interessiert war, oder ob sie einfach eine Gelegenheit ergriffen hat, als sie gemerkt hat, dass ich sie heiß fand. Auf jeden Fall hatte sie vollkommen die Kontrolle und hat mich geführt. Aber das hab ich erst später verstanden.

Sie bot mir an, meinen Rücken einzucremen. Ich erinnere mich noch genau an ihre warmen Hände und dass ich mir gewünscht habe, sie würden mich auch an anderen Stellen berühren. Nun ja, und dann sollte ich mich natürlich revanchieren. Sie lag auf dem Bauch und ich habe ihren nackten Körper bewundert. Ich habe ihren Rücken eingecremt und bin auch immer wieder ganz nahe an ihren Po heran, habe mich aber dann doch nicht getraut. Aber dafür war ich beim Rücken sehr gründlich, habe auch die Seiten nicht vergessen und versucht, ihren Brustansatz zu berühren. Und dann hat sie sich plötzlich auf den Rücken gedreht.

›Hier kannst du mich auch eincremen‹, hat sie gesagt und auf ihre Brüste gezeigt. Ich muss knallrot im Gesicht gewesen sein, aber sie hat nur gelächelt. ›Das willst du doch, oder? Meine Brüste berühren? Na los, fass sie an!‹

Ich weiß noch, wie toll sie sich anfühlten, wie fest und weich zugleich. Ich hab sie geknetet, als müsste ich ihr die Creme tief in die Haut massieren. Und dann waren da plötzlich ihre Hände auf meinem Körper, die mich überall berührt und gestreichelt haben.

›Du bist ein gut aussehender Junge‹, sagte sie. ›Die Mädchen stehen bestimmt auf dich.‹

Ich zuckte nur mit den Schultern. Den Eindruck hatte ich eigentlich nicht, was wahrscheinlich daran lag, dass ich unglaublich schüchtern war. Sie hat gelacht, meinen Kopf zu sich runtergezogen und mich geküsst.

Ich war total nervös, aber sie sagte nur: ›Es ist niemand in der Nähe, niemand sieht uns, wir können alles machen, was wir wollen.‹ Wir haben uns geküsst und am ganzen Körper gestreichelt, sie hat mir gezeigt, wie ich sie berühren muss. Und irgendwann hat sie mich dann auf sich gezogen, und ich fühlte ihren Körper unter mir. Wir hatten sehr zärtlichen, intensiven Sex, der aber schnell vorbei war.« Ich grinste.

Isabelle, die mir fasziniert zugehört hatte, beugte sich nach vorn. »Und weiter? Ich will die schmutzigen Details hören!«

Ich schüttelte den Kopf und lachte. »Für die schmutzigen Details ist es noch zu früh am Abend.«

Sie zuckte mit den Schultern. »Na gut. Ich komme darauf zurück.« Sie zwinkerte mir zu.

Unser Gespräch wurde unterbrochen, als der Kellner mit unserem Essen kam. Ich hatte eine Lasagne bestellt und sie Tortellini mit Meeresfrüchten. Wir ließen uns gegenseitig probieren und widmeten uns dann einige Minuten lang stumm unserem Essen.

»Und wie ging es weiter?«, fragte Isabelle schließlich. »Mit der Mutter deines Freundes, meine ich.«

Ich schluckte hinunter, was ich gerade im Mund hatte, und grinste dann. »Wir haben es den ganzen Urlaub lang getrieben, so oft wir konnten. Ich musste schon aufpassen, dass mein Kumpel nicht misstrauisch wurde, weil ich mehr Zeit mit seiner Mutter verbrachte als mit ihm. Ich hab unglaublich viel von ihr gelernt. Wie man eine Frau mit den Fingern und mit dem Mund verwöhnt. Wie ich mich soweit zurückhalten kann, dass ich nicht gleich losschieße.« Ich musste kurz auflachen, als ich an diese Zeit zurückdachte. »Obwohl das kein großes Problem war. In diesem Alter war meine Libido nicht kleinzukriegen. Der Sex war zwar kurz, aber dafür oft. Ich war wirklich ununterbrochen geil auf sie.«

»Und als ihr wieder zu Hause wart? Habt ihr euch weiter getroffen?«

Ich schüttelte den Kopf. »Nein, irgendwie war uns beiden von Beginn an klar, dass das auf diesen Urlaub beschränkt sein würde. Es hat in Kroatien begonnen und dort ist es auch geblieben. Aber es war schön, solange es dauerte.« Ich spießte eine weitere Portion auf meine Gabel. »Und jetzt bist du dran«, sagte ich, ehe ich sie zum Mund führte. »Wie war dein erstes Mal?«

Isabelle machte eine abwehrende Handbewegung. »Ach, das war nicht so interessant wie bei dir. Eine Party, viel zu viel Alkohol, und ich bin mit einem Jungen aus meiner Klasse im Bett gelandet, der noch weniger Ahnung hatte als ich. Es tat weh, es war nicht sehr schön und es war zum Glück schnell vorbei. Frag mich was anderes.«

Ich ließ mir Zeit, mir die nächste Frage zu überlegen, während ich meine Lasagne aß. »Wie war dein erstes Mal mit Claire?«, fragte ich schließlich.

Isabelles Gabel verharrte auf dem Weg zum Mund. »Wie kommst du darauf, dass es das gab?«

»Als ich davon sprach, wie überzeugend Claire sein kann, hast du ganz genau gewusst, was ich meinte.«

»Und könnte es nicht sein, dass ich miterlebt habe, wie Claire andere Männer um den Finger gewickelt hat?«

Ich zuckte mit den Schultern. »Klar. Ich wette sogar darauf. Aber ich glaube trotzdem, dass du Erfahrungen aus erster Hand hast.« Ich beugte mich vor. »Ich war eben völlig ehrlich zu dir. Also …?«

Isabelle überlegte einige Sekunden lang und nickte dann. »Ja, du hast recht. Ich habe mit Claire geschlafen.«

»Und hat sie dich verführt oder du sie?«

»Ich glaube, wir wollten es beide gleichermaßen.« Isabelle machte eine kurze Pause und sammelte sich. »Ich war in einer ganz ähnlichen Situation wie du heute. Ich wollte in Barcelona studieren und brauchte eine Wohnung. Ich hab auf ein Inserat geantwortet. Claire und Carmen suchten noch jemanden für eine WG. Wie du, kam ich frisch aus England und wie du, war ich erst mal ein wenig geschockt von der Wohnung.«

Sie lächelte, als sie mein überraschtes Gesicht sah. »Ja, du hast versucht, es zu verbergen, aber ich hab es gemerkt. Der Wohnstandard ist hier in Spanien einfach niedriger als in England. Na ja, ich fand aber Claire und Carmen sehr nett, vor allem Claire hat mich fasziniert. Und überzeugt hat mich dann die geniale Dachterrasse. Also bin ich eingezogen.

Erstes Wochenende, erste Party. Claire und ich sind zusammen in eine Disco, haben getanzt und getrunken.« Sie grinste. »Es war also wieder genug Alkohol im Spiel, ohne hätte ich mich vielleicht auch nicht getraut.

Es war eng auf der Tanzfläche und wir haben uns immer wieder berührt, anfangs nur zufällig, dann immer öfter und absichtlich. Ich genoss die Musik, die Berührungen, auch die Blicke der Männer. Irgendwann sind wir nach Hause gegangen und dann war da dieser Moment, als wir uns im Flur gegenüberstanden. Ich sah ihr schönes Gesicht und wollte in diesem Augenblick nichts sehnlicher auf der Welt, als diese sinnlichen, weichen Lippen zu küssen. Und ihr ging es genauso.«

Isabelle grinste. »Da wir ja auf die schmutzigen Details verzichten wollen, nur so viel: Es war das großartigste, schönste Erlebnis meines bisherigen Lebens. Ich hatte ein bisschen Erfahrung mit Mädchen, du weißt schon, Teeny-Kram, ein bisschen Streicheln, ein bisschen Küssen. Kein Vergleich zu diesem Erlebnis. Ich war unglaublich aufgeregt, aber sie redete auf mich ein, flüsterte mir ins Ohr, wie schön ich sei und wie großartig. Sie war einfach wunderbar. Sie brachte mich zu meinem ersten oralen Orgasmus, weißt du? Keiner der Kerle vorher konnte vernünftig lecken oder wollte es.« Isabelle rollte mit den Augen. »Du weißt, wie diese Typen sind. Natürlich wollen sie einen geblasen kriegen, aber lecken wollen sie nicht. Jede Minute, in der nicht ihr Ding im Mittelpunkt steht, ist Zeitverschwendung.«

Isabelle stocherte in ihren letzten, inzwischen lauwarmen, Tortellini. »Ich verdanke Claire so viel, weißt du? Sie hat mir eigentlich erst meine Sexualität gezeigt. Sie hat mir beigebracht, mich zu öffnen, mich fallen zu lassen, zu genießen. Nicht nur bei ihr, sondern auch bei den Männern.« Sie zwinkerte mir zu. »Seitdem hatte ich auch heißen Sex mit Männern. Nicht, dass du glaubst, du hättest es leicht, mich zu beeindrucken, weil ich nur Nieten im Bett hatte. Inzwischen habe ich hohe Ansprüche.«

Ich grinste. »Das trifft sich gut. Ich nämlich auch.«

Isabelle lachte und legte ihre Gabel weg. »Sag mal, hast du dich vorhin verausgabt oder hast du noch Energie zum Tanzen? Es ist bald elf Uhr, die ersten Discos öffnen.«

»Über zu wenig Energie hat noch keine geklagt«, versprach ich.

Sie lächelte. »Gut zu wissen.«

Isabelle führte mich in einen Club im Untergeschoss eines der alten Häuser in der Nähe. Er war nicht besonders groß und noch beinahe vollkommen leer, als wir ankamen. Wir setzten uns an die Bar, tranken einen Cocktail und unterhielten uns. Nach etwa einer Stunde füllten sich Club und Tanzfläche langsam mit Leuten.

»Richtig voll wird's erst ab ein Uhr oder so«, erklärte Isabelle. »Die Spanier fangen noch später an als die Briten.«

Doch die Musik machte gute Laune und wir wollten nicht warten, bis das Gedränge zu groß war. Isabelle zog mich auf die Tanzfläche und wir ließen uns vom Rhythmus der Musik tragen. Ich konnte meinen Blick nicht von Isabelle lösen, während sie sich schwungvoll und fröhlich zur Musik bewegte. Immer wieder suchte sie meine Nähe und ich genoss es, die Wärme ihres aufgeheizten Körpers zu spüren. Mehrmals spürte ich ihren Po, der sich an meine Lenden presste und daran rieb. Wenn zwischendurch langsamere Lieder gespielt wurden, lagen wir uns in den Armen und drehten eng umschlungen unsere Kreise, ihren Kopf auf meiner Schulter.

Am Ende eines besonders schönen, getragenen Liedes hob ich ihr Kinn an und drückte meine Lippen auf ihre. Leidenschaftlich erwiderte sie den Kuss. Danach blickte sie mich aus ihren so wunderschönen blauen Augen lange an. »Ich bin jetzt genug verführt«, sagte sie ruhig. »Bringst du mich nach Hause?«

»Zu dir oder zu mir?«, fragte ich.

Sie lachte.

***

Ganze zwei Schritte weit kamen wir im Hausflur, gerade genug, um die Wohnungstür zu schließen. Dann lagen wir uns schon in den Armen und küssten uns leidenschaftlich. Meine Hände glitten ihren Rücken hinab und ich spürte, wie mein praller Schwanz gegen den Stoff meiner Hose drückte. Ich wollte diese Frau, ich wollte sie mehr als alles andere auf der Welt.

Aber Isabelle drückte mich plötzlich zurück. »Ich glaube, du solltest vorher duschen«, stellte sie fest.

Nach der ersten Überraschung grinste ich spöttisch, trat einen Schritt zurück und deutete eine Verbeugung an. »Dein Wunsch ist mir Befehl, meine Dame. Aber wenn ich mir die Bemerkung erlauben darf: du auch.«

»He, das ist frech!«, rief Isabelle und boxte mir gegen die Brust.

»Möchtest du ausprobieren, ob auch zwei Leute gleichzeitig in die Dusche passen?«

»Das hab ich schon ausprobiert«, antwortete Isabelle grinsend und huschte ins Badezimmer.

Als ich ihr nachkam, war sie bereits dabei, sich ungeniert auszuziehen. Sekunden später stand sie splitternackt vor mir. Zum ersten Mal konnte ich ihre Schönheit in aller Pracht bewundern.

Was soll ich sagen? Ich war nie ein Kind von Traurigkeit und habe schon einige Frauen in meinem Leben gehabt. Doch keine von ihnen, noch nicht einmal Claire mit ihrem kaffeebraunen Modelkörper, kommt an diese Traumfrau heran. Ihre zarte, weiche Haut ist sonnengebräunt und hat beinahe die gleiche goldene Farbe wie ihre Haare – und zwar nahtlos, woraus ich schließe, dass Isabelle den FKK-Strand in der Nähe auch schon längst entdeckt hat oder die Dachterrasse regelmäßig nutzt, um nackt sonnenzubaden. Ihre Figur ist, mit einem Wort gesagt: perfekt. Ihre Brüste sind groß und wohlgeformt, mit kleinen Nippeln, die leicht nach oben stehen. Dem flachen Bauch folgt der Intimbereich mit einer süßen Jungfrauenmuschi mit kleinen inneren Schamlippen und schlanke lange Schenkel. Als Isabelle sich langsam um die eigene Achse dreht, kann ich ihre schöne Rückseite bewundern. Wo Claires knackige Pobacken mich an Äpfel erinnern, gleicht dieser Anblick eher einer Birne, mit einer schlanken Taille und einem ausladenden, runden Hintern.

»Alles gesehen, was du sehen wolltest? Oder soll ich hier noch ein wenig stehen bleiben?«

Erst in diesem Moment wird mir bewusst, dass ich sie mit offenem Mund anstarre. Isabelle lacht und wartet meine Antwort gar nicht erst ab, sondern springt unter die Dusche und stellt das Wasser an. Ich beeile mich, meine Kleider loszuwerden und komme hinter ihr her.

Es passen tatsächlich zwei Leute gleichzeitig unter die Dusche, allerdings ist es dann so eng, dass man Berührungen nicht vermeiden kann – selbst wenn man wollte.

Als ich die Tür der Duschabtrennung hinter mir schließe, hat Isabelle ihren Oberkörper schon mit Seife eingerieben und presst sich jetzt an mich. Ihre glitschigen Brüste reiben über meine Brust und mein knallharter Schwanz an ihrem Bauch. Wir küssen uns leidenschaftlich und ich erkunde mit meiner Zunge ihren Mund. Zärtlich spielen unsere Zungenspitzen miteinander, während unsere Hände auf Wanderschaft gehen. Ich umfasse mit beiden Händen ihre Pobacken und knete sie, während ihre Hand zwischen uns wandert und sich um den Schaft meines Riemens schließt.

Isabelle dreht sich um, ich lasse Seife über ihren Rücken laufen und verteile sie großzügig. Dann presse ich mich von hinten an sie, genieße das Gefühl, wie mein Schwanz durch die Ritze zwischen ihren Pobacken gleitet und umfasse von hinten ihre wunderschönen, weichen Brüste. Ihr Gewicht und die Zartheit ihrer Haut in meinen Händen fühlen sich großartig an.

Isabelle stöhnt auf, greift hinter sich und fasst wieder nach meinem Schwanz. »Ich will ihn spüren, bitte!«, wimmert sie leise. »Gib ihn mir!«

Zum Glück weiß ich inzwischen, wo Claire ihre Kondome aufbewahrt. Ohne die Dusche verlassen zu müssen, schiebe ich die Tür einen Spalt weit auf, greife zu dem Badezimmerschränkchen und hole eines heraus. Ich brauche zwei Anläufe, ehe ich mit nassen Fingern die Verpackung öffnen und mir den Gummi überstreifen kann, dann bin ich bereit.

Isabelle lehnt sich an die Wand, streckt mir ihr prächtiges

Hinterteil entgegen und dreht ihren Kopf zu mir. In ihren unschuldigen blauen Augen sehe ich mein Verlangen und meine Lust gespiegelt, die jetzt sofort gestillt werden will. Ich presse mich von hinten an sie und drücke die Spitze meines Schwanzes zwischen ihre Schamlippen. Bis zum Anschlag stoße ich ihn in die feuchte enge Muschi, und Isabelle stöhnt laut auf.

Ich weiß, dass ich mich nicht zurückhalten muss. Ich sehe es in ihrem Gesicht, spüre es an ihrem erregten Zittern, dass sie jetzt hart und schnell gefickt werden will. Die Lust und die Geilheit, die sich den Tag über aufgestaut haben, brauchen ein Ventil, ehe wir den Rest der Nacht wirklich genießen können. Also stoße ich sie wild und hemmungslos, ihr Po klatscht gegen meine Lenden, ihr Körper und ihr Gesicht sind gegen die Wand gepresst, während sie laute, spitze Lustschreie ausstößt. Schon nach wenigen Stößen spüre ich die Kontraktionen, die ihren Körper und ihre Fotze durchzucken und lasse auch meinem Orgasmus freien Lauf. Laut aufkeuchend spritze ich meinen Saft tief in ihre enge, empfangsbereite Muschi.

Isabelle dreht sich zu mir um und wir küssen uns lange und innig, während das heiße Wasser auf uns niederprasselt. Nachdem wir beide wieder zu Atem gekommen sind, waschen wir rasch die Seife ab, steigen aus der Dusche und reiben uns gegenseitig trocken. Ich spüre, wie ich dabei schon wieder ganz scharf werde. Ohne uns die Mühe zu machen, etwas überzuziehen, huschen wir Arm in Arm in mein Zimmer und lassen uns dort aufs Bett fallen. Jetzt, nachdem der erste Hunger gestillt ist, können wir in aller Ruhe unsere Zweisamkeit genießen.

Ich bewundere Isabelles perfekten Körper unter mir und lasse meine Hände über ihn gleiten. Ihre goldbraune Haut ist so zart und weich, dass ich mich an sie schmiegen muss, um ihr ganz nahe zu sein, sie von Kopf bis Fuß spüren zu können.

Genüsslich atme ich den Duft von Sonne auf ihrer Haut ein. Ich bedecke ihr Gesicht mit Küssen, gleite langsam nach unten über ihren Hals bis zu ihren perfekt geformten, großen Brüsten. Ich fahre ihre Rundungen mit meiner Zunge entlang, erreiche ihre Nippel, die vor Erregung hart abstehen, und lasse meine Zungenspitze darüber gleiten. Meine Lippen stülpen sich über die zarten Knospen und saugen daran, während meine Zunge an ihnen spielt. Dann vergrabe ich mein Gesicht zwischen diesen herrlichen Melonen, genieße das Gefühl ihrer prallen Rundungen auf meiner Haut, während meine Hände sie umfassen und sanft kneten.

Ich habe das Gefühl, ewig so liegen zu können bei ihren wunderbaren Titten, doch ich spüre, wie sich Isabelle unter mir windet und mir ihr Becken entgegenstemmt. Sie wartet ungeduldig auf mehr. Also gleite ich tiefer, lasse eine Spur heißer Küsse auf ihrem Bauch zurück und nähere mich ihrem Intimbereich, den sie mir mit weit gespreizten Schenkeln präsentiert. Aber noch lasse ich sie zappeln und überspringe ihre herrliche, für mich bereite Spalte, lasse meine Zunge an der Innenseite ihres rechten Oberschenkels hinuntertanzen und an dem linken Oberschenkel wieder hinauf. Drei oder viermal wiederhole ich diese quälende Prozedur und stoppe dabei jedes Mal, kurz bevor ich ihr Heiligstes erreiche.

Als ich merke, dass sie die süße Folter kaum noch ertragen kann, lasse ich endlich meine Zunge über ihre gesamte Spalte fahren. Isabelle stöhnt laut auf und drückt meinen Kopf zwischen ihre Schenkel. Ich blicke zu ihr auf und sehe ihr vor Erregung verzerrtes Gesicht, ihre blauen Augen, die noch heller strahlen als sonst. In langsamen Bewegungen lecke ich ihre Spalte von unten nach oben entlang, schmecke den süßen Saft, der aus ihr quillt, und erkunde jedes Fältchen und jeden

Quadratzentimeter ihres süßen Fötzchens. Mit zwei Fingern teile ich ihre Schamlippen und lege ihren angeschwollenen Kitzler frei, der sich mir entgegenzustrecken scheint. Zärtlich umfahre ich ihn mit meiner Zungenspitze, ehe ich meine Lippen um ihn stülpe und beginne, sanft an ihm zu saugen. Isabelles Wimmern zeigt mir, dass ich auf dem richtigen Weg bin.

Meine Zunge trällert gegen ihre Lustperle, während ich weiter sauge. Angefeuert von Isabelles Stöhnen, das immer lauter wird und nach und nach in abgehackte Lustschreie übergeht, steigere ich langsam das Tempo und die Intensität. Ich spüre, wie sie unter mir zuckt und sich windet, sich mir entgegendrückt. Ihre Hände krallen sich in meine Haare und pressen mein Gesicht tiefer, während ihre kräftigen Schenkel meinen Kopf zwischen sich einklemmen. Immer schneller und wilder werden die Bewegungen meiner Zunge. Immer wieder lasse ich ihren geschwollenen Kitzler kurz aus meinen Lippen entschlüpfen, gönne ihm einige Augenblicke Pause, während ich ihre Spalte lecke und meine Zunge wieder und wieder so tief wie möglich in ihre feuchte Möse stoße.

Isabelles Stöhnen wird immer lauter und drängender, ihr Atem geht stoßweise und ich spüre, wie sie beginnt, sich am ganzen Körper anzuspannen. Dann verkrampfen ihre Muskeln plötzlich, ihr Rücken krümmt sich, ihre Beine pressen meinen Kopf förmlich zusammen, ihr Bauch und ihre Möse zucken ekstatisch und sie schreit mir ihren Orgasmus laut und hemmungslos entgegen.

Ich warte bewegungslos, bis der Sturm abklingt und ihre Muskeln beginnen, sich zu entspannen. Mein Mund und meine Zunge bleiben weiter auf ihrer klatschnassen Muschi, aber ich bewege mich nicht, weil ich weiß, wie überempfindlich sie jetzt ist. Nach einigen Minuten entlässt Isabelle mich aus der Umklammerung ihrer Schenkel und ich rutsche nach oben. Ich spüre ihren erhitzten, zitternden Körper unter meinem, ihre vollen Brüste, die sich gegen meine Brust drücken, ihre nasse Muschi, die sich an meinem Schwanz reibt. Längst ist mein bestes Stück hart, prall und bereit dafür, in sie einzudringen.

Ich blicke Isabelle lange in ihre strahlend blauen Augen und küsse ihre weichen Lippen. Gierig schiebt sich ihre Zunge in meinen Mund.

»Ich will dich in mir spüren«, keucht sie atemlos.

Ohne von ihren Lippen abzulassen, strecke ich eine Hand aus und taste nach meinem Nachttisch. Nur für wenige Augenblicke entferne ich mich von ihr, um den Gummi überzustreifen, dann lege ich mich wieder auf sie und drücke meinen pochenden, harten Schwanz tief in ihre nasse Fotze.

Mit langsamen, tiefen Bewegungen beginne ich, Isabelle zu ficken. Leidenschaftlich spielen unsere Zungen miteinander, während ich mein Tempo steigere und sie immer härter und schneller vögle. Ihre Fingernägel krallen sich in meinen Rücken, während sie im Takt meiner Stöße aufstöhnt. Ich sehe ihr dabei unverwandt ins engelsgleiche Gesicht, beobachte, wie es sich vor Geilheit verzerrt, versinke im tiefen Ozean ihrer blauen Augen.

Irgendwann lösen sich unsere Lippen lange genug, damit sie vier Worte hervorstoßen kann: »Ich will dich reiten!«

Wir rollen uns seitlich auf dem Bett herum, ohne dass mein Freudenspender aus ihrer Möse rutscht. Breitbeinig sitzt Isabelle jetzt auf mir und mein harter Riemen ist vollständig in ihrer gierigen Spalte verschwunden. Sie beginnt, sich langsam auf und ab zu bewegen, lässt meinen Schwanz bis auf die Spitze aus ihrer Lustspalte gleiten, nur um ihn gleich darauf wieder vollständig aufzunehmen. Ich umfasse ihre Hüften und bewege mich in ihrem Rhythmus, lasse mich von ihr leiten und unterstütze ihre Bewegungen mit leichten Stößen. Dabei genieße ich den faszinierenden und wunderschönen Ausblick auf ihre großen Möpse, die bei jedem Stoß aufreizend auf- und niederwippen.

Isabelle lehnt sich jetzt weit zurück, stützt sich auf meinen Unterschenkeln ab und lässt ihren Unterkörper vor und zurück gleiten. Ich schiebe meinen Daumen zwischen unsere Körper, sodass er bei jeder Bewegung über ihren Kitzler reibt. Isabelle verändert leicht ihre Körperhaltung und plötzlich reißt sie ihre Augen weit auf und stößt einen spitzen Schrei aus. Jede ihrer Bewegungen wird jetzt von einem ekstatischen Zucken und einem hohen Wimmern, das tief aus dem Inneren ihres Körpers stammt, begleitet. Ich spüre, wie es auf meinem Unterkörper plötzlich nass wird, stoßweiße spritzt klare Flüssigkeit aus ihrer zuckenden Möse, während Isabelle sich am ganzen Körper verkrampft und ihre Lust nicht mehr herausschreit, sondern brüllt.

Die heftigen Kontraktionen ihrer Möse geben mir endgültig den Rest. Ein Orgasmus überrollt mich, der von meinem Kopf bis in meine Zehenspitzen läuft, ich drücke meinen Rücken durch, werfe den Kopf zurück und explodiere tief in Isabelles Innerem.

Völlig ausgelaugt sinkt Isabelle auf mir zusammen, legt ihren Kopf auf meine Brust und bleibt dort keuchend und schwer atmend liegen. Ich halte die Augen geschlossen, genieße ihre heiße Haut auf meiner, das Auf und Ab ihrer Brüste, und zeichne mit den Fingerspitzen gedankenverloren unsichtbare Muster auf ihren Rücken. Ich ahne, was eben passiert ist, auch wenn ich es noch nie selbst erlebt habe. Ich hatte Isabelles G-Punkt gereizt und sie zum Ejakulieren gebracht.

Es dauert Minuten, ehe Isabelle wieder imstande ist, sich zu rühren. Sie hebt ihren Kopf und schenkt mir einen langen, tiefen Blick aus ihren blauen Augen. Das Strahlen, das ich zuvor in ihnen gesehen habe, hat sich über ihr gesamtes wunderschönes Gesicht ausgebreitet und mehr denn je sieht sie wie ein Engel aus, allerdings nicht mehr wie ein unschuldiger.

Während wir uns lächelnd ansehen, spüren wir wohl beide den Satz, der zwischen uns in der Luft liegt, jene drei magischen Worte, die uns im Nachhall der überwältigenden Ekstase in den Sinn kommen und die wir uns doch nicht trauen auszusprechen. Es ist zu früh dafür, viel zu früh.

Wir öffnen beide den Mund, doch wir sagen beide kein Wort, sondern küssen uns stattdessen zärtlich. Dann legt Isabelle ihren Kopf auf meine Schulter und ich versenke mein Gesicht in ihrer duftenden, goldenen Lockenpracht. In dieser Stellung verharren wir, uns gegenseitig zärtlich streichelnd, bis wir erschöpft in einen tiefen Schlaf gleiten.

8. Juni

Am Sonntag waren wir alle müde. Isabelle und ich von der Disco und dem anschließenden phänomenalen Sex, und die anderen beiden von dem, was auch immer sie in der Nacht getrieben hatten. Wir standen alle spät auf und entschieden uns dann kurz vor zwölf Uhr zu einem üppigen Brunch, um wieder zu Kräften zu kommen. Bei Baguette, Brötchen, Croissants, Schinken, Käse, Marmelade und einigen aufgewärmten Stücken Putenbrust vom Vortag machten wir es uns auf der Dachterrasse statt in der Küche gemütlich. Ein frischer Wind kam vom Meer und machte die Mittagshitze erträglich. Wir aßen, unterhielten uns über belanglose Dinge und genossen einen ruhigen, erholsamen Tag.

Claire erzählte von der Party, die sie besucht hatte, und von den süßen Typen, die sich da rumgetrieben hätten. Isabelle und Carmen grinsten einander wissend an.

»Claire verlässt eine Party oder eine Disco nie allein«, verriet mir Isabelle. »Wenn sie vierundzwanzig Stunden keinen Sex hat, bekommt sie Entzugserscheinungen.«

»Stimmt.« Claire lächelte. »Aber heute bin ich viel zu bequem, um auf die Jagd zu gehen. Wer kann mir da wohl aushelfen?« Bei diesen Worten schenkte sie mir einen tiefen Blick aus ihren schwarzen, funkelnden Augen. Gleichzeitig spürte ich plötzlich ihren nackten Fuß, der an meinem Oberschenkel entlangstrich.

Isabelle neben mir lehnte sich zurück und zog sich ihr rotes Top über den Kopf. »Für so was ist nachher noch Zeit«, stellte sie klar. »Das ist der perfekte Tag zum Sonnen.«

»Sehe ich so aus, als hätte ich das nötig?«, fragte Claire lachend, zog sich aber ebenfalls aus. Die beiden Mädchen legten sich splitternackt auf zwei Sonnenliegen und präsentierten ihre wunderschönen Körper im Sonnenlicht. Das war ein Anblick, der mir das Blut in die Lenden schießen ließ, doch es war offensichtlich, dass die beiden – zumindest im Moment – keine Lust hatten.

Für meinen Geschmack war es in der prallen Sonne zu heiß, also half ich Carmen, die Reste unseres Essens in die Küche zu bringen.

Carmen und ich zogen es vor, im kühlen Wohnzimmer Platz zu nehmen. Sie ließ sich auf die Couch mir gegenüber fallen, schnappte sich eine Illustrierte und stellte ihre schlanken Beine vor sich auf das Polster, die Knie dicht an ihrem Kinn. Mit den schwarz glänzenden Haaren, die ihr wie ein Schleier über das fein geschnittene Gesicht fielen, sah sie wunderschön aus. Ihr schlichtes, weißes bauchfreies Top und ihr sehr kurzer Rock gaben den Blick frei auf weite Teile ihrer samtenen Haut, deren Farbe mich an hellen Honig erinnerte. Claires kurze Berührung hatte mich erregt und außerdem war ich neugierig. Ich wollte mit Carmen schlafen, richtig diesmal, mit geöffneten Augen und allen Sinnen. Ich wollte ihren exotischen Körper erkunden, wollte sie berühren, sie bewundern – und ja, ich wollte auch meinen Schwanz in ihrer Muschi versenken.

Ich stehe auf und trete hinter sie. Sanft, um sie nicht zu erschrecken, lege ich meine Hände auf ihre Schultern und beginne, sie leicht zu massieren. Sie lässt ihre Zeitschrift sinken, legt ihren Kopf zurück und lächelt mich scheu an.

»Das ist schön«, gurrt sie.

Ich lasse meine Hände tiefer zu den kleinen Wölbungen unter ihrem Top gleiten. »Ich weiß etwas, das noch viel schöner wäre«, flüstere ich ihr ins Ohr und küsse zärtlich ihre Wange. Sie genießt meine Berührungen sichtlich und schließt ihre Augen. Ich beuge mich über sie, lasse meine Hände noch tiefer wandern, streichle über ihren nackten Bauch und über ihre Schenkel. Als ich mich dem Saum des Rockes nähere, schiebt sie meine Hand weg. Ich spüre, wie sie sich plötzlich anspannt.

»Nein, nicht«, bittet sie und blickt zu mir auf. »Lass uns ins Schlafzimmer gehen, ich möchte dir wieder die Augen verbinden, ja?«

»Aber ich will dich sehen«, erwidere ich. »Du bist so wunderschön und ich möchte deinen Körper bewundern, alles, wirklich alles.« Bei den letzten Worten gleitet meine Hand unter ihren Rock. Zärtlich, aber bestimmt, umfasse ich ihr Handgelenk, als sie mich wieder wegschieben will, und greife mit der anderen Hand in ihren Schritt.

Carmen stößt einen spitzen Schrei aus. Meine Hand zuckt zurück und erschrocken mache ich zwei Schritte rückwärts. Was war das? Hat mir meine Wahrnehmung einen Streich gespielt? Was ich eben zwischen ihren Beinen gefühlt habe – das kann doch nicht sein!

Während die Erkenntnis langsam in mein Bewusstsein sickert, steht Carmen auf, dreht sich zu mir um und sagt mit gesenktem Kopf und zitternder Stimme: »Jetzt weißt du es.« Mit einem Handgriff öffnet sie den Verschluss ihres Rockes und lässt ihn zu Boden fallen. An ihrem knappen, pinken Slip vorbei ragt deutlich und frech ein kleiner, halb erigierter Penis hervor.

»Ich bin ein Ladyboy, eine Transsexuelle«, erklärt Carmen mit leiser Stimme. »Ich lebe schon viele Jahre als Frau, aber körperlich …« Sie blickt unglücklich an ihrem Körper hinab auf ihren Penis, der plötzlich zwischen uns steht. »Ich hätte es dir gleich sagen sollen, aber ich hatte Angst, dass du mich dann weggeschickt hättest. Ich … ich wollte dich so gern spüren, da hatte Claire die Idee mit der Augenbinde.« Mit ihren traurigen dunklen, so wunderschönen Augen blickt sie zu mir auf. »Bist du mir jetzt böse?«

»Nein«, sage ich und stelle verwundert fest, dass das der Wahrheit entspricht. »Ich bin überrascht.« Wieder gleitet mein Blick über ihren zarten, schlanken Körper, über ihr schönes Gesicht mit den fein geschwungenen Lippen, der zierlichen Nase und den dunklen Mandelaugen. Ich stelle fest, dass ich sie immer noch als eine »Sie« sehe. Und ich denke mir: Was macht das eigentlich für einen Unterschied? Was spielt das für eine Rolle? Carmen ist eine Frau, egal, was sich da zwischen ihren Beinen befindet. Und sie ist wunderschön.

Ich greife ihr Kinn, hebe ihren Kopf an, beuge mich zu ihr hinunter und gebe ihr einen langen, zärtlichen Kuss. Ihre Lippen öffnen sich leicht, ich nehme die Einladung an und lasse meine Zunge zwischen sie gleiten. Tastend erkundet sie Carmens Mund, bis sie auf ihre Zunge trifft. Wir lassen unsere Zungen miteinander spielen, während ich sie in die Arme nehme und spüre, wie ihre Anspannung langsam von ihr abfällt. Meine Hände gleiten ihren Rücken hinab, erreichen ihren kleinen, knackigen Po und greifen die straffen Pobacken. Sie stöhnt leise auf. Mein Hemd fliegt ebenso wie ihr Top zu Boden. Ich bemerke, dass ihr BH mit Stoff ausgepolstert ist, um Brüste vorzutäuschen. Ich brauche diese Illusion nicht mehr, öffne ihren BH und lasse ihn zu Boden fallen.

Ihre Lippen lösen sich von meinen, und langsam beginnt Carmen, mit zärtlichen Küssen über meinen Hals, meine Brust und meinen Bauch abwärts zu wandern. Sie geht vor mir auf die Knie, öffnet meine Hose und lässt sie samt Slip auf die Höhe meiner Waden rutschen. Mein halbsteifer Schwanz springt ihr entgegen. Sie küsst seine Spitze, leckt an seinem Schaft entlang und lässt dann die Eichel in ihrem kleinen Mund verschwinden. Während sie an ihm lutscht, umfasst sie mit ihren Händen meine Pobacken. Ihre Finger ertasten die Ritze dazwischen, massieren den Damm, erreichen schließlich auch die Rosette. Ich spüre, wie ich mich instinktiv versteife, doch dann stelle ich fest, dass es sich schön anfühlt, also lasse ich sie gewähren. Und dann, ganz plötzlich, gibt der Schließmuskel nach und Carmens Finger gleitet zwei oder drei Zentimeter weit in mein Poloch.

Ich will sie zurückhalten, aber es fühlt sich so gut an, wie sie langsam beginnt, ihren Finger vor und zurück zu bewegen, während sie gleichzeitig im selben Takt ihre Lippen über meinen Schwanz gleiten lässt. Zentimeter für Zentimeter dringt sie dabei tiefer ein und ich spüre, wie sich eine enorme Erregung in mir aufbaut. Ein weiterer Stoß, kombiniert mit einem weiteren Zungenschlag, und urplötzlich überkommt mich ein Orgasmus, wie ich selten einen erlebt habe. Ich stöhne laut auf, während mein Sperma in kräftigen Schüben in Carmens Mund spritzt, so heftig und viel, dass ein großer Teil aus ihrem Mund über ihr Kinn läuft.

Leicht benommen und völlig überrascht blicke ich nach unten in Carmens hübsches, bekleckertes Gesicht. Sie lächelt. »Das gefällt dir, oder? Das muss ich mir merken.«

***

Aneinandergeschmiegt lagen Carmen und ich auf der Couch, während sie mir von ihrem Leben erzählte, wie sie in ihrer Pubertät das Gefühl hatte, im falschen Körper zu stecken, wie sie sich danach sehnte, als Mädchen zu leben. Als ihre Eltern von der Leidenschaft ihres Sohnes erfuhren, Frauenkleider zu tragen, kam es zum großen Krach, worauf Carmen, gerade einmal sechzehn Jahre alt, von zu Hause auszog. Sie erzählte, wie sie zu anderen Transvestiten und Transsexuellen Kontakt bekam und schließlich bei ihnen wohnte.

»Die meisten von denen, die ich traf, waren in *La Boqueria* unterwegs.«

»Wo?«, fragte ich.

»In den Markthallen neben der *Rambla*. Oder auf der *Rambla* selbst natürlich«, erklärte Carmen. »Sie waren Huren, klar? Nachts ist die Gegend voll davon.«

Ich zögerte, ehe ich es wagte, die nächste Frage zu stellen. »Und hast du …?«

»Ich hatte Glück«, unterbrach mich Carmen. »Ich kam aus einer guten Familie und hatte eine gute Schulbildung. Die meisten Ladyboys kommen direkt aus Südamerika oder Asien und haben keine andere Wahl, als anschaffen zu gehen. Ich habe es dort nicht lange ausgehalten. Und dann habe ich zum Glück Claire getroffen und wir sind hier zusammengezogen.«

»Und seitdem lebst du vollkommen als Frau?«, fragte ich.

»Ich bin eine Frau«, antwortete Carmen. »Ich fühle mich wie eine und ich verhalte mich wie eine. Nur beim … beim Sex ist es schwierig. Die meisten Männer sind schockiert, wenn sie entdecken, was ich bin. Deshalb traue ich mich nicht, mich auf sie einzulassen. Aber dir vertraue ich.«

Ich spürte, wie ihr kleiner, knackiger Po bei diesen Worten an meinem erschlafften Schwanz rieb. Sie wollte, dass ich sie fickte, das war klar. Aber ich wollte vorher noch eine andere Frage loswerden.

»Würdest du mir das zeigen? Die Markthallen bei Nacht?«

Carmen rutschte ein Stück von mir weg und drehte sich um. »Nein, das kann ich nicht. Ich kann da nicht mehr hin.«

In diesem Augenblick hörte ich, wie die Terrassentür ging. Wenige Sekunden später stand Claire nackt im Wohnzimmer, sah uns und erfasste auf einen Blick die Situation.

»Ah, er weiß es endlich«, sagte sie lächelnd. »Hab ich euch beim Vögeln gestört?«

»Nein, wir haben geredet«, antwortete ich und dachte dabei: *Aber ein paar Minuten später wäre es vielleicht soweit gewesen.*

»Marc will *La Boqueria* sehen«, erklärte Carmen. »Nachts.«

»Warum?«, wollte Claire wissen. »Genügen dir drei heiße Frauen nicht, brauchst du auch noch Nutten?«

Ich schüttelte den Kopf. »Reine Neugier.«

Claire überlegte kurz und nickte dann. »Einverstanden. Ich zeige dir heute Nacht den Markt. Aber dafür will ich auch etwas haben.« Sie trat zu uns und strich mit ihren Fingerspitzen über meine Oberschenkel. »Ich will, dass du mich fickst, mein Hengst.«

Mein Blick glitt von Carmens zierlichem, geschmeidigen Körper zu Claires kaffeebrauner hochgewachsener Gestalt. Ich hatte mich darauf gefreut, mich bei Carmen zu revanchieren. Andererseits …

Carmen nahm mir die Entscheidung ab, indem sie aufstand. »Tu es ruhig«, riet sie mir. »Ungefickt ist sie unerträglich.« Mit diesen Worten drückte sie mir einen Kuss auf die Lippen, dann verschwand sie und ließ uns allein.

Claire klatscht freudig in die Hände, schwingt sich über die Rückenlehne und landet geradewegs auf mir. Ich keuche laut auf. Claire lacht und küsst mich neckisch auf den Mund. Sie knabbert zärtlich an meiner Unterlippe, meiner Nasenspitze und meinen Ohrläppchen, während sich ihr von den

Sonnenstrahlen aufgeheizter Körper an mir reibt. Das kann natürlich nicht ohne Wirkung bleiben und ich spüre, wie mein bestes Stück sich wieder aufrichtet und gegen Claires Heiligstes drückt. Claire quittiert diese Reaktion mit einem zufriedenen Schnurren und küsst mich leidenschaftlich.

Sie entzieht sich meiner Umarmung und klettert über mich hinweg, sodass ihr Kopf nun zwischen meinen Schenkeln liegt, während sie mir ihre zuckersüße, rosa schimmernde Spalte darbietet. Aufreizend langsam leckt sie am Schaft meines Freudenspenders entlang, stülpt dann ihre Lippen um ihn und beginnt, an ihm zu lutschen. Ich umfasse ihre Apfelpobacken, ziehe ihren Schoß zu mir herunter und vergrabe mein Gesicht zwischen ihren braunen Schenkeln. Ich nehme ihren betörenden Duft in mich auf, gleite mit der Zungenspitze zwischen ihren Lippen entlang und koste den ersten Lusttropfen, der daraus hervorquillt. Dann ertastet meine Zunge ihren Kitzler und ich beginne, an ihm zu spielen. Gleichzeitig kneten meine Hände ihre prächtigen Pobacken und tasten sich auch immer wieder in den Spalt dazwischen und zu ihrer Rosette vor.

Unsere anfänglich noch zärtlichen und vorsichtigen Liebkosungen werden immer wilder. Claire lutscht und saugt an meinem Schwanz, als wolle sie mein Sperma allein kraft ihrer Lippen aus mir herauspumpen. Auf der anderen Seite sauge und lecke ich an ihrer geschwollenen Klitoris, während meine Finger ihren knackigen Hintern verwöhnen und ich außerdem den Verdacht habe, dass auch meine Nase bei Claires steigender Erregung eine Rolle spielt. Wir unterbrechen unsere Bemühungen beide nur, um kurz Luft zu schnappen und unsere Lust herauszustöhnen, manchmal feuert mich Claire auch auf Französisch an.

Als ich spüre, dass ich meine sich endlos steigernde Geilheit beim besten Willen nicht länger aushalte und dass ich jeden

Moment kommen kann, wenn Claire auch nur eine Minute weitermacht, drücke ich sie von mir weg. Es kostet viel Kraft, Claire von meinem Schwanz zu trennen, aber schließlich erkennt sie, was ich vorhabe und steigt von mir herunter.

Claire legt sich mit dem Rücken auf die Couch und sieht mich aus ihren schwarzen, funkelnden Augen herausfordernd an. Mit einer Hand zieht sie ein kleines Schubfach unterhalb der Tischplatte des kleinen Wohnzimmertisches auf und wirft sich ein Kondom auf den Bauch. Diese Dinger liegen hier wirklich überall herum.

»Fick mich, mein Hengst!«, befiehlt sie.

Ich gönne meinem schon beinahe schmerzhaft pochenden Schwanz eine kurze Ruhepause, indem ich Claires Befehl vorerst ignoriere und mich stattdessen über sie beuge. Als sich meine Lippen ihren nähern, streckt sie gierig ihre Zunge nach mir aus. Leidenschaftlich saugen wir abwechselnd an unseren Zungen, während meine Hände auf Wanderschaft gehen und über ihren Nacken, ihre wunderschönen festen Brüste und ihren flachen Bauch streichen. Auf ihrem Weg in tiefere Regionen nehmen sie das Kondom mit, öffnen die Verpackung und bringen es dorthin, wo es hingehört. Mit kräftigem Griff umfasse ich Claires Schenkel, lasse meine Hände an ihnen entlanggleiten und lege ihre Beine auf meine Schultern. Ich sehe die Vorfreude und die pure Geilheit in ihren dunklen Augen funkeln, als ich meine Schwanzspitze an ihre klatschnasse Muschi setze und ihre Lippen öffne. Mit einer kräftigen Vorwärtsbewegung stoße ich meinen Schwanz wie einen Speer brutal bis zum Anschlag in ihre Fotze. Claire reißt die Augen auf und stößt einen knurrenden, animalischen Schrei aus.

Ich schmiege meine Wangen an Claires Unterschenkel, während ich gleichzeitig beginne, sie mit tiefen, kräftigen Stößen zu ficken. Ihre nasse Möse ist vor Erregung angeschwollen und jeder Stoß in das enge Loch bringt mich einen großen Schritt der Ekstase näher. Claires lautes Stöhnen heizt mich zusätzlich an.

Mein Blick schweift ab und ich sehe durch die Fenster, wie Isabelle ihren Traumkörper träge auf ihrer Liege räkelt. Ihre Haut schimmert verlockend im Sonnenlicht. Ich ertappe mich bei dem Wunsch, sie würde mich bemerken, würde aufstehen, hereinkommen und sich uns anschließen. Ich habe nie zuvor Sex mit zwei Frauen gleichzeitig gehabt und hätte, wenn mich jemand danach gefragt hätte, stets geantwortet, dass mir eine Frau vollkommen genüge. Aber mein Erlebnis mit Claire und Carmen hat mich auf den Geschmack gebracht. Ich denke daran, was Isabelle mir über ihre Erlebnisse mit Claire erzählt hat, und mich überkommt plötzlich der Wunsch, diese beiden wunderschönen Frauen zu sehen, wie sie einander liebkosen und wie sie sich mir dann beide hingeben. Diese Gedanken erregen mich so sehr, dass ich unwillkürlich mein Tempo steigere.

Claire lenkt meine Aufmerksamkeit wieder auf sich, als sie sich mit einem lang gezogenen Stöhnen aufbäumt, nach mir greift und mich zu sich herunterzieht. Ihre Kniekehlen in meinen Armbeugen, presse ich ihre Beine nach unten, verlagere mein ganzes Gewicht auf sie und genieße die Nähe ihres heißen, sich windenden Körpers. Ich vergrabe mein Gesicht in ihrem Nacken und lecke ihren Hals, während ich sie immer schneller ficke. Ich spüre Claires keuchenden Atem an meinem Ohr, fühle, wie sie sich unter mir aufbäumt, als ihr Höhepunkt sie überrollt. Mit einigen letzten, kräftigen Stößen spritze ich mein Sperma tief in ihre zuckende Möse.

Atemlos und zitternd vor Anstrengung bleibe ich auf ihr liegen, schmiege mich an sie und konzentriere mich ganz auf das Heben und Senken ihrer Brust, das nach und nach langsamer wird. Claire knabbert wieder an meinem Ohrläppchen.

»Danke, chéri, jetzt fühle ich mich besser«, haucht sie in mein Ohr.

Ich hebe meinen Kopf und drücke einen Kuss auf ihre Lippen. »Nichts zu danken«, erwidere ich mit einem schiefen Grinsen.

***

Einige Stunden später machte Claire ihr Versprechen wahr, mir *La Boqueria* bei Nacht zu zeigen. Es war weit nach Mitternacht, als wir das Haus verließen, weil, wie Claire es ausdrückte, »Vor Mitternacht überall tote Hose« war. Claire hakte sich bei mir ein und gemächlich gingen wir zur nächsten Metrostation.

»Die Markthallen sind ein wunder Punkt bei Carmen«, sagte ich.

Claire hörte das angedeutete Fragezeichen hinter diesem Satz und nickte. »Das war eine schlimme Zeit für sie, als sie bei einer Gruppe anderer Ladyboys wohnte. Sie sind alle anschaffen gegangen und Carmen hat aus erster Hand erfahren, wie dreckig es den meisten ging. Keine von ihnen macht das freiwillig. Immer steckt irgendein Zuhälter dahinter, der das meiste von dem Geld einkassiert. Und irgendwann haben sie von Carmen verlangt, ebenfalls etwas zur Miete beizusteuern.«

Ich musste schlucken. »Sie hat auch …?«

Wir hatten inzwischen die Metro erreicht. Der Zug fuhr ein, und Claire wartete, bis wir uns gesetzt hatten, ehe sie mit gedämpfter Stimme antwortete. »Sie erzählte mir, dass sie genau einen Freier hatte. An einem Abend ist sie mit auf den Markt gegangen, hat sich wie die anderen auch an eine der Säulen gestellt. Der Erste, der auf sie zukam, war ein fetter, stinkender Tourist. Als er angefangen hat, sie zu befummeln, hat sie sich losgerissen und ist weggelaufen. Noch in der gleichen Nacht hat sie ihre wenigen Sachen gepackt und ist ausgezogen. Und die erste Person, die ihr begegnete, war ich.«

»Und weiter?«, wollte ich wissen.

Claire zuckte mit den Schultern. »Sie hat mich fast über den Haufen gerannt, mich kaum gesehen, so verwirrt war sie. Na ja, sie hat sich tausendmal entschuldigt und ich habe gemerkt, dass sie geweint hatte … ich weiß nicht, warum ich nicht einfach weitergegangen bin. Vielleicht hatte ich gerade eine großzügige Phase. Vielleicht fand ich sie auch einfach nur süß. Jedenfalls hab ich sie überredet, mit mir in eine Bar zu gehen. Wir haben geredet und ich habe ihr angeboten, erst mal bei mir unterzukommen. Ich wohnte damals noch mit meinem damaligen Freund zusammen.« Claire lachte. »Er war ziemlich schockiert, als er von seinem wöchentlichen Saufgelage nach Hause kam und mich mit Carmen in seinem Bett fand. Tja, das war eine gute Gelegenheit, reinen Tisch zu machen. Wir haben beschlossen, zusammenzuziehen. Ein halbes Jahr später kam dann Isabelle dazu.«

Wir hatten unsere Zielstation erreicht und stiegen über lange Treppen zurück auf die Straße. Claire führte mich, wieder bei mir untergehakt, durch die engen Gassen des gotischen Viertels, das um diese Uhrzeit beinahe menschenleer war. Erst als wir die *Rambla* erreichten, begegneten wir wieder den allgegenwärtigen Touristen. Doch in der Dunkelheit bot sich mir jetzt eine völlig andere Straße dar: Tagsüber malten Straßenkünstler Karikaturen von Touristen oder posierten als lebende Statuen, versuchten Restaurants, mit den großzügigsten Mittagsangeboten zu locken, boten Händler Souvenirs, Postkarten, Blumen, Vögel und Kitsch feil, war die Straße erfüllt von Stimmengewirr und Lachen. All das war nun verschwunden. Hier und da zog eine Gruppe betrunkener Touristen durch die Gegend, auf der Suche nach einer Bar. Aber ansonsten … die Schatten schienen gegen das Licht der Straßenlaternen zu kämpfen und danach zu trachten, die letzten erleuchteten Orte zu erobern. Die Straße machte im düsteren Dämmerlicht einen beinahe schäbigen, schmutzigen, zwielichtigen Eindruck. Menschen gingen geduckt, die Gesichter unter Kapuzen verborgen, an den Häuserwänden entlang.

Und als wir die breite Straße einige hundert Meter in Richtung Meer entlanggegangen waren, fielen mir die Ersten auf: Junge Frauen, meistens dunkelhäutig oder asiatisch aussehend, in knappen Röcken, Strapsen und Lederjacken. Sie standen herum oder wanderten gemächlich auf und ab. Sie drängten sich den Passanten nicht auf, doch ich beobachtete, dass sie die Männer ansprachen, wenn diese Blickkontakt aufnahmen. Dabei hielten die Mädchen ständig wachsam Ausschau nach möglichem Ärger.

»Ab nächstem Jahr wollen sie jede Art von Straßenprostitution verbieten«, flüsterte Claire mir leise zu. »Sie wollen hart durchgreifen, sowohl gegen die Huren als auch gegen die Freier. Die vielen Prostituierten verschrecken die anständigen Touristen. Aber ich glaube ja nicht, dass sich viel ändern wird. Sobald hier jemand auftaucht, der wie ein Polizist aussieht, verschwinden dann eben alle. Und sobald er wieder weg ist, tauchen alle wieder auf.«

»Aber es gibt doch eine Polizeistation nur ein paar hundert Meter weiter«, sagte ich. Ich hatte das Gebäude auf einem meiner Spaziergänge bemerkt.

Claire zuckte mit den Schultern. »Was sollen sie machen? Sie könnten hier rund um die Uhr Polizisten aufstellen. Dann würde sich das Ganze einfach zwei Straßen weiter abspielen.

Sie können nicht die ganze Innenstadt kontrollieren. Zu viele Höfe, zu viele Gassen.«

Wir hatten jetzt den Durchgang zu den Markthallen erreicht. Tagsüber bot der größte Markt der Stadt einen beeindruckenden Anblick und man konnte sich gar nicht sattsehen an den Angeboten der Händler. Jetzt waren die Marktbuden verschlossen, mit Stahlrollläden verrammelt, und der überdachte Platz lag verlassen da. Zumindest auf den ersten Blick. Als wir näher kamen, bemerkte ich Bewegungen zwischen den großen Säulen, die den Markt säumten. Claire zog mich leise in die Schatten zwischen einer Häuserwand und einer Säule. Ein leises Stöhnen erregte meine Aufmerksamkeit. Wir gingen einige Schritte weiter. Hinter einer der großen Steinsäulen stand eine junge Schwarze vornübergebeugt an den nackten Stein gelehnt. Ein Mann war mit heruntergelassenen Hosen hinter ihr und fickte sie von hinten. Nur ein paar Meter weiter, zwischen zwei verlassenen Marktbuden, bemerkte ich eine andere Frau, die vor einem Freier kniete und seinen Schwanz lutschte.

Ich schüttelte den Kopf. »Einfach unglaublich«, flüsterte ich. Noch schwankend zwischen Faszination und Abscheu konnte ich nicht leugnen, dass mich der Anblick gegen meinen Willen überaus erregte.

Wie immer schien Claire genau zu spüren, wie ich mich fühlte. Sie griff mir in den Schritt. »Ein Blowjob gefällig, Señor?«, gurrte sie. »Nur zwanzig Euro, Señor.«

Ich lachte, kramte in meiner Hosentasche und drückte ihr einen Schein in die Hand. Sie zog mich in einen Hauseingang. Im Schatten waren wir kaum zu sehen, während wir die beiden Huren und ihre Freier im Blick hatten. Claire kniete sich vor mich, öffnete meine Hose und befreite meinen harten Schwanz. Gierig stülpte sie ihre Lippen um ihn und ließ ihn sofort bis fast zum Anschlag in ihrem Mund verschwinden. Ich kannte ihre Blaskünste inzwischen zur Genüge und begab mich bereitwillig in ihre Behandlung. Der Anblick der beiden Nutten, die nur wenige Meter entfernt ihre Freier bedienten, und der Nervenkitzel, jederzeit von Passanten oder, noch schlimmer, von Polizisten entdeckt zu werden, steigerten meine Geilheit noch. Mein Orgasmus nahte überraschend schnell, wenn man bedachte, dass es bereits der dritte an diesem Tag war. Claire lutschte meinen Ständer wie von Sinnen. Eine Hand hielt meinen Schaft fest umschlossen, die andere Hand krallte sich um meinen Po. Schließlich kam es mir keuchend und ich spritzte meinen Saft tief in ihre Kehle. Kein Tropfen ging daneben. Gierig schluckte sie alles, leckte mir anschließend meinen Schwanz sauber und stand dann auf.

»Jetzt kennst du *La Boqueria*«, stellte sie fest. »Was sagst du?«

»Du hast recht«, antwortete ich. »Wozu brauche ich Huren? Meine Mitbewohnerinnen sind viel geiler.«

Claire grinste. »Wie wahr, mein Hengst, wie wahr.«

9. Juni

Was gibt es heute Interessantes zu berichten? Das kommt sicher auf den Maßstab an, den man an das Wort »interessant« anlegt. In jedem anderen Zusammenhang wäre das, was ich heute erlebt habe, außergewöhnlich und geradezu elektrisierend gewesen. Wenn man es mit meinen Erfahrungen der letzten Tage vergleicht, ist es immer noch aufregend, aber nichts Besonderes mehr. Ist es nicht komisch, wie schnell wir uns an die ungewöhnlichsten Dinge gewöhnen können? An ein fantastisches, atemberaubendes Sexleben zum Beispiel.

Heute ist Montag und damit mein erster richtiger Arbeitstag. Heute würden Isabelle und ich, ebenso wie an allen Tagen der kommenden zwei Wochen, eine Reihe von Freiwilligen in das MRT schieben und ihre Gehirnaktivität bei sexueller Erregung messen. Nachdem ich das Prozedere am Donnerstag schon einmal erlebt hatte, wusste ich ungefähr, was mich erwartete.

Was ich jedoch nicht erwartet hatte, war, Maria wiederzusehen, die schüchterne Studentin vom Donnerstag. Sie stand vor der Tür zum Computerraum, trat nervös von einem Bein auf das andere und blickte mir erwartungsvoll entgegen. Isabelle runzelte kurz die Stirn, als sie Maria sah, dann grinste sie und ließ uns beide allein, um schon mal alles vorzubereiten.

Maria blickte mich mit ihren großen, glänzenden Augen an. »Du hast nicht angerufen.«

Gegen meinen Willen spürte ich ein schlechtes Gewissen in mir aufsteigen. Ich hatte sie tatsächlich über all die Aufregung des Wochenendes völlig vergessen. Ihre Nummer auf meinem Arm war inzwischen abgewaschen. Ich stellte mir vor, wie die Kleine ungeduldig das ganze Wochenende über auf meinen Anruf gewartet hatte.

»Ja, ich weiß«, antwortete ich. »Tut mir leid.«

»Du hattest es versprochen.«

Streng genommen hatte ich das nicht, daran erinnerte ich mich genau. Aber ich hatte keine Lust zu streiten. »Tut mir leid«, wiederholte ich daher.

Ein Lächeln erschien auf ihrem Gesicht. »Ich verzeihe dir«, sagte sie großzügig. »Wollen wir jetzt ein Date ausmachen?«

Ich atmete tief durch. Wie sollte ich ihr schonend klarmachen, dass ich kein Interesse an ihr hatte? Ich war sexuell gesehen mehr als ausgelastet. Das Dumme war nur, dass ich es nicht gewohnt war, Frauen einen Korb zu geben. Ich hatte in meinem bisherigen Leben noch nicht allzu viel Gelegenheit dazu gehabt.

»Ich glaube nicht, dass wir das tun sollten«, antwortete ich vorsichtig. »Hör mal, ich habe zu arbeiten, ja?«

»Oh«, machte sie zögernd. »Okay. Dann, ähm, dann sehen wir uns vielleicht ein anderes Mal, ja?«

»Ja, vielleicht«, erwiderte ich vage, trat durch die Tür und schloss sie hinter mir.

Ja, ich weiß, das war feige, mich so aus der Nummer verdrücken zu wollen. Aber ich brachte es nicht übers Herz, ihr direkt ins Gesicht zu sagen, dass ich kein Interesse hatte. Obwohl ich nicht glaube, dass ich mir Vorwürfe hätte machen müssen. Das persönliche Glück fremder Studentinnen lag sicherlich nicht in meiner Verantwortung. Die Kleine war süß, wenn sie einen Mann brauchte, der mit ihr schlief, fand sich in dieser lebendigen Stadt sicherlich Gelegenheit dazu.

Ich widmete mich den Rest des Tages meiner Arbeit und vergaß die Kleine schnell wieder. Es handelte sich bei den heutigen Testpersonen um vier Männer und fünf Frauen, allesamt Studenten, die das schnelle Geld, das sie dafür bekamen, gut gebrauchen konnten oder einfach interessiert an unserer Forschung waren.

Nur ein einziger der Männer schaffte es abzuspritzen, während er bis zum Bauchnabel in der bedrückend engen, lärmenden Röhre lag. Für die meisten anderen geriet es schon zum Problem, überhaupt eine Erektion zu bekommen, und die Frauen waren allesamt nicht in der Lage, sich zu entspannen. Also mussten wir ran.

Isabelle übernahm die Männer. Keiner von ihnen zögerte, ihr Angebot anzunehmen. Fasziniert beobachtete ich auf dem Monitor der Überwachungskamera, wie Isabelle diesen völlig fremden Männern die Schwänze wichste und lutschte, bis sie stöhnend abspritzten. Ich spürte, wie Eifersucht in mir aufzuwallen drohte und kämpfte sie entschlossen nieder. Mir war klar, dass das völlig unangebracht war. Ich kannte Isabelle erst seit einigen Tagen und hatte einmal mit ihr geschlafen. Das gab mir nicht das geringste Recht, eifersüchtig zu sein. Schließlich hatte auch Isabelle in keiner Weise eifersüchtig reagiert, als ich mit Claire oder Carmen geschlafen hatte. Wie sagte sie vor einigen Tagen? »Ich kann Sex und Gefühle auseinanderhalten.«

Bei einem besonders schweren Fall, bei dem ihre Bemühungen nicht wirklich fruchteten, holte Isabelle kurzerhand ein Kondom und eine Tube Gleitgel aus der Tasche ihres Laborkittels. Sie zog dem Studenten den Gummi über, gab etwas von dem Gleitmittel darauf, schob ihren Slip beiseite und setzte sich rittlings auf ihn, ohne Rock oder Kittel auszuziehen.

Ich konnte meinen Blick nicht von diesem ungewöhnlichen und faszinierenden Schauspiel abwenden. Der größte Teil des

Mannes blieb in der Röhre verborgen und es sah beinahe so aus, als reite Isabelle auf einem Schwanz, der vom Körper abgetrennt war. Mir fiel auf, dass sie sich auf ihm nicht vor und zurück bewegte, sondern vielmehr auf und ab, wobei sie jedes Mal den fremden Schwanz bis auf die Spitze aus ihrer Spalte gleiten ließ, nur, um ihn sofort darauf wieder vollständig zu verschlingen. Ich wusste aus eigener Erfahrung, dass diese Bewegungen besonders stimulierend für den Mann waren, weil die Schwanzspitze einfach mehr »Weg zurücklegte« und mehr Reibung verursachte. Die meisten Frauen dagegen bevorzugen es meiner Erfahrung nach, dicht am Körper des Mannes zu bleiben, weil dabei Klitoris und Scheideneingang besonders stark gereizt werden. (Woraus man wieder feststellt, dass Pornos für Männer gemacht werden, denn dort sieht man bevorzugt die erste Variante.) Ich erkannte: Isabelle ging es hier nicht um ihre eigene Lust, obwohl sie sicherlich auch ihren Spaß hatte, sondern ausschließlich darum, den Mann ganz systematisch und gezielt zum Höhepunkt zu bringen.

Das gelang ihr auch schließlich. Mit einem lauten Seufzen kam es dem Studenten. Isabelle blieb noch einige Augenblicke auf ihm sitzen und stieg dann zufrieden ab.

Eine der fünf Studentinnen, die sich freiwillig gemeldet hatten, wollte lieber abbrechen, als sich von uns helfen zu lassen. Drei weitere brachte ich mit Zunge und Fingern zum Orgasmus. Bei der letzten hatte Isabelle dann Mitleid mit mir, weil ich das Gefühl hatte, dass meine Zunge schon taub wurde, und übernahm an meiner Stelle. Zum ersten Mal sah ich, wie Isabelle eine andere Frau verwöhnte, und ich muss sagen, es erregte mich ungemein. Wieder musste ich daran denken, wie toll es doch wäre, sie gemeinsam mit Claire zu erleben.

Als diese letzte Studentin gegangen war, zog ich Isabelle zu mir heran und küsste sie leidenschaftlich.

»Ich weiß nicht, wie es dir geht«, brummte ich in ihr Ohr, während wir uns umarmten, »aber nach den ganzen Höhepunkten könnte ich jetzt selbst einen Orgasmus vertragen.« Ich blickte ihr tief in die blauen Augen und grinste schief. »Oder zwei.«

Isabelle lachte, schüttelte aber den Kopf, als ich begann, an ihrem Kittel herumzunesteln. »Nicht hier«, wehrte sie ab. »Ich finde, man muss Arbeit und Privatleben trennen.« Wir wechselten einen Blick und mussten dann beide lachen. Der Satz klang in unserer Situation einfach zu komisch.

Isabelle strich mir zärtlich über die Wange und küsste mich. »Bring mich in mein Bett«, bat sie, »und schlafe mit mir. Ich möchte dich spüren, hörst du?«

Das erinnert mich daran, dass es höchste Zeit wird. Isabelle ist noch im Bad und duscht, aber ich denke, sie dürfte gleich fertig sein. Und das heißt, ich muss jetzt Schluss machen für heute. Ich bin mit dem heißen Mädchen von nebenan verabredet.

11. Juni

Dienstag und Mittwoch verliefen im Grunde genauso wie der Montag. Isabelle und ich wanderten morgens gemeinsam am Strand entlang bis zum Institut, wo wir ein gutes Dutzend Studenten dazu brachten, einen Orgasmus unter dem Scanner zu erleben. Ich war inzwischen dazu übergegangen, wenn ich das Gefühl hatte, dass mir die Zunge lahm wurde, die Damen zum Orgasmus zu ficken. Das gestaltete sich gar nicht so einfach. Es gab einen bedauerlichen Mangel an möglichen Stellungen – genauer gesagt, gab es nur eine, die funktionierte –, da die Frauen bis zur Bauchmitte in der Röhre steckten, außerdem durfte ich sie auch nicht zu heftig stoßen, da ich sonst die Aufnahmen verwackelt hätte. Nach einigen Anläufen fand ich, ähnlich wie Isabelle, eine Möglichkeit, die Studentinnen maximal zu stimulieren, ohne mich dabei selbst zu verausgaben und auch ohne selbst je dabei abzuspritzen. Es war, soweit es mich betraf, ein rein mechanischer Vorgang, eine Methode, ein bestimmtes Ziel zu erreichen, nicht mehr und nicht weniger. Und ich wurde immer besser darin.

Nicht bei allen Frauen gelang es mir, im Gegensatz zu Isabelles Erfolgsquote bei den Männern. Damit bestätigte sich meine Erfahrung, dass Männer im Grunde in beinahe jeder Situation, in der sie ausreichend stimuliert werden, zum Höhepunkt kommen können, während bei Frauen doch in viel größerem Ausmaß der innere Zustand eine Rolle spielt. Wenn eine Frau sich nicht völlig fallen lassen kann, kommt sie auch nicht, da kann man noch so sehr ihre erogenen Zonen reizen. Vielleicht lag es aber auch einfach nur daran, dass Isabelle eine Frau war, bei der die Männer allein von ihrem Anblick reihenweise einen Ständer bekamen.

Unsere eigene Lust lebten Isabelle und ich weiterhin ausschließlich zu Hause aus. Und obwohl ich mich zu Isabelle besonders hingezogen fühlte, zeigte sie keinerlei Besitzansprüche an mir – oder umgekehrt. Es war für uns das Natürlichste auf der Welt, wenn ich, statt mit ihr, die Nacht mit Claire verbrachte, während sie zu Carmen unter die Bettdecke schlüpfte. Und so endete auch am Dienstagabend mein Versuch, gemeinsam mit Claire eine französische Liebeskomödie zu schauen, darin, dass wir uns in Löffelchenstellung auf der Couch aneinanderschmiegten und ich sie zärtlich von hinten fickte. Während ich ihren Nacken küsste und eine meiner Hände auf ihren Brüsten, die andere zwischen ihren Schenkeln lag, bildete ich mir ein, Isabelle aus Carmens Zimmer gedämpft stöhnen zu hören.

***

Auch am Mittwochabend musste ich ohne Isabelles Zärtlichkeit auskommen. Sie war mit einer Freundin in der Stadt verabredet, weshalb ich mich allein auf den Heimweg machte. Vor unserer Haustür stieß ich beinahe mit Maria zusammen.

»Hola, Marc.«

»Maria, was machst du denn …« Ich unterbrach mich, als ich begriff, wo wir uns befanden. »Woher weiß du, wo ich wohne?«

»Ich bin dir nach der Arbeit gefolgt«, gestand sie in gebrochenem Englisch.

Rückblickend muss ich sagen, dass zu diesem Zeitpunkt die Alarmglocken hätten läuten müssen. Das wäre der Moment gewesen, die Reißleine zu ziehen, ihr zu sagen, wie unakzeptabel es sei, dass sie mir nachspioniere, und sie aufzufordern, zu verschwinden und mich in Ruhe zu lassen. Aber ich war noch nie ein Typ der klaren, harten Ansagen gewesen.

»Wieso?«, fragte ich deshalb lahm.

»Du hast gesagt, du willst mich irgendwann wiedersehen«, erklärte Maria und strahlte über das ganze Gesicht. »Wollen wir heute Abend was unternehmen? Ich habe Zeit.«

Ich schloss für einen Augenblick lang die Augen und versuchte, mich zu sammeln. »Maria, hör mal … ich find dich ja echt süß, aber …«

»Wirklich?« Maria klatschte freudig erregt in die Hände.

»Hör zu, Maria«, setzte ich erneut an. »Nimm es mir nicht übel, aber ich *kann* keine Beziehung mit dir anfangen, verstehst du? Ich bin nur ein paar Wochen hier und fliege danach zurück nach England. Wir werden uns nie wiedersehen. Und deswegen ist es für uns beide besser, wenn wir gar nicht erst mit so was anfangen.«

Das klang ziemlich gut, fand ich, für jemanden, der noch nicht oft vor der Herausforderung stand, einer Frau abzusagen. Höhere Umstände waren schuld und jeder konnte sein Gesicht wahren.

»Oh«, machte Maria betroffen. Ich schien tatsächlich zu ihr durchgedrungen zu sein. Sie machte einen Schritt zurück und verzog ihr Gesicht zu einer gequälten Miene. Ich hoffte inständig, sie würde nicht beginnen zu weinen.

»Aber es war so schön!«, stieß sie hervor. »So … so etwas habe ich noch nie erlebt!«

Ich seufzte. »Ich habe dich … befriedigt, weil ich das nun mal untersuche, verstehst du? Ich brauchte die Daten. Das hat nichts mit Gefühlen zu tun. Es tut mir leid, wenn du etwas anderes geglaubt hast.«

Jetzt sah ich, wie in ihren großen Augen tatsächlich Tränen standen. »Ich bin noch Jungfrau«, gestand sie. »Ich habe Angst. Angst, dass es wehtut. Angst, dass es nicht schön wird. Aber du bist so …«, sie sah mich hilflos an und suchte offenbar nach einem passenden Wort, »… so gut«, schloss sie schließlich.

Ich bin mir ziemlich sicher, dass dies nicht das Wort war, nach dem sie gesucht hatte. Damit hatte sie mich ziemlich überrumpelt. Ich schüttelte den Kopf und wusste vor lauter Überraschung nicht, was ich sagen sollte. »Es tut mir leid«, war alles, was ich hervorbrachte.

»Bitte, mach Liebe mit mir!«, flehte sie mich an. »Ich bin sicher, bei dir werde ich keine Angst haben.«

Natürlich hätte ich ablehnen sollen. Ich ahnte sehr wohl, dass mir das nur Probleme einbringen würde. Aber andererseits übte die Vorstellung, der erste Mann im Leben dieses Mädchens zu sein, einen ziemlichen Reiz aus. Und sicherlich wäre es für sie ein angenehmeres erstes Mal als mit irgendeinem pubertierenden Halbstarken. Im Grunde würde ich eine gute Tat begehen, dachte ich mir. Außerdem hoffte ich, sie würde mich danach in Ruhe lassen.

»Ich bin auch frisch rasiert«, unterbrach Maria meine Überlegungen. »Das macht man heute so, ja? Und ich habe Kondome dabei und auch Gleitgel, falls ich, also, falls ich nicht feucht genug bin.«

Ich wusste nicht, ob ich über ihren naiven Enthusiasmus erschrocken oder belustigt sein sollte.

»Jetzt?«, fragte ich. »Sofort?«

Sie nickte und blickte an mir vorbei nach oben. Irgendwo da ganz oben im Gebäude lag unsere Wohnung.

Ich unternahm noch einen letzten Versuch des Widerstands: »Das geht nicht. Meine Mitbewohnerinnen …«

Maria schüttelte den Kopf. »Niemand ist zu Hause. Sie sind alle weg. Wir sind allein.«

Vermutlich wäre jetzt die Frage angebracht gewesen, wie lange sie schon unser Haus beobachtete. Vermutlich wäre es auch angebracht gewesen, endlich zur Vernunft zu kommen und sie zum Teufel zu schicken.

Stattdessen nahm ich sie mit auf mein Zimmer.

***

Als Maria und ich uns auf meinem Bett gegenübersitzen und ich ihren verklärten Blick auf ihrem niedlichen Gesicht sehe, fühle ich mich genötigt, eine Sache noch einmal ganz klarzustellen:

»Ich werde mit dir schlafen, weil ich dir helfen möchte. Es geht nicht um Gefühle und es bedeutet auch nicht, dass wir irgendeine Beziehung haben. Hast du das verstanden?«

Sie nickt ernst. »Verstanden.«

»Gut.« Ich strecke meine Hand aus und lege sie sanft auf ihre Wange. Zärtlich streiche ich ihr über das Gesicht und ziehe sie dann näher zu mir heran. Ich beuge mich zu ihr und küsse sie auf die Lippen. Ich spüre, wie ihre unerfahrene Nervosität langsam dem Verlangen nach mehr weicht. Sie beginnt, meine Küsse zu erwidern, leidenschaftlicher, ja sogar fordernd zu werden. Ich schiebe meine Zunge zwischen ihre Lippen, die sie bereitwillig für mich öffnet, und spiele mit ihrer Zungenspitze.

Wir unterbrechen unseren Kuss nur kurz, als ich ihr das T-Shirt über den Kopf streife. Ich nehme sie in meine Arme, lasse meine Finger über ihren Rücken streichen, während wir uns weiter küssen, und öffne den Verschluss ihres BHs. Als er zu Boden gleitet, umfasse ich mit beiden Händen ihre straffen, zarten Brüste, deren große Nippel steif abstehen.

»Gefallen sie dir?«, will Maria wissen.

Ich nicke stumm. Meine Lippen wandern tiefer, bedecken ihren Hals mit Küssen und erreichen das Tal zwischen ihren Brüsten. Mit der Zunge fahre ich ihre Rundungen nach, bis ich ihre Knospen erreiche, und sauge daran, erst an der einen, dann an der anderen. Maria seufzt leise.

Ich beuge mich weiter über sie und drücke sie dabei sanft auf die Bettdecke. Ich knöpfe ihre Jeans auf, ziehe den Reißverschluss herunter und entblöße den pinken Slip darunter. Ich drücke einen Kuss auf den dünnen Stoff und ziehe ihr die Hose aus. Jetzt liegt Maria vor mir, nackt mit Ausnahme des knappen Slips. Sie ist so klein, schlank und zierlich wie Carmen, und doch ist ihre Figur eindeutig weiblich, mit schmaler Taille und mit sich deutlich abhebenden, wenn auch nicht sehr großen Brüsten. Ihre Haut ist zart, weich und von der Sonne angenehm gebräunt.

Ich nehme ihre kleinen, niedlichen Füße in die Hände und küsse sie zärtlich. Aus Marias Kehle dringt ein leises Kichern, als meine Zunge ihre Fußsohlen kitzelt. Von den Füßen arbeite ich mich aufwärts über ihre Waden, ihre Unterschenkel und schließlich an den Oberschenkeln entlang bis zu ihrem Intimbereich. Ich küsse sie durch den zarten Stoff ihres Slips und bemerke, dass die erste Feuchtigkeit ihn bereits durchdringt. Langsam streife ich den Slip über ihre Beine und lege ihre Scham bloß, die tatsächlich frei von jedem Härchen ist. Ich vergrabe mein Gesicht tief zwischen ihre Schenkel, nehme wieder ihren süßlichen Duft wahr, ehe ich meine Zunge zum ersten Mal durch ihre Spalte gleiten lasse.

Diesmal lecke ich sie nicht bis zum Orgasmus. Ich will, dass sie ihren Höhepunkt erlebt, wenn ich mit ihr vereint, wenn ich ganz tief in ihr bin. Ich erkunde erneut ihre Muschi, folge jeder Hautfalte und jeder Erhebung und spiele auch mit ihrem

Kitzler, bis sie aufstöhnt und beginnt, sich unter meinen Berührungen zu winden. Dann lasse ich von ihrem Heiligsten ab und robbe nach oben, um ihr einen langen, leidenschaftlichen Kuss zu geben. Sie zuckt unmerklich zusammen, als sie auf meinen Lippen ihren ureigenen Geschmack wahrnimmt, dann gibt sie sich meinen Lippen und meiner Zunge hin.

Ich streife mir Shirt, Hose und Slip ab und lege mich nackt neben sie. Zögernd beginnt Maria, mit ihren Händen über meine Brust zu streichen und ich gebe ihr Zeit, in aller Ruhe meinen Körper zu erkunden. Langsam wird sie mutiger, beugt sich nach vorn, um meine Brustwarzen zu küssen, lässt ihre Hände über meinen Bauch, über meine Schenkel wandern. Dann streichelt sie fasziniert zum ersten Mal über meinen halb erigierten Penis und sieht mich dabei fragend an.

»Nimm ihn in die Hand«, fordere ich sie sanft auf.

Sie umschließt den Schaft mit einer Hand und bewegt sie langsam auf und ab, während ihre andere Hand über meine Hoden streichelt. Unter ihren vorsichtigen, neugierigen Bewegungen richtet sich meine Männlichkeit rasch zu seiner vollen Größe auf. Maria beobachtet die Verwandlung mit offensichtlicher Faszination. Sie beugt sich nach unten, nähert sich mit dem Gesicht der Schwanzspitze, dann zögert sie und blickt wieder zu mir. »Darf ich …?«

»Natürlich«, beantworte ich ihre unausgesprochene Frage.

Zögernd und vorsichtig, als würde sie testen, ob ein Bissen Essen noch zu heiß ist, streckt sie ihre Zunge aus und berührt meine Eichel. Dann wird sie langsam mutiger und leckt neugierig daran herum. Schließlich stülpt sie ihre Lippen über die Spitze und lutscht daran wie an einem Eis. Ich fasse sie an ihren Schultern und ziehe sie zu mir nach oben.

»Mache ich es falsch?«, fragt sie besorgt.

Ich schüttele den Kopf. »Das ist es nicht. Heute ist dein erstes Mal, und es geht nur um dich. Lass dich einfach fallen und verwöhnen, okay?«

Sie nickt und lässt es zu, dass ich sie auf den Rücken drehe und mich über sie lege. Ich spüre ihren geschmeidigen, warmen Körper unter mir und das Beben ihres aufgeregten Atems.

»Möchtest du, dass ich ihn jetzt reinstecke?«, frage ich sie.

Sie nickt, aber ich kann die Unsicherheit in ihren Augen sehen.

»Keine Angst, ich bin ganz vorsichtig.«

»Ich habe keine Angst«, versichert sie mir. »Nicht bei dir.«

Ich hole ein Kondom aus dem Nachttisch und streife es mir über. Dann streichle ich noch einmal ihre feuchte Spalte, die sie mir mit weit gespreizten Beinen darbietet, und schiebe eine Fingerspitze in ihre Möse. Sie stöhnt leise.

Ich setzt meine Schwanzspitze an und dringe vorsichtig in sie ein. Ich spüre die Enge ihrer jungfräulichen Muschi, den Widerstand und wie er nachgibt, als ich sie entjungfere. Maria zuckt vor Schmerz kurz zusammen und hält den Atem an. Ich verharre in dieser Position, bis sich Marias Körper wieder entspannt und sie die Augen öffnet.

»Alles ok?«, frage ich.

Sie nickt, und auf ihrem Gesicht liegt ein strahlendes Lächeln.

Ich beginne, mich langsam in ihrem engen Loch zu bewegen. Zufrieden merke ich, wie Maria schnell Gefallen daran findet, wie sie stöhnt und mir ihr Becken entgegendrückt, um mich noch tiefer in sich aufzunehmen. Ich liege auf ihr, genieße die Wärme ihrer Haut, die Bewegungen ihres Körpers, das Beben ihres schwer atmenden Brustkorbes. Während ich mein Tempo steigere, suchen und finden sich unsere Lippen zu einem langen, andauernden Kuss.

Ich ficke sie jetzt härter, lege mehr Kraft in jeden Stoß und erhöhe weiter das Tempo. Maria windet sich unter mir, ihre Lippen lösen sich von meinen, um wollüstig aufzustöhnen. Und immer wieder haucht, seufzt, ruft und schreit sie schließlich: »Dios mío! Dios mío! Dios mío!«

Ich spüre, wie Maria sich unter mir wild aufbäumt, wie ihr Unterleib zuckt und sie ihr Gesicht in die Kuhle zwischen meinem Hals und meiner Schulter vergräbt, als sie laut stöhnend zum Höhepunkt kommt. Ihre Schenkel umschlingen meine Hüften, als wolle sie mich und diesen einmaligen Augenblick festhalten und nie wieder loslassen.

Ich mache noch einige letzte, heftige Stöße, da überrollt auch mich mein Orgasmus, und stöhnend schieße ich mein Sperma tief in die enge Mädchenfotze.

Eng umschlungen bleiben wir liegen. Ich spüre, wie sich ihre Brust heftig hebt und senkt, und bemerke, dass sie mich mit zitternden Lippen und großen, glänzenden Augen anblickt. Ich presse meine Lippen auf ihre und schließe dabei die Augen, damit ich den verliebten Ausdruck in ihrem Gesicht nicht sehen muss.

Eine Weile lang sagte keiner von uns etwas, wir hielten uns nur gegenseitig fest und warteten, bis sich Atmung und Herzschlag nach und nach wieder normalisierten. Dann wurde mir bewusst, wie viel Zeit vergangen war. Ich wollte gern vermeiden, dass Maria einer meiner Mitbewohnerinnen über den Weg lief, nicht weil sie eifersüchtig reagieren konnten, sondern weil ich selbst glaubte, einen Fehler gemacht zu haben, als ich sie in mein Bett ließ. Ich löste mich also aus unserer Umarmung, entsorgte das gefüllte Kondom und setzte mich dann neben Maria, die mich unverwandt anstarrte.

»Du musst jetzt gehen«, sagte ich. »Meine Mitbewohnerinnen kommen sicher bald.«

Ich hatte mit neuerlichen Widersprüchen gerechnet und war daher überrascht, als sie nickte und sich aufsetzte. »Ich weiß«, sagte sie. »Sie würden es wohl nicht verstehen.«

Ich öffnete bereits den Mund, um zu fragen, was sie denn Marias Meinung nach nicht verstehen würden, ließ es dann aber besser bleiben. Ich war zufrieden damit, dass sie offenbar ohne größere Diskussionen gehen wollte, und mochte sie nicht aufhalten.

Marias nächste Frage war weniger überraschend für mich. »Sehen wir uns morgen?«

Ich seufzte. »Maria, wir waren uns doch einig, dass eine Beziehung keinen Sinn hat.«

»Ich weiß«, antwortete sie ernst. Dann huschte ein Lächeln über ihr Gesicht. »Aber wir können Freunde sein. Und Sex haben. Das ist so wunderschön. Übermorgen?«

Ich seufzte wieder. »Geh jetzt«, forderte ich sie auf.

»Am Wochenende?«

»Geh. Jetzt. Bitte.«

Enttäuscht rutschte Maria von der Matratze. Wir zogen uns beide wortlos an und ich brachte sie zur Tür. Ehe sie die Wohnung verließ, drehte sich Maria noch einmal zu mir um.

»Danke«, hauchte sie, stellte sich auf die Zehenspitzen und küsste mich zum Abschied. Dann öffnete sie die Tür, huschte hinaus auf den Flur und ließ die Tür hinter sich ins Schloss fallen.

Ich atmete tief aus, lehnte mich gegen die Wand und schloss einen Augenblick lang die Augen. Ich hatte das dumpfe Gefühl, dass dies noch nicht das Ende sein würde. Maria würde wiederkommen, ob ich wollte oder nicht.

Verdammt!

14. Juni

Die nächsten Tage glichen einander. Isabelle und ich brachten geübt fremde Menschen zum Höhepunkt und eröffneten dabei einen kleinen, freundschaftlichen Wettbewerb, wer von uns danach mehr Telefonnummern und Date-Anfragen erhielt. Ich konnte diesen Spaß allerdings nur halbherzig genießen, weil ich immer wieder an Maria denken musste. Entschlossen, niemanden zu ermutigen, gab ich mich den von mir beeindruckten Studentinnen gegenüber bewusst schroff und schmetterte rundheraus jeden Annäherungsversuch ab. Als Isabelle mich verwundert darauf ansprach, versuchte ich, meine Gedanken an Maria mit einem Lächeln zu überspielen.

»Ich brauche niemanden sonst, ich habe doch dich«, erklärte ich ihr.

Sie lachte auf und küsste mich zärtlich.

***

Am Donnerstagabend bot Carmen mir an, mir die Schultern zu massieren, die sich bei der anstrengenden »Arbeit« im Labor verspannt hatten. Am Ende der Massage hatte sie meinen Schwanz im Mund und lutschte begeistert an ihm. Anschließend hatte ich endlich Gelegenheit, sie in ihren engen Hintern zu ficken, diesmal in dem vollen Bewusstsein, eine Transsexuelle vor mir zu haben. Nachdem ich in ihr abgespritzt hatte, kuschelte sich Carmen an mich und rieb ihren knackigen Hintern an meinem erschlafften Schwanz. Ich griff von hinten nach ihrem immer noch harten Ständer und begann, ihn sacht zu wichsen.

»Das musst du nicht tun«, sagte Carmen leise.

»Ich weiß«, antwortete ich und machte weiter. Ich steigerte die Heftigkeit meiner Bewegungen, bis Carmens Schwanz in meiner Hand zuckte und ich spürte, wie warme Flüssigkeit über meine Finger floss. Sie drehte ihren Kopf zu mir um und küsste mich lange und leidenschaftlich auf den Mund, während ich ihren Schwanz weiter fest umklammert hielt und fühlte, wie er langsam erschlaffte.

»Danke«, sagte sie schließlich, nachdem wir einige Minuten zufrieden geschwiegen hatten.

»Danke?«, fragte ich. »Wofür?«

»Dass du mich so nimmst, wie ich bin«, antwortete sie.

»Ich würde dich gern noch öfter nehmen«, sagte ich grinsend.

Sie drehte sich zu mir um. Auf ihrem süßen Gesicht erschien ein breites Lächeln. Ich nahm ihr Gesicht in beide Hände und küsste sie lange und innig.

***

So sehr ich auch Carmens Zärtlichkeit genoss, so schade fand ich es aber, dass ich schon am dritten Abend in Folge nicht mit Isabelle geschlafen hatte, obwohl ich doch tagsüber im Labor beinahe an nichts anderes denken konnte.

Umso freudiger war meine Überraschung, als ich am nächsten Morgen erwachte und Isabelles weichen, warmen Körper neben mir spürte.

»Guten Morgen«, gurrte sie, kuschelte sich an mich und ließ ihre Hand unter der Bettdecke nach unten gleiten. Mit sicherem Griff umfasste sie meine Morgenlatte.

»Mh«, schnurrte sie. »Hast du etwa von mir geträumt?« Und mit vorgeschobener Unterlippe und einer steilen, kritischen

Falte auf der Stirn fügte sie gespielt eifersüchtig hinzu: »Oder von Claire? Oder Carmen?«

»Ich weiß es nicht«, gab ich ehrlich zu und setzte ein breites Grinsen auf. »Ich schätze, du musst dich noch ein wenig mehr anstrengen, um in meine Träume zu kommen.«

Ich packte ihren Oberkörper mit festem Griff und rollte uns beide herum, bis ich auf ihr lag. Sie lachte jauchzend auf und zog mich an sich. Ich genoss das Gefühl ihrer Nähe und den Duft ihrer geschmeidigen Haut und spürte, wie mein Verlangen nach ihr unermesslich wurde.

Wir liebten uns innig und leidenschaftlich. Danach lag ich auf dem zerwühlten Laken und starrte an die Decke, während Isabelle duschte. Ich versuchte mich daran zu erinnern, wann ich mich jemals zuvor so glücklich gefühlt hatte. Mir fiel nichts ein.

***

Am späten Nachmittag holte mich dann die weniger glückliche Realität wieder ein.

Ich war nach Feierabend noch einmal aus dem Haus gegangen, um einige Kleinigkeiten einzukaufen, als ich Maria bemerkte, die auf der anderen Straßenseite im Schatten stand und, daran zweifelte ich nicht, das Gebäude gründlich beobachtet hatte. Als sie mich erkannte, winkte sie fröhlich und kam über die Straße gelaufen.

Ich dachte einen kurzen Augenblick daran, mich einfach umzudrehen und zurück ins Haus zu flüchten. Aber erstens fand ich das ziemlich kindisch und zweitens auch reichlich übertrieben. Letzten Endes war sie doch einfach nur ein nettes, wenn auch etwas durchgeknalltes Mädchen, oder?

Als Maria mich zur Begrüßung küssen wollte, hielt ich sie an den Schultern auf Abstand. »Maria, was willst du hier?«

»Ich will mit dir besprechen, was wir am Wochenende unternehmen«, erklärte mir Maria fröhlich. »Es gibt da eine Band, die morgen in Gràcia spielt und …«

»Das geht nicht«, unterbrach ich schroff.

»Warum denn nicht?«, wollte Maria wissen. »Hast du schon was anderes vor? Das finde ich aber nicht richtig. Ich will doch mit meinem Freund zusammen sein.«

»Ich bin nicht dein Freund!«

Maria wirkte ehrlich geschockt und starrte mich aus großen Augen an. »Aber ich dachte …«

»Maria, hör mir jetzt mal gut zu. Ich bin nur wenige Wochen hier und ich habe weder Interesse daran, eine Beziehung anzufangen noch Freundschaften zu schließen. Das hat nichts mit dir zu tun, verstehst du? Es geht einfach nicht.«

»Weil du zurück nach England musst?«

Ich nickte. »Genau.«

»Aber davon lässt sich die Liebe doch nicht aufhalten!«, rief sie.

Einen Moment lang wusste ich tatsächlich nicht, was ich sagen sollte. Wovon redete sie da? Liebe?

»Ich glaube, du verstehst da was falsch …«, begann ich.

»Ich glaube, wir können eine Lösung finden, wenn wir daran arbeiten«, unterbrach sie mich beharrlich. Langsam wurde sie mir wirklich unheimlich. Ich musste das Ganze beenden, und zwar sofort.

»Aber ich bin nicht in dich verliebt«, stieß ich hervor.

Maria zuckte nur mit den Schultern. »Das braucht seine Zeit.«

»Was?«

»Wenn sich unsere Beziehung entwickelt, wird das schon werden«, erklärte sie zuversichtlich.

Ich schüttelte den Kopf, als würde das helfen, meine Gedanken zu ordnen.

»Ich habe mir das schon überlegt«, fuhr sie fort. »Ich wollte schon immer mal nach England und da gibt es sehr gute Unis. Ich komme einfach mit und wir können zusammen sein, ja?«

»Das«, sagte ich langsam und bemühte mich, jedes Wort einzeln und deutlich zu betonen, »ist völlig unmöglich!«

»Warum? Hast du eine Freundin?«

Einen Augenblick lang dachte ich daran, den einfachen Weg zu gehen und einfach »ja« zu sagen. Aber ich war schon immer ein schrecklicher Lügner gewesen. »Nein«, sagte ich daher wahrheitsgemäß.

»Aber dann kann ich doch deine Freundin sein«, beharrte Maria. »Du wirst sehen, das wird schön.«

Ich schüttelte nur den Kopf und fragte mich, was ich noch sagen könnte, damit sie es endlich begriff.

»Liegt es an ihr?«, fragte Maria plötzlich und kniff ihre Augen zu Schlitzen zusammen. »Diese Isabelle? Du willst mit ihr zusammen sein, richtig? Sie will dich mir wegnehmen!«

Noch ehe ich antworten konnte, und noch ehe ich mir überhaupt überlegen konnte, was ich darauf antworten sollte, fuhr sie auch schon fort: »Was hat sie denn, was ich nicht habe? Liegt es an den Haaren? Wenn du auf Blondinen stehst, ich kann meine Haare färben.« Maria sah mich jetzt so flehentlich an, dass ich schon befürchtete, sie könnte im nächsten Moment vor mir auf die Knie fallen.

»Ich mache alles für dich, wirklich alles!«, beteuerte sie.

»Nein, vergiss mich!«, stieß ich hervor. »Geh! Geh und such dir einen anderen Mann, der dir gefällt! Du brauchst jetzt keine Angst zu haben, es wird nicht mehr wehtun.«

»Aber ich will nur dich!«

»Aber ich will dich *nicht,* verstehst du das nicht?« Ich spürte, wie Frustration und Wut mich übermannte. »Du wirst irgendwann einen anderen Mann finden, in den du dich verliebst. Ich bin nicht der Richtige für dich. Also lass mich bitte in Ruhe! Ich will dich hier nicht wieder sehen, klar?«

Ohne auf ihre Antwort zu warten, drehte ich mich um und öffnete die Haustür. Ich spürte ihre Hände an meinen Armen, als sie mich zurückhalten wollte, doch ich schüttelte sie ab und schlug ihr die Tür vor der Nase zu.

Ich ging um die Ecke und blieb dann im Treppenhaus stehen. Ich spürte, wie ich am ganzen Körper zitterte. Vor Anspannung? Vor Wut? Ich musste meine Einschätzung korrigieren. Maria war nicht nur ein bisschen durchgeknallt. Sie war vollkommen verrückt! Wie konnte ein Flirt mit einem schüchternen Mädchen nur so aus dem Ruder laufen?

Ich ging meine bisherigen Begegnungen mit Maria noch einmal im Kopf durch. Hatte ich ihr falsche Hoffnungen gemacht? Hatte ich irgendetwas getan oder gesagt, was sie zu der wahnsinnigen Annahme verleitet haben könnte, ich würde mein Leben mit ihr verbringen wollen? Ich begriff, dass der einzige Fehler, den ich begangen hatte, darin bestanden hatte, ihr nicht von Beginn an klipp und klar zu sagen, sie solle sich zum Teufel scheren. Stattdessen hatte ich versucht, sie zu schonen, wollte sie nicht verletzen und hatte sie dadurch wahrscheinlich noch weiter angestachelt.

Ich fühlte mich seltsam müde und ausgelaugt, als ich die Treppen zur Wohnung langsam nach oben stieg. Den Einkauf hatte ich völlig vergessen, und ich wollte jetzt nicht nach draußen. Ich fürchtete, dass Maria noch da sein würde.

Ich hoffte inständig, dass sie es jetzt begriffen hatte. Klarer konnte man es doch nicht ausdrücken, dass man kein Interesse hatte, oder? Aber irgendwie bezweifelte ich, dass Maria überhaupt in der Lage war, zu verstehen, was ich ihr gesagt hatte.

***

Nach dieser unerfreulichen Begegnung hatte ich nur noch eines im Sinn: Schlafen. Doch da hatte ich die Rechnung ohne Claire gemacht, die nicht locker ließ: Am Freitagabend wird gefeiert!

Ich ließ mich schließlich breitschlagen und stellte verwundert fest, wie sehr ein Cocktail, gute Musik und die Anwesenheit von drei wunderschönen jungen Frauen dazu beitragen konnten, unangenehme Gedanken beiseitezuschieben und mich einfach zu amüsieren. Wir probierten mehrere Bars und mehrere Cocktails aus und ließen den Abend schließlich in einer Disco laut und fröhlich zu Ende gehen. Zum ersten Mal seit dem letzten Wochenende schlief ich an diesem Tag allein ein, zumindest soweit ich mich erinnern kann. Aber selbst wenn mir eines der Mädchen Gesellschaft geleistet hätte, wage ich zu bezweifeln, dass ich in meinem Zustand zu irgendwelchen Intimitäten in der Lage gewesen wäre.

***

Als ich erwachte, fühlte ich mich überraschend gut, wenn man die Menge an Alkohol bedenkt, die ich zu mir genommen hatte. Das leichte Pochen hinter meiner Stirn sollte sich mit einer Tablette *Aspirin* behandeln lassen. Ein Blick auf die Uhr verriet mir, dass es bereits Mittag war. Als hätte er nur auf diese Information gewartet, knurrte mein Magen vernehmlich. Ich schwang meine Beine aus dem Bett, streckte mich ausgiebig und stand auf. Nur mit einem Slip bekleidet trat ich auf den Flur, um zur Küche zu gehen. Doch eine Bewegung, die ich aus den Augenwinkeln wahrnahm, ließ mich innehalten. Ich trat an die Terrassentür am Ende des Flures und spähte an den Jalousien vorbei nach draußen. Was ich dort sah, ließ mich aufkeuchen.

Claire und Isabelle liegen auf einer Decke in der Sonne, natürlich splitternackt. Ihre Traumkörper glänzen von der Sonnenmilch, mit der sie sich eingerieben haben. Aber die beiden liegen nicht etwa auf der Decke und lassen sich bräunen. Sie befinden sich halb liegend, halb sitzend aus einem Gewirr zuckender, sich windendender Gliedmaßen im Schatten des Sonnenschirms. Sie haben ihre gespreizten Beine derart verkreuzt, dass sie ihre Intimbereiche aneinanderreiben können, während ihre Hände unaufhörlich über den Körper der anderen gleiten und ihn liebkosen.

Ich öffne die Terrassentür vorsichtig, um ja kein Geräusch zu machen, und trete ins Freie. Eine unnötige Vorsichtsmaßnahme. Die beiden jungen Frauen sind mit sich selbst beschäftigt und Claires raues kehliges Stöhnen wechselt sich mit Isabelles hohem Wimmern ab.

Claire unterbricht gerade ihre ekstatischen Bewegungen, um Isabelle an sich zu ziehen und sie zu küssen. Gierig saugen sich die Lippen der beiden aneinander fest, und obwohl ich es nicht sehen kann, bin ich mir sicher, dass ihre Zungen miteinander spielen. Fasziniert beobachte ich die beiden wunderschönen Körper, die sich aneinanderschmiegen. Der Kontrast zwischen Claires kaffeebrauner und Isabelles goldener Haut verleiht dem Geschehen eine zusätzliche Ästhetik. Ich spüre, wie mir das Blut in die Lenden schießt und wie mein bestes Stück sich ohne jede Berührung aufrichtet.

Plötzlich dreht Claire ihren Kopf und blickt zu mir. Über ihre Züge huscht ein Lächeln, als sie etwas zur Seite rückt, um mir freien Blick auf Isabelle zu gewähren. Claire präsentiert mir Isabelles wundervoll geformten Körper, streicht über ihre

Brüste, ihren flachen Bauch und fährt schließlich zwischen ihre Schenkel. In ihren dunklen Augen glüht wieder das altbekannte Funkeln.

»Gefallen wir dir?«, fragt sie, während ihr Mittelfinger in Isabelles Lustspalte verschwindet. Isabelle klammert sich an Claire fest und stöhnt leise.

Ich glaube nicht, dass ich im Moment fähig bin, ein klares Wort zu formulieren, also nicke ich nur.

»Du willst uns beide ficken, so ist es doch, mein Hengst?«, fragt sie weiter, obwohl sie die Antwort schon kennt. »Du willst es, seit du uns beide draußen in der Sonne gesehen hast.« Sie beugt sich nach vorn und saugt an einem von Isabelles erregt abstehenden Nippeln.

»Komm her!«, befiehlt sie und wendet sich von Isabelle ab.

Ich trete auf die beiden Mädchen zu, die sich jetzt auf ihre Knie aufrichten. Claire zieht mir meinen Slip in die Kniekehlen, umfasst fordernd meinen knochenharten Schwanz und beginnt, mit ihrer Zunge an seinem Schaft entlangzugleiten. Isabelle drängt sich neben sie, und plötzlich fühle ich auch ihre Zunge. Gemeinsam lecken sie meinen Schwanz, spielen mit ihm, liebkosen ihn. Ich fühle zwei Lippenpaare, die meinen Riemen jeweils zur Hälfte umfassen und gemeinsam an ihm entlanggleiten. Als sie die Spitze berühren, vereinen sich die Lippen zu einem zärtlichen Kuss. Mein Blick gleitet an den zwei Traumkörpern hinab und ich bemerke, dass sie beide je eine Hand zwischen den Schenkeln der anderen versenkt haben und sich gegenseitig heftig fingern.

Dann nimmt Claire meinen Riemen in den Mund, lässt ihn fast völlig in ihrer feuchten Mundhöhle verschwinden, während ihre Zunge weiter um meine Eichel spielt. Ihre einzigartigen Blasfähigkeiten durfte ich ja bereits mehrmals kennenlernen und ich genieße die zärtliche Behandlung leise stöhnend. Schließlich entlässt Claire die Eichel wieder in die Freiheit und gibt Isabelle die Chance, ebenfalls zu zeigen, was sie kann. Isabelle lutscht und saugt an meinem Schwanz, dass es eine wahre Freude ist. Ich spüre meine Erregung immer weiter wachsen und denke noch, dass es bei dieser fantastischen Behandlung nicht mehr lange dauern wird, bis ich den beiden meinen Saft übers Gesicht spritze.

Doch soweit lässt die erfahrene Claire es nicht kommen. Ohne die Hand von meinem Schwanz zu nehmen, erhebt sie sich und drückt mich sanft, aber bestimmt auf die Decke. Claire und Isabelle folgen, und im nächsten Moment winden wir uns zu dritt in einer zärtlichen sechsarmigen Umarmung. Meine Hände erkunden ihre Körper, umfassen ihre Pobacken, streichen über ihre Schenkel, ihre samtene Haut, ihre prallen Brüste. Ich lasse meine rechte Hand an Isabelles Bauch tiefer wandern, erreiche ihren Intimbereich und gleite mit zwei Fingern ihre Spalte entlang. Gleichzeitig vergrabe ich mein Gesicht zwischen ihren herrlichen, schweren Brüsten, bedecke sie mit Küssen, sauge an ihren harten Knospen. Meine Finger wagen sich weiter vor, dringen in ihre klatschnasse Möse ein, und sie stöhnt laut auf.

Claire schmiegt sich von hinten an mich, ich spüre ihre Brüste an meinem Rücken, ihr Becken an meinem Po und ihre Hand, die von hinten weiter meinen Schwanz umklammert hält und ihn langsam wichst. Sie beugt sich über mich, um Isabelle zu küssen, dann küsst sie mich, ich küsse Isabelle … es ist wie ein Strudel aus Lust und Leidenschaft, ein Tagtraum voller Zärtlichkeit und purer Geilheit.

Jetzt möchte ich auch Claire verwöhnen und drehe mich zu ihr um. Doch als ich meine Finger zwischen ihre Schenkel wandern lassen möchte, entzieht sie sich mir. Sie dreht sich auf der Decke so herum, dass ihr Intimbereich auf der Höhe meines Kopfes ist, spreizt, auf der Seite liegend, ihre Beine und streckt mir ihre Lenden entgegen. Ich nehme ihre Einladung dankend an, lege meinen Kopf auf ihren schlanken, braunen Schenkel und beginne, ihre Lustspalte mit Zunge und Lippen zu erkunden. Währenddessen drängt Claire ihren Kopf auf dieselbe Weise zwischen Isabelles Beine und ich spüre plötzlich Isabelles Mund, der sich über meinen Schwanz stülpt. Wie die Schenkel eines Dreiecks liegen wir auf dem Boden der Terrasse und verwöhnen uns gegenseitig.

Ich lecke zärtlich an Claires feuchter Spalte entlang, spreize ihre Schamlippen mit der Nasenspitze und vergrabe mich dann in ihrer warmen, nassen Grotte. Ich sauge an ihrem geschwollenen Kitzler und lasse meine Zunge um ihn spielen, stoße immer wieder soweit wie möglich in ihre Spalte vor und erkunde jedes Fältchen mit meiner Zungenspitze. Claire stöhnt ekstatisch, aber gedämpft, weil sie sich ihrerseits tief in Isabelles Lustzentrum eingegraben hat. Isabelle lutscht inzwischen mit einer Begeisterung meinen Schwanz, die Claires oralen Fähigkeiten kaum nachsteht. Schließlich spüre ich die wilden Zuckungen, die Claires schlanken Körper durchlaufen. Sie presst ihre Beine zusammen, hält meinen Kopf zwischen ihren kräftigen Schenkeln gefangen und vergräbt ihre linke Hand in meinem Haar. Ich lasse nicht von ihr ab, ficke sie mit meiner Zunge, bis sie es nicht mehr aushält und ihren Orgasmus herausschreit. Als sich ihre Muskeln wieder entspannen, küsse ich sie wieder, zärtlicher diesmal, und genieße den Duft ihres süßen, klatschnassen Fötzchens.

Wenige Minuten später lässt Isabelle meinen Schwanz aus ihrem Mund gleiten, krallt ihre Hände in meinem Po und gibt sich ebenfalls schreiend und zuckend ihrem Höhepunkt hin. Ich aber will noch nicht kommen, nicht, ehe ich nicht beide heißen Lustgrotten ordentlich gestoßen habe, ich will sie jetzt ganz und gar spüren, ganz genießen.

Ich löse mich aus unserem Dreieck und bewundere meine beiden wunderschönen Gespielinnen. Wie Claire so vor mir liegt und mir zwischen ihren gespreizten Beinen ihre vor Geilheit geschwollene Möse präsentiert, würde ich mich am liebsten direkt auf sie werfen und meinen harten, pulsierenden Schwanz hineinstoßen.

Aber sie scheint wieder einmal meine Gedanken zu erraten, lächelt und setzt sich auf. »Nicht so, mein Hengst. Leg dich auf den Rücken.«

Ich erfülle ihren Wunsch und platziere mich in der Mitte der Decke. Die beiden Mädchen knien links und rechts von mir, lassen ihre Hände über meinen ganzen Körper gleiten. Claire zieht ein Kondom unter der Decke hervor, und spätestens jetzt weiß ich, dass sie all das hier geplant oder zumindest erwartet hat. Sie beugt sich über mich, nimmt meinen Schwanz noch einmal tief in den Mund und genießt seinen Geschmack. Dann rollt sie mir das Kondom mit dem Mund über und steigt über mich. Mit ihrer rechten Hand greift sie unter sich und hält meinen Schwanz in Position. Dann senkt sie sich auf mich herab und lässt ihn bis zur Wurzel in ihr glitschiges Fickloch gleiten.

»Ich werde dich jetzt reiten, mein Hengst«, flüstert sie.

Ich genieße einen letzten Blick auf ihren traumhaften Cappuccinokörper, ehe Isabelle mir die Sicht nimmt. Sie schwingt ihr Bein über mich und setzt sich rittlings auf mein Gesicht. Ich rieche den Duft ihrer frisch zum Orgasmus geleckten Spalte und schmecke ihren Saft, der ihr schon die goldbraunen Schenkel entlangrinnt. Tief vergrabe ich mein Gesicht in dieser wundervollen Möse und lecke sie inbrünstig. Meine Hände umfassen ihren ausladenden knackigen Po.

Gleichzeitig beginnt Claire mit ihrem Ritt. Zuerst bewegt sie sich langsam vor und zurück, doch schon bald wird sie schneller, während ich ihr rhythmisch mein Becken entgegenstoße. Wenn Isabelle über mir zuckt und ihren Körper hebt und senkt, kann ich immer wieder zwischen ihren Beinen hindurch Claire sehen. Die beiden Mädchen tauschen heiße Zungenküsse aus und spielen gegenseitig an ihren wohlgeformten Brüsten. Isabelle hat eine Hand zwischen Claires Beine geklemmt und reibt ihren Kitzler, während mich die Französin reitet. Diese Kombination hält sie nicht lange aus. Ihr Ritt wird immer heftiger und wilder, und dann spüre ich, wie sie sich am ganzen Körper anspannt. Sie bäumt sich auf, wirft den Kopf zurück und stöhnt laut auf Französisch. Ihr klatschnasses Fötzchen zuckt und kontrahiert so stark, dass ich beinahe abgespritzt hätte. Aber es gelingt mir mit viel Mühe, mich zurückzuhalten. Ich will unbedingt noch Isabelle spüren.

Claires Zuckungen ebben ab und sie sinkt glücklich und erschöpft auf mir zusammen. Isabelle steigt von mir herunter, und Claire lässt sich nach vorn fallen. Ich nehme ihr Gesicht in beide Hände und schenke ihr einen zärtlichen, innigen Kuss. Dann rutscht Claire seitlich von mir herunter und macht Platz für Isabelle.

Die schöne Blondine verliert keine Zeit, setzt sich sofort auf mich und lässt meinen vor Geilheit schon schmerzhaft pochenden Schwanz widerstandslos in ihrer nassgeleckten Fotze verschwinden. Sie ist vor Geilheit so angeschwollen und eng, dass ich beinahe komme, als ich in sie eindringe. Sie wartet kurz bewegungslos ab, bis die unmittelbare Welle der Geilheit etwas abgeflaut ist. Dann beginnt sie, mich zu reiten. Meine Hände gleiten über ihre weiche, samtene Haut, umfassen ihre Hüften, ihre großen, wippenden Titten und ihren perfekt gerundeten Hintern. Und wieder kann ich meinen Blick nicht von ihrem Gesicht wenden, das vor Lust ganz verzerrt ist, ihre großen strahlend blauen Augen, die mich zu verschlingen scheinen, in denen sich meine Leidenschaft, meine Geilheit widerspiegelt.

Und da kommt es ihr schon, sie schreit, reißt ihre Augen dabei auf und ich sehe und fühle, wie Wellen der Ekstase über ihr Gesicht und durch ihren ganzen Körper laufen, bis sie in ihrer wild zuckenden Möse enden. Und wieder gibt mir das endgültig den Rest. Ich spüre, wie auch mein Orgasmus anrollt, unaufhaltsam wie ein Tsunami bricht er über mich herein und ich schieße mein Sperma in ihre zuckende, nasse Lustgrotte.

Zitternd beugt sie sich zu mir herab, sieht mir tief in die Augen und küsst mich. Dann rollt sie sich schwer atmend von mir herunter. Claire streift mein Kondom ab und lutscht gründlich meinen Schwanz sauber. Dann liegen wir da, links und rechts kuschelt sich ein zarter, weicher Frauenkörper an mich und auf jeder Brust liegt ein erschöpfter Kopf. So schlafen wir schließlich überglücklich ein und erholen uns für ein paar Stunden von unserer unersättlichen Geilheit.

***

Als ich wieder aufwachte, dämmerte es draußen bereits. Wir lagen immer noch so auf der Terrasse, wie wir eingeschlafen waren: Die Köpfe der beiden Frauen auf meiner Schulter, ihre weichen, vollen Brüste auf meiner Brust, ihre schlanken Beine um meine Hüfte geschlungen. Allein der Anblick der beiden Traumfrauen, die friedlich in meinen Armen schliefen, und das Gefühl ihrer warmen weichen Haut auf der meinen erregte mich schon wieder. Mein bestes Stück regte sich und begann, sich aufzurichten.

Davon wurde Claire wach, die eine Hand auf meinem Schwanz liegen hatte. Sie blinzelte ihre Müdigkeit weg und erfasste mit einem Blick die Situation. Lächelnd hob sie ihren Kopf, um mich zu küssen, während sie nur mit ihren Fingerspitzen sanft und zärtlich über meinen Riemen strich. Das verhalf ihm endgültig zur vollen Größe. Am liebsten hätte ich jetzt sofort mit Claire gevögelt, aber ich wollte Isabelle nicht wecken, die friedlich neben mir schlummerte und im Schlaf mit ihren goldenen Locken mehr denn je wie ein unschuldiger Engel aussah. Außerdem meldete sich mein Magen laut knurrend zu Wort. Ich hatte heute noch überhaupt nichts gegessen. Ich bedeutete Claire mit Gesten, dass ich aufstehen wollte. Sie nickte und glitt seitwärts aus unserer Umarmung. Vorsichtig legte ich Isabelles Bein auf die Decke, schob mich unter ihrem Kopf hinweg zur Seite und bettete ihn auf ein zusammengerolltes Handtuch.

Wir machten uns nicht die Mühe, irgendetwas überzuziehen. Wir wussten, dass sich außer uns nur Carmen in der Wohnung aufhielt und die wäre über den Anblick unserer nackten Körper sicher erfreut. In der Küche stellten wir beide fest, dass keiner von uns die geringste Lust hatte, etwas zu kochen, also entschieden wir uns für die einfachste aller Alternativen: Wir holten eine Fertigpizza aus dem Gefrierschrank.

Als Claire sich hinunterbeugte, um die Pizza in den Ofen zu schieben, streckte sie mir dabei ihren knackigen Apfelpo entgegen. Unwillkürlich musste ich an unseren ersten gemeinsamen Abend denken, vor einigen Tagen erst, als ich sie aus derselben Perspektive gesehen hatte. Damals war ich starr vor Schreck gewesen.

Heute trete ich ganz selbstverständlich hinter sie und presse mein Becken gegen ihren Hintern. Mein halbsteifer Schwanz passt genau in die Ritze zwischen ihren Backen und reibt an ihnen entlang, als Claire sich aufrichtet. Ich umfasse von hinten ihre festen Brüste und spiele an ihren Nippeln. Sie stöhnt leise, als ich zärtlich ihren Nacken küsse. Dann dreht sie sich in meinen Armen um und presst ihren Körper an meinen. Ich fühle ihre harten Nippel gegen meine Brust drücken und ihr Becken, das sich meinem jetzt knallharten Schwanz entgegendrängt. Meine Hände gleiten ihren Rücken entlang und umfassen ihre prallen Pobacken.

Claire stellt sich auf die Zehenspitzen und drückt sich ein Stück von mir weg, sodass mein Schwanz nach vorn senkrecht von meinem Körper abstehen kann. Als sie mich dann wieder an sich zieht, wird mein bestes Stück geradewegs zwischen ihren Schenkeln eingeklemmt und reibt bei jeder ihrer Bewegungen ihre heiße Lustspalte entlang. In diesem Moment will ich nur noch eines: sie ficken!

Ohne unsere Umarmung zu lösen, zieht Claire zielsicher eine Schublade auf und nimmt ein Kondom heraus. Ich muss lachen.

»Du hast die wirklich überall in der Wohnung, oder?«

Claire grinst schelmisch. »Wenn ich ficken will, dann sofort. Ich habe keine Lust, suchen müssen. Und ich will dich *jetzt* ficken, mein Hengst.«

Ich zwänge meine Hand zwischen unseren Körpern hindurch und befühle ihr Heiligstes. Ihre Lustspalte ist so feucht, dass meine Finger ohne jeden Druck von selbst ein Stück weit in sie hineingleiten. Mit zwei Fingern reibe ich ihren Kitzler und registriere zufrieden, wie sie sich unter meinen Berührungen windet.

Claire rutscht langsam an mir nach unten, legt eine Spur von heißen, feuchten Küssen über meinen Hals, meine Brust und meinen Bauch, bis sie meinen knallharten und pochenden Schwanz erreicht. Sie stülpt ihre Lippen über die Eichel, lässt ihre Zunge hervorschnellen und spielt mit dem zarten Bändchen zwischen Eichel und Vorhaut, dann lässt sie gekonnt meinen Prügel fast vollständig in ihrem gierigen Mund verschwinden. Einige Male gleitet ihr Kopf vor- und wieder zurück, bevor sie ihren Freudenspender aus ihrer warmen Mundhöhle entlässt. Mit dem Mund rollt sie mir das Kondom über und erhebt sich.

Ich bugsiere sie an den Küchentisch und mit weit gespreizten Beinen setzt sie sich auf die Kante. Dann dränge ich mich ihr entgegen und stoße meinen Schwanz kraftvoll bis zum Anschlag hinein. Sie stößt einen spitzen Schrei aus und krallt ihre Finger in meinen Rücken.

»Los, fick mich, mein Hengst!«, flüstert sie. »Fick deine geile Stute!«

Ich beginne sie zu stoßen, hart und tief und wild. Ich nehme mir keine Zeit für Zärtlichkeiten, ich küsse sie nicht, streichle sie nicht. Mit jeder Hand halte ich eines ihrer Beine und spreize sie weit, sodass ich so tief wie möglich in sie eindringen kann. Sie hat eine Hand um meinen Nacken gelegt, die andere krallt sich um meinen Hintern. Ich lege so viel Kraft wie möglich in jeden einzelnen Stoß, sehe, wie ihre Brüste bei jedem Zustoßen wippen, höre sie im Rhythmus meiner Bewegungen auf Französisch aufstöhnen.

Als sie spürt, wie sich meine Muskeln kurz vor dem heranrasenden Orgasmus anspannen, will sie sich von mir wegschieben und haucht atemlos: »Warte!«

Ich weiß, dass sie meinen Samen wieder in ihrem Mund aufnehmen will, doch das ist mir egal. Grob halte ich sie fest, drücke sie während der letzten Stöße an mich, bis ich mich tief in ihr ergieße.

Schwer atmend legt sie mir den Kopf auf die Schulter. Ich greife ihr Kinn, hebe ihren Kopf und küsse sie leidenschaftlich, während sich unsere Körper langsam entspannen.

Als ich aufblicke, steht Isabelle neben uns, mit verschlafenem Gesichtsausdruck und verstrubbelten Haaren. Ohne ein Wort zu sagen, stellt sie sich auf die Zehenspitzen und drückt mir einen zärtlichen Kuss auf die Lippen. Ich will sie greifen und mit in unsere Umarmung ziehen, doch sie tritt zurück und geht zum Herd.

»Eure Pizza brennt an«, sagt sie schlicht und ich muss lachen.

Die Pizza war in der Tat schon ziemlich dunkel, aber noch genießbar. Zu dritt machten wir uns über sie her und plünderten dann aus dem Kühlschrank, was wir finden konnten. Nackt saßen wir um den Küchentisch, Isabelle auf meinem Oberschenkel, Claire daneben. Locker hatte ich von hinten meine linke Hand um Isabelles Brust gelegt und genoss das Gefühl des weichen und dennoch festen Gewichts. Claire hatte gedankenverloren eine Hand auf meinen Oberschenkel gelegt und glitt mit den Fingerspitzen langsam auf und ab.

Als wir satt waren, griff Isabelle fordernd zwischen meine Beine und spielte mit meinem schlaffen Glied. »Und wo bleibt mein Abendfick?«, fragte sie und sah mich mit ihren strahlenden blauen Augen an.

Oh, nichts hätte ich lieber getan in diesem Augenblick! Allein ihre Nähe machte mich schon wieder scharf. Aber ich spürte doch, welche Kräfte mich die letzten Tage gekostet hatten und dass sie jetzt ihren Tribut zollten. Ich war erfahren genug, um zu wissen, wann man sich besser zurückhält.

Ich schüttelte den Kopf. »Irgendwann muss jeder Mann mal eine Pause machen, Süße«, versuchte ich sie zu vertrösten. »Wenn wir ihn heute kaputt machen, funktioniert er morgen nicht mehr.«

»Ach so ist das«, sagte sie schnippisch und glitt von meinem Schoß. Ihr Gesicht verzog sich zu einer beleidigten Schnute, aber ich sah, wie ihre Augen darüber lächelten. »Dann geh ich eben zu Carmen, die kriegt immer einen hoch.«

Ich zog sie an mich, um ihr einen Kuss auf die Stirn zu drücken, doch sie drehte sich um und verließ die Küche. Ich folgte ihr mit meinen Augen, als sie mit wiegenden Hüften den Flur hinunter zu Carmens Zimmer tänzelte.

»Oh, jetzt bin ich aber ein wenig eifersüchtig«, gurrte Claire neben mir.

Ich sah sie verständnislos an. »Warum?«

»Dieser Blick, mit dem du sie ansiehst … mein lieber Hengst, du bist drauf und dran, dich in sie zu verlieben.«

Im ersten Moment empfand ich ihre Worte als lächerlich und wollte sie abstreiten. Aber dann fragte ich mich, ob sie vielleicht recht haben könnte. Trotz der unbändigen Geilheit, die ich mit Claire erlebte, trotz der geheimnisvollen Exotik, die Carmen umgab, war ich doch von Isabelle faszinierter als von ihren beiden Mitbewohnerinnen. Irgendetwas zog mich zu ihr hin, das über den bloßen Sex weit hinausging.

»Wenn ich dir einen guten Rat geben darf«, fuhr Claire fort und strich mit einer Fingerspitze über meine Brust, »schlag dir das aus dem Kopf. Du wirst dir die Finger verbrennen.« Mit diesen Worten hauchte sie einen Kuss auf meine Wange und verschwand in ihrem Zimmer.

Ich stand noch einige Minuten nackt in der Küche und fragte mich, was das wohl bedeuten sollte. Dann räumte ich die Reste unseres Abendessens in den Kühlschrank und begab mich ebenfalls in mein Zimmer. Auf dem Weg dorthin kam ich an Carmens Tür vorbei und hörte leises, gedämpftes Stöhnen. Aber ich blieb nicht stehen, um zu lauschen, und versuchte auch nicht, die Tür zu öffnen. Ich gönnte den beiden Mädchen dahinter ihre Intimität zu zweit.

21. Juni

Ich werde langsam nachlässig, mein Tagebuch aktuell zu halten. Ist tatsächlich schon eine Woche seit dem letzten Eintrag vergangen? Mir kommt es vor wie gestern, dass ich diesen abgöttisch geilen Dreier mit den zwei heißesten Frauen erlebte, die man sich nur vorstellen kann. Und zugleich fühlt es sich an, als wären Monate vergangen. So viel Leidenschaft, so viel Lust, so viel Sex, so viel Zärtlichkeit, so viel Intimität wie in diesen Tagen habe ich im gesamten Jahr zuvor nicht erfahren.

Isabelle und ich gingen jeden Tag unserer Arbeit nach und befriedigten weiter mit vollem Körpereinsatz junge Studenten. Das ging natürlich nicht ganz ohne alle Schwierigkeiten vonstatten. Gerüchte machten die Runde, und ab der Mitte der zweiten Woche schienen einige Freiwillige nicht mehr durch Geld oder die Möglichkeit, sich an der Forschung zu beteiligen, angelockt zu werden, sondern durch die Neugier darauf, ob diese Gerüchte wohl stimmen könnten.

Am Mittwoch stand dann Carlos vor unserer Tür: ein braungebrannter Typ mit armfreiem Shirt, viel zu viel Gel in seinen Haaren und einer übergroßen Sonnenbrille auf der Nase, die nur dazu zu dienen schien, lässig über deren Rand hinwegzusehen.

Er musterte mich geringschätzig und Isabelle mit offenkundigem Interesse. »Hi, Süße. Ich hab gehört, hier kann man sich einen geilen Blowjob abholen?«

Isabelle und ich wechselten einen Blick und wussten sofort und ohne Worte, wie wir reagieren mussten.

»Nicht bei mir«, wehrte Isabelle ab und deutete auf mich.

Ich setzte ein breites Lächeln auf. »Aber natürlich, Süßer«, versicherte ich ihm, leckte demonstrativ über meine Lippen und zwinkerte ihm zu. »Ich kann dich aber auch ficken, wenn du darauf stehst.«

Man konnte förmlich zusehen, wie alle Farbe aus Carlos' Gesicht wich.

»Äh, das ist, äh, sicher …« Er stolperte rückwärts, drehte sich dann um und marschierte schnurstracks davon.

»Wo willst du denn hin, mein Süßer?«, rief ich ihm nach. »Ich bin bereit für dich!«

Noch Stunden später konnte ich mir ein breites Grinsen nicht verkneifen, wenn ich an seinen Gesichtsausdruck dachte.

Ein klein wenig erfüllten uns diese Gerüchte natürlich doch mit Sorge. Wenn der Gruppenleiter oder jemand anderes von offizieller Seite von dem erfahren würde, was wir hier taten, konnten wir sicherlich Probleme bekommen. Aber die Wahrscheinlichkeit, dass jemand ein solch abwegiges Gerücht glauben würde, war doch sehr gering. Dennoch achteten wir streng darauf, unseren Kollegen nichts davon zu erzählen. Außer uns beiden waren die einzigen, die Bescheid wussten, Carmen und Claire.

»Ich finde das ganz schön unfair«, verkündete Claire eines Morgens und machte einen beleidigten Schmollmund. »Isabelle darf jeden Tag mit einem halben Dutzend Typen ficken und ihre Schwänze blasen. So einen Job möchte ich auch mal haben. Was mache ich den ganzen Tag? In dieser blöden Boutique, in der ich arbeite, kaufen nur alte Frauen ein. Ich würde so gern mal einem jungen Kerl in der Umkleidekabine behilflich sein. Oder überhaupt irgendeinem Kerl, der noch einen hochkriegt.«

Isabelle und ich grinsten nur bei solchen Beschwerden. Wir wussten gut, dass Claire sich über einen Mangel an Sex nicht beklagen konnte. Wie ich inzwischen gelernt hatte, hatte sie an jedem Tag seit meiner Ankunft, an dem ich sie nicht gefickt hatte, sich mindestens einen anderen Typen gesucht, der es ihr besorgte. Und so, wie ich sie einschätze, an den meisten anderen Tagen ebenfalls. Und dann waren da natürlich noch Carmen und Isabelle, die sie regelmäßig in ihr Bett zog.

Ich hatte gelernt, ihre regelmäßigen Männerbesuche zu ignorieren. Wenn es an der Tür klingelte, reagierte von uns anderen überhaupt niemand mehr, denn wir wussten, dass es ohnehin ein Mann sein würde, der Claire besuchte.

Nur einmal hatte mich doch die Neugier übermannt. Ich war gerade von der Arbeit gekommen und ging durch den Flur, als ich gleich zwei Männerstimmen aus Claires Zimmer hörte. Ich öffnete vorsichtig die Tür und schielte hinein. Juan und Pedro, zwei junge Südamerikaner, die direkt nebenan wohnten, standen mit heruntergelassenen Hosen im Zimmer. Claire kniete vor den beiden und lutschte ihnen abwechselnd genüsslich ihre harten Schwänze.

Ich musste grinsen und schloss leise die Tür wieder. Kopfschüttelnd ging ich zu meinem Zimmer, wo Isabelle schon auf mich wartete. Nein, ich musste mir wirklich keine Sorgen machen, dass Claire zu kurz kommen könnte.

***

Am Freitag waren Isabelle und ich dann soweit, dass wir unsere Experimentreihe abschließen konnten. Wir hatten genügend Daten gesammelt, um sie für unsere Studie auswerten zu können. Das bedeutete zum einen, dass meine Arbeit in dem Institut getan war, obwohl ich noch drei Wochen in der Stadt verbringen würde. Und zum anderen bedeutete es, dass wir es uns leisten konnten, heute früher zu gehen.

Wir wanderten Arm in Arm durch die Gassen des gotischen Viertels. Ich genoss die Gelegenheit, Zeit mit Isabelle zu verbringen, außerhalb des düsteren MRT-Raums, in dem wir trotz all des Spaßes, den wir bei der Arbeit hatten, unsere Gefühle doch zurückhalten mussten.

Am Abend besuchten wir den *Plaça de Espanya.* Abends wurden dort beeindruckende Wasserspiele geboten. Die gewaltige *Font Màgica* pumpte aus Tausenden von Düsen Wasser in die Luft. Getragen von den Melodien bekannter Musik und in allen Regenbogenfarben beleuchtet bot der Brunnen ein beeindruckendes Spektakel aus Licht, Wasser und Klang.

Wir zwängten uns durch die Massen an Schaulustigen, setzten uns auf eine Stufe der großen Freitreppe, die zum *Palau Nacional* hinaufführte, und genossen das Schauspiel. Ich hatte gelesen, dass die Musikauswahl, mit der die Show untermalt wurde, von klassischen Stücken bis hin zu modernen Rocksongs und den Soundtracks bekannter Filme reichte. Als wir ankamen, erklang gerade die mitreißende Musik von »Titanic«.

Isabelle und ich saßen Arm in Arm auf der Treppe und schmiegten uns aneinander. Ich stellte fest, wie sehr ich ihre Nähe und ihre Gegenwart genoss. Tatsächlich musste ich überrascht zur Kenntnis nehmen, dass ich sie in meinen Armen halten konnte, ohne dass in mir der Wunsch nach Sex aufkam. Es war nicht so, dass ich sie nicht immer noch anziehend gefunden hätte, ganz im Gegenteil. Aber ich hatte das merkwürdige Gefühl, einen Schritt über den bloßen Sex hinausgegangen zu sein. Wonach ich mich sehnte, war ihre Nähe, körperlich wie emotional. Ich wollte bei ihr sein, ihr Lachen hören, ihr dezentes Parfum riechen, ihren Körper fühlen. Die körperliche Lust war dabei zu einer Nebensache geworden. Ich fragte mich, ob Claire recht haben könnte: War ich tatsächlich dabei, mich in Isabelle zu verlieben?

In dieser Nacht gaben wir uns keinen animalischen Trieben oder hemmungsloser Leidenschaft hin. Wir lagen aneinandergeschmiegt im Bett, redeten leise, lachten, neckten uns gegenseitig, betasteten unsere Körper. Als ich in sie eindrang, war das nicht etwa der Höhepunkt eines ausgedehnten Vorspiels, es war lediglich eine weitere Form, die Nähe des anderen zu suchen – eine unter vielen. Ich lag auf ihr, spürte ihren weichen, zarten Körper unter mir, den ich vom Kopf bis zu den Zehenspitzen berühren konnte, und ich versank im Gefühl ihrer warmen Haut, ihrer Berührungen, ihres bebenden Atems.

Viel später in der Nacht ruhte ihr Kopf auf meiner Brust, während ihr Finger unsichtbare Zeichen auf meinen Bauch malte.

»Was ist dein größter sexueller Wunsch, den du dir gern erfüllen würdest?«, fragte sie plötzlich in die Stille hinein.

Ich dachte lange über die Frage nach und war über meine Antwort selbst ein wenig überrascht. »Ich habe keinen«, sagte ich. »Alles, was ich mir vorstellen konnte, wurde durch die letzten Tage übertroffen. Ich bin im Moment wunschlos glücklich.«

Isabelle lachte leise.

»Was ist mit dir?«, wollte ich wissen.

»Einen Wunsch hätte ich schon«, erwiderte Isabelle nach einer langen Pause.

»Na? Sag!«

»Ich träume schon lange von einem Sandwich«, gestand sie.

Ich wusste genau, was sie meinte: Sex mit zwei Männern, wobei einer anal, der andere vaginal in sie eindrang. Ich selbst hatte noch keine Erfahrung damit, vor allem deshalb, weil mir der Gedanke, eine Frau mit einem anderen Mann zu teilen, auch bisher wenig erstrebenswert vorgekommen war. Natürlich konnte ich mir nicht verkneifen, sie aufzuziehen: »Wenn das alles ist, kann ich dir gleich eins machen. Was möchtest du drauf haben?«

Isabelle boxte mir gegen die Brust. »Idiot!«, rief sie, fiel dann aber in mein Lachen ein.

»Carmen?«, fragte ich, als wir uns wieder beruhigt hatten.

Ich spürte Isabelles Kopfbewegung auf meiner Brust, als sie nickte. »Sie weiß schon länger von meinem Wunsch, aber es hat immer der passende Mann gefehlt.«

Ich strich Isabelle zärtlich über ihre blonde Mähne. »Mal sehen, was ich tun kann.« Ich lächelte in die Dunkelheit. Sex mit Isabelle und mit Carmen – warum nicht? Die Vorstellung erregte mich. Und ich beschloss, nicht lange damit zu warten. Gleich morgen wollte ich Carmen fragen – und ich freute mich schon auf mein nächstes erstes Mal.

22. JUNI

Als Isabelle am Samstag von einer kleinen Shopping-Tour nach Hause kommt, warte ich schon ungeduldig auf sie, doch ich bemühe mich, mir meine Ungeduld nicht anmerken zu lassen. Ich nehme sie zur Begrüßung in die Arme und küsse sie fordernd und leidenschaftlich.

Atemlos befreit sie sich nach einigen Minuten. »Wow«, macht sie. »Womit hab ich denn das verdient?«

»Du bist du«, antworte ich ernst.

Sie lacht. »Wenn das die Belohnung dafür ist, bin ich gern ich.«

Ich umschließe ihre Hände mit meinen und ziehe sie zu ihrer Zimmertür. »Schließ deine Augen«, bitte ich sie. »Ich habe eine Überraschung für dich, die dir gefallen wird. Eine weitere Belohnung.«

Isabelle kichert leise und gehorcht dann. Ich öffne die Zimmertür und führe Isabelle hinein.

Auf dem Bett liegt Carmen, splitternackt und lächelnd. Ich trete hinter Isabelle.

»Du kannst deine Augen jetzt öffnen«, flüstere ich in ihr Ohr und lege meine Hände um ihre Hüften.

Isabelle öffnet ihre Augen, und obwohl ich ihr Gesicht nicht sehen kann, merke ich doch, wie sehr sie sich über den Anblick freut. Ich presse mich von hinten an sie und küsse zärtlich ihren Nacken.

»Wir werden dich heute Abend zu zweit verwöhnen«, verspreche ich.

Carmen steht auf und tritt zu uns heran. Gemeinsam ziehen wir Isabelle aus, befreien sie von ihrem Top, ihren knappen Jeans, schließlich von ihrem BH und ihrem String. Nackt, wunderschön und begehrenswert steht sie zwischen uns und genießt die Berührungen unserer Finger, unserer Küsse auf ihrer Haut. Ich umfasse von hinten ihre großen, schweren Brüste und knete sie zärtlich. Carmens Zunge spielt an ihren Nippeln, während sie über die Innenseite ihrer Schenkel streicht.

Dann nimmt Carmen Isabelles Hand und führt sie zum Bett. Sie hat ein großes Handtuch darüber ausgebreitet und bedeutet Isabelle nun, sich mit dem Bauch daraufzulegen. Rasch steige ich aus meinen Kleidern und knie mich neben Isabelle auf das Bett. Carmen nimmt auf der anderen Seite Platz. Plötzlich hat sie eine Flasche mit Massageöl in der Hand und lässt einiges davon erst in meine, dann in ihre Hände tropfen. Großzügig verteilen wir das Öl auf Isabelles sonnengebräunter Haut, bis sie ganz weich und glitschig ist. Wir beginnen, sie zärtlich mit vier Händen zu massieren. Unsere Finger wandern unermüdlich über ihren Körper, verwöhnen ihre Schultern, ihren Rücken, ihre strammen Schenkel, ihren knackigen Hintern. Immer wieder unterbricht Carmen ihre Massage, um sich mit dem ganzen Körper auf Isabelle zu legen und an ihr zu reiben, bis ihre Vorderseite ebenso ölig ist wie Isabelles Rücken. Ich lasse derweil meine Hände von Zeit zu Zeit, beinahe wie zufällig, tief zwischen Isabelles Schenkel gleiten und fühle, wie feucht und erregt sie bereits ist.

Schließlich dreht sich Isabelle auf den Rücken und wir führen unser Verwöhnprogramm auf ihrer Vorderseite fort. Schon bald glänzen ihre Brüste, ihr Bauch und ihr Intimbereich verführerisch. Sie hat die Augen geschlossen und stöhnt leise unter unseren Berührungen. Auch hier gleitet Carmen immer wieder über Isabelles Körper. Ich sehe, dass Carmens Schwanz steif von ihr absteht, und Isabelle schnurrt wie eine Katze, wenn der harte Prügel an ihrem Körper und auch immer wieder an ihrer feuchten Möse reibt.

Irgendwann hält Isabelle die süße Folter nicht mehr aus. Sie schlingt ihre Arme um ihre Freundin, zieht sie zu sich heran und küsst sie auf den Mund. Gleichzeitig sehe ich, wie Carmens Schwanz wie von selbst in Isabelles klatschnasse Möse eindringt. Beide Mädchen stöhnen auf und küssen sich leidenschaftlich. Während Carmen beginnt, Isabelle zärtlich zu ficken, spielen die Zungen der beiden miteinander. Ich beobachte das Ganze eine Weile. Sie sehen aus wie zwei Mädchen, die miteinander kuscheln. Carmens Schwanz ist vollständig im rosa Fleisch von Isabelles Fötzchen verschwunden und nicht zu sehen. Ich begreife, dass ich die beiden schon einmal dabei beobachtet habe, an jenem Abend, als ich zum ersten Mal mit Claire Sex hatte. Damals hatte ich Carmen aber noch für eine Frau gehalten.

Der Anblick der Schönheiten steigert meine Erregung ins Unermessliche. Ich rücke näher an die beiden heran und lasse meine Hände über ihre schlanken Körper gleiten. Carmen dreht sich sofort zu mir um und schnappt sich meinen harten Schwanz. Im nächsten Moment haben die beiden Süßen meinen Lustspeer schon zwischen sich genommen, küssen ihn gleichzeitig, lassen ihre Zungen an ihm auf- und abgleiten und lutschen abwechselnd daran. Währenddessen hört Carmen nicht auf, Isabelle zärtlich und sanft weiterzuficken.

Isabelle lässt meinen pochenden Schwanz aus ihrem Mund gleiten und sieht mich aus ihren strahlenden, blauen Augen an.

»Ich möchte euch beide spüren«, sagt sie und sieht dabei so unschuldig und engelsgleich aus, dass man ihr ihre nächsten Worte gar nicht zutrauen würde: »Fickt mich beide!«

Das lassen wir uns nicht zweimal sagen. Ich lege mich mit dem Rücken auf das Bett und streife mir rasch ein Kondom über. Isabelle setzt sich rittlings auf mich und lässt sich auf meinen knallharten Schwanz herabsinken. Ohne Widerstand flutscht er bis zur Wurzel in Isabelles Fotze und lässt sie laut aufstöhnen. Isabelle beugt sich über mich und ihre schweren, perfekt geformten Brüste baumeln bei jeder ihrer Bewegungen vor meinem Gesicht. Ich beuge mich nach oben, um sie mit meinen Lippen und meiner Zunge zu erreichen, während Isabelle mich langsam und intensiv reitet.

Carmen kniet sich hinter uns und beginnt, an Isabelles Poloch zu spielen. Ich kann nicht genau sehen, was sie tut, dafür sehe und höre ich umso mehr, wie sehr es Isabelle gefällt. Nachdem sie ihren Hintereingang vorbereitet hat, drängt sich Carmen von hinten an ihre Freundin. Isabelle liegt ganz still auf mir und sieht tief in meine Augen, während Carmen in sie eindringt. Ich spüre den Druck des zweiten Schwanzes, der sich langsam in Isabelles Arsch bewegt und Stück für Stück tiefer eindringt. Schließlich ist Carmens bestes Stück in voller Länge in Isabelles Poloch verschwunden und sie beginnt, Isabelle langsam zu ficken. Isabelles Gesicht ist vor Lust verzerrt und mit kehligem Stöhnen empfängt sie Carmens Stöße.

Auch ich beginne jetzt, Isabelle von unten langsam zu stoßen. Es dauert ein oder zwei Minuten, dann haben Carmen und ich einen gemeinsamen Rhythmus gefunden. Wir ficken den süßen, dauergeilen Engel in beide enge Löcher. Immer lauter quittiert Isabelle unsere Stöße, ihr Stöhnen wird zu einem Wimmern, unterbrochen von hohen, spitzen Lustschreien. Ich sehe die nackte Geilheit in den verzerrten Zügen ihres Gesichts, sehe meine eigene Lust in ihren himmelblauen Augen gespiegelt. Und dann spüre ich, wie ihr Orgasmus heranrollt, unaufhaltsam, mit der Wucht eines Orkans fegt er über sie hinweg, pulsiert in Wellen von ihren gefickten Löchern aus über ihren gesamten Leib und wieder zurück und versetzt ihren ganzen Körper in wilde Zuckungen. Isabelle schreit ihre Geilheit heraus, auf Spanisch, auf Katalanisch, auf Englisch, in unartikulierten, animalischen Lauten der Lust. Ich weiß, ich werde mich noch lange an ihren Gesichtsausdruck erinnern und an den Blick in ihren Augen, als sie kommt und kommt und kommt ... Der Orgasmus hört gar nicht mehr auf, schickt unaufhörlich weitere Wellen der Lust durch ihren Körper, obwohl Carmen und ich uns schon längst nicht mehr in ihr bewegen.

Schließlich sackt Isabelle völlig erschöpft auf mir zusammen. Sie legt ihren Kopf kraftlos in meinen Nacken und ich spüre ihren keuchenden, abgehackten Atem auf meiner Haut. Ich streichle sanft über ihren Rücken, während sie langsam wieder zu Atem kommt und die Zuckungen, die durch ihren Körper laufen, abebben. Carmen, deren Schwanz immer noch in Isabelles Arsch steckt, beugt sich nach vorn und streckt sich, um mir einen leidenschaftlichen Kuss zu geben.

»Und jetzt«, sagt sie lächelnd, »will ich in die Mitte.«

Wir gönnen Isabelle zunächst noch einige Minuten Ruhe, dann zieht sich Carmen aus ihr zurück. Isabelle rollt von mir herunter und bleibt auf dem Rücken liegen. Carmen streift sich ihr Kondom ab und legt sich auf sie. Die beiden Mädchen küssen sich zärtlich, lassen ihre Hände über den Körper der anderen wandern, und schließlich dringt Carmen erneut in Isabelles nasse, durchgefickte Möse ein. Langsam bewegt sich Carmen in ihr und beide Frauen stöhnen wollüstig. Dann dreht Carmen ihren Kopf zu mir. »Los, fick mich!«, bittet sie. »Ich will dich endlich wieder spüren, ich bin so geil auf deinen

Schwanz!« So weit ist es mit der angeblich so schüchternen Carmen also gekommen. Sie klingt beinahe wie Claire – und ich finde es absolut scharf!

Während Carmen Isabelle weiter fickt, greift diese an den Po der geilen Asiatin und zieht ihre Arschbacken so weit wie möglich auseinander. So präsentiert sie mir das herrliche, enge Poloch ihrer Freundin. Ich nehme die Tube mit Gleitgel, die neben den beiden Mädchen liegt, und verteile es großzügig auf dem Kondom über meinem Schwanz. Dann gebe ich weiteres Gel auf meine Finger und verreibe es auf Carmens Rosette.

»Steck ihn rein!«, flüstert Carmen heiser.

Ich drücke mit dem Mittelfinger zu und schiebe die Fingerspitze mit dem Gel vorsichtig in ihr Poloch. Sie stöhnt laut auf.

»Ja, das ist geil! Deinen Schwanz, bitte deinen Schwanz!«

Nur zu gern gebe ich ihrem Bitten nach. Ich knie mich hinter die süße Asiatin und drücke meine Schwanzspitze an ihre Rosette.

»Ja, bitte!«, wimmert sie. »Fick mich in den Arsch!«

Ich presse meine Lenden nach vorn und drücke gegen ihren Schließmuskel, bis sich meine Eichel in ihr Poloch bohrt. Carmen stöhnt auf und ich spüre ihr geiles, unglaublich enges Loch, das meinen Schwanz umgibt. Ich lege mich auf die beiden Mädchen und drücke mit meinem ganzen Gewicht meinen Schwanz tiefer in das enge Arschloch. Langsam bewege ich mich in ihr, und bei jeder Vorwärtsbewegung dringe ich tiefer ein, bis mein Riemen ganz und gar in Carmens Hintereingang verschwunden ist. Und dann beginne ich sie zu ficken, langsam und zärtlich erst, dann immer schneller und wilder. Carmen gibt meine Bewegungen an Isabelle weiter und so ficke ich die beiden Frauen unter mir gleichzeitig. Währenddessen tausche ich mit Isabelle leidenschaftliche Zungenküsse aus.

Carmen liegt völlig aufgelöst zwischen uns. Das schüchterne Mädchen ist verschwunden, sie schreit und stöhnt und feuert mich weiter an.

»Los, fick mich! Ja, fester! Oh, bitte hör nicht auf, fick meinen Arsch, oh ja, fick mich, fick mich!«

Ihre Schreie machen mich nur noch wilder und ich stoße sie so hart ich kann. Ich spüre, wie mein Höhepunkt unaufhaltsam näher rückt, jeder Stoß in das enge Fickloch macht mich geiler und geiler. Doch Carmen kommt noch vor mir. Mit lauten Schreien bäumt sie sich unter mir auf, zuckt wie wild und brüllt ihren Höhepunkt heraus. Ich sehe an Isabelles lustverzerrtem Gesicht, dass auch sie einen weiteren Orgasmus hat, und lasse schließlich auch meiner Lust freien Lauf. Mit einem letzten, heftigen Stoß überkommt mich mein Höhepunkt und ich spritze meinen Saft in kräftigen Schüben in Carmens engen Hintern.

Ich bin vollkommen ausgelaugt, und das geht nicht nur mir so. Keiner von uns ist noch in der Lage, sich zu rühren, und so bleiben wir einfach liegen, ineinander und aufeinander, und warten, bis sich unser Atem langsam normalisiert.

Erschöpft rolle ich mich schließlich von den Körpern der beiden Mädchen herunter und schmiege mich seitlich an Isabelle. Carmen kuschelt sich an die andere Seite. Wir küssen uns und streicheln uns gegenseitig, flüstern uns gegenseitig Zärtlichkeiten zu und schlafen irgendwann eng umschlungen ein.

***

Es ist dunkel im Zimmer, als ich aufwache. Ein kurzer Blick auf die schwach leuchtende Anzeige des Weckers auf dem Nachttisch bestätigt mir, dass es noch tief in der Nacht ist, kurz vor drei Uhr. Ich brauche einige Sekunden, bis mein Verstand so klar ist, dass ich erkenne, wovon ich aufgewacht bin. Ich höre ein leises, unterdrücktes Stöhnen und spüre, wie Isabelle sich neben mir bewegt.

Meine Augen gewöhnen sich langsam an die Dunkelheit, und so kann ich schemenhafte Gestalten erkennen, die sich umeinanderwinden. Diese unersättlichen Luder können einfach nicht voneinander lassen! Carmen liegt wieder auf Isabelle, den Kopf zwischen ihren Brüsten verborgen, die Lenden zwischen ihren Schenkeln, die Isabelle eng um sie geschlungen hat. Plötzlich spüre ich Isabelles Hand, die, beinahe wie aus Versehen, mein Bein streift, an meinem Innenschenkel nach oben gleitet und schließlich mit den Fingerspitzen den Schaft meines Schwanzes entlangstreicht. Diese kurze Berührung genügt, um mir das Blut in die Lenden schießen zu lassen. Meine Männlichkeit regt sich und wächst binnen Sekunden zur vollen Größe an. Isabelle schnurrt zufrieden und umschließt mit der Hand meinen Freudenspender.

Eine Hand von Carmen gesellt sich dazu, gemeinsam umfassen die beiden Mädchen mit je einer Hand meinen Schwanz und wichsen ihn gemeinsam, während sie sich weiter gegenseitig verwöhnen. Dann befreit sich Carmen aus Isabelles Umklammerung und rutscht zu mir herüber. Ich genieße ihren geschmeidigen Körper auf meinem und spüre ihre Erektion, die an meinem Schenkel entlangstreicht. Dieses völlig neue Gefühl elektrisiert mich, und ein wohliges Schaudern fährt über meine Haut.

»Findest du das nicht auch unglaublich aufregend?«, flüstert Carmen mit rauer Stimme.

Ich nicke nur.

»Ich habe Isabelle eben erzählt, wie geil es dich gemacht hat, als ich dir meinen Finger in den Arsch geschoben habe. Weißt du, was sie geantwortet hat?«

»Vielleicht will er auch mal gefickt werden«, fällt Isabelle ein.

Ich muss schwer schlucken. »Also, ich glaube nicht, dass …«

»Es tut nicht weh«, beteuert Carmen. »Wenn du dich entspannst, ist es ein schönes Gefühl. Und für Männer kann es besonders erregend sein, weil die Prostata gereizt wird.« Sie kichert. »Glaub mir, ich weiß, wovon ich rede.«

»Lass es zu«, flüstert Isabelle und streicht mir mit den Fingerspitzen über die Brust. »Es ist ein wunderschönes Gefühl, einfach dazuliegen und sich ficken zu lassen.« Sie lächelt, und ich kann sogar im Dunkeln das Schimmern ihrer blauen Augen sehen. »Ich halte dich fest, damit du keine Angst hast.«

Ich zögere noch. Jahre der latenten Homophobie, mit der man als Jugendlicher heutzutage aufwächst, haben jede sexuelle Beschäftigung mit meinem Hintern mit einem Tabu belegt, das nicht so einfach zu überwinden ist. Andererseits liege ich hier mit Carmen im Bett, die rein biologisch ein Mann ist, und kuschle mit ihr so selbstverständlich, als gäbe es nichts Natürlicheres auf der Welt. Mann oder Frau, das spielt keine Rolle. Wir sind hier drei erwachsene Menschen, die ihre Lust ausleben wollen. Warum sollte ich mich einer Möglichkeit des Lustgewinns verweigern, nur weil irgendwelche gesellschaftlichen Konventionen dagegenstehen? Warum nicht offen sein für eine weitere neue Erfahrung?

Also nicke ich schließlich, und Carmen klatscht freudig in die Hände.

»Komm her!«, haucht Isabelle und legt ihren Arm um mich. Ich rolle mich auf sie, spüre ihren wunderschönen, geschmeidigen Körper unter meinem Körper, ihre zarte Haut auf meiner Haut. Ihre Fingerspitzen zeichnen unsichtbare Muster auf meinem Rücken, während wir uns innig küssen.

Ich spüre Carmens Hände über meinen Rücken, meinen Po und meine Schenkel streichen. Sanft gleiten ihre Finger durch meine Pospalte und massieren den Damm zwischen

Anus und Hoden. Die andere Hand umfährt spielerisch meine Rosette. Dann fühle ich das glitschige Gel, das sie auf meiner Rosette verreibt. Mit sanftem Druck dringt einer ihrer Finger in mein Poloch ein.

»Entspann dich«, haucht mir Isabelle ins Ohr. »Sei ganz locker, es ist wunderschön!«

Langsam und vorsichtig beginnt Carmen mich zu fingern. Immer wieder zieht sie ihren Finger aus dem Loch, um mit frischem Gleitgel anschließend noch tiefer einzudringen. Geduldig weitet sie mein jungfräuliches Loch. Nach und nach verliert sich das irritierende Gefühl, einen Stuhlgang rückwärts zu erleben, und ich beginne, die Behandlung zu genießen.

Und dann fühle ich plötzlich Carmens Körper dicht an meinem und ihre Schwanzspitze an meinem Hintereingang, der bislang nur Ausgang war.

Isabelle zieht mich näher an sich und presst ihre weichen Lippen auf meine. Zärtlich spielen unsere Zungenspitzen miteinander, während Carmen hinter mir den Druck verstärkt. Der Schließmuskel gibt nach und ihr Schwanz gleitet ohne große Mühe einige Zentimeter in das Loch. In dieser Position verharrt sie und wartet, bis ich den Atem nicht mehr anhalte. Vorsichtig beginnt sie mit langsamen Fickbewegungen, zieht ihren Schwanz bis auf die Spitze hinaus und schiebt ihn dann noch tiefer hinein. Bald ist die Öffnung derart geweitet, dass sie problemlos ihren Schwanz bis zum Ansatz in ihr versenken kann. Carmen stöhnt leise.

»Lass dich fallen«, flüstert Isabelle. »Lass es einfach mit dir geschehen! Genieße das Gefühl, gefickt zu werden. Ist das nicht großartig?«

Ich gebe zur Antwort ein Keuchen von mir. Carmens Schwanzspitze reizt eine erogene Zone, von der ich gar nicht wusste, dass ich sie besitze. Ich spüre, wie ich immer erregter und geiler werde und bin fasziniert von der völligen Neuartigkeit der Sinneseindrücke, die über mich hereinbrechen. Es ist beinahe so wie in der Pubertät, als ich meinen eigenen Körper erforscht und zum ersten Mal erfahren habe, wie schön es sein kann, sich an bestimmten Stellen zu berühren.

Carmen beginnt mich jetzt härter zu ficken. Ihre Lenden klatschen bei jedem Stoß an meine Pobacken, während sie hart und entschlossen in meinen jungfräulichen Po hämmert. Ihre Bewegungen übertragen sich auf mich, und mein knallharter Schwanz reibt bei jedem Stoß über Isabelles Muschi, die klatschnass vor Erregung ist. Und dann, ganz plötzlich und ohne dass sie oder ich es drauf angelegt hätten, teilt meine Eichel ihre Schamlippen und mein Schwanz gleitet wie von selbst in sie hinein.

Für einen Augenblick lang halte ich den Atem an, als mir bewusst wird, dass ich kein Kondom trage. Isabelle und ich blicken uns gegenseitig in die Augen und ich weiß genau, dass sie dasselbe denkt wie ich: Es ist egal. Für uns zählt nur das Hier und Jetzt, dieser eine einzigartige Augenblick, und keiner von uns will ihn mit der Suche nach einem Gummi zerstören. Ich habe das Gefühl, Isabelle schon ewig zu kennen und ihr bedingungslos vertrauen zu können. Ich kann in ihrem Gesicht lesen, dass es ihr ebenso geht und in ihren Augen steht die stumme Botschaft: Es ist okay so. Und so ist es.

Ich küsse Isabelle wieder, ertaste mit meiner Zungenspitze ihre Lippen, ihre Zähne, ihre Zunge, während ihr schöner Körper sich unter mir windet. Ich bewege meine Lenden nicht aktiv, lasse mich weiter von Carmen ficken, die jetzt mit jedem Stoß auch meinen Schwanz tief in Isabelles feuchte Fotze drückt.

Ich höre von unten Isabelles leises Wimmern, von hinten

Carmens heiseres Stöhnen, das immer lauter wird. Und ich fühle, wie ein Orgasmus heranrollt, wie ich noch nie einen erlebt habe. Bei all den einzigartigen Erfahrungen, die ich in diesen lusterfüllten Tagen seit meiner Ankunft hier machen durfte, verblassen sie doch alle im Vergleich zu diesem Augenblick. Ein Schwanz in meinem Arsch, während ich gleichzeitig tief in Isabelles Muschi stecke, das einzigartige Gefühl, von einem Mann und einer Frau gefickt zu werden, das erregte Stöhnen meiner beiden Gespielinnen, das Gefühl ihrer zarten Haut, die sich an meine schmiegt, all das schaukelt sich in mir auf zu dem gewaltigsten, geilsten Höhepunkt meines Lebens. Ich werfe den Kopf zurück und stoße ein wildes, animalisches Röhren aus. Ich spüre, wie sich jeder einzelne Muskel in meinem Körper, von den Kiefermuskeln bis zum großen Zeh, verkrampft und dann ergieße ich mich in Isabelles zuckende Möse, die im selben Augenblick ebenfalls von einem Orgasmus überrollt wird. Für einen Augenblick wird mir schwarz vor Augen, ich sehe kleine bunte Lichter vor mir tanzen, dann weicht alle Kraft aus meinem Körper und ich sinke auf Isabelle zusammen, wohlig eingelullt in einem Nebel aus purer Erschöpfung und glückseliger Zufriedenheit.

Carmen beugt sich über mich und küsst meinen Nacken.

»Hab ich es nicht gesagt?«, fragt sie leise. »Es ist geil!«

Ich antworte nicht, habe einfach nicht die Kraft dazu. Ich genieße die Ruhe, ich genieße die Nähe meiner beiden Gespielinnen, das Gefühl meines halb erigierten Schwanzes, der noch in Isabelles zuckender Spalte ruht, ihren Atem auf meiner Haut.

Carmen zieht sich aus mir zurück und schmiegt sich an uns. Ihr erigierter Schwanz streift mich und reißt mich aus meiner Benommenheit. Ich hebe den Kopf und sehe sie an. »Du bist nicht gekommen.«

Carmen schüttelt den Kopf. »Kurz davor. Aber das ist nicht wichtig.«

»Komm her, Süße!«, fordert Isabelle sie auf und zieht Carmen näher heran. Carmen kniet sich neben uns, sodass Isabelle bequem ihren Schwanz in den Mund nehmen und verwöhnen kann. Als er wieder aus ihrem Mund gleitet, baumelt er nur Zentimeter vor meinem Gesicht.

»Wenn schon, denn schon«, murmele ich und greife nach ihrem Riemen, der mir so viel Lust bereitet hat – davon möchte ich jetzt etwas zurückgeben. Zögerlich strecke ich meine Zunge aus und berühre ihren Schwanz mit der Spitze. Ich fahre mit der Zunge an dem Schaft entlang und höre an Carmens zufriedenem Stöhnen, dass ich auf dem richtigen Weg bin. Dann nehme ich zum ersten Mal in meinem Leben einen Schwanz in meinen Mund.

Es fühlt sich überraschend gut an, wie er so in meinem Mund zuckt. Er schmeckt ein wenig nach dem Gummi, den er trug, aber das stört mich nicht weiter. Ich umschließe Carmens Schaft fest mit meinen Lippen und lasse meinen Kopf vor und zurück gleiten. Gleichzeitig versuche ich, mit der Zungenspitze ihre Eichel zu reizen. Es dauert ein paar Minuten, bis ich den Dreh raus habe, aber dann stöhnt Carmen immer lauter.

»Ich komme!«, warnt sie mich nach kurzer Zeit, doch ich lasse nicht von ihr ab. Jetzt gibt es für mich kein Zurück mehr!

Ich spüre, wie Carmens Schwanz wild in mir zuckt, dann spritzt der warme Saft in Schüben in meine Mundhöhle. Es ist mehr als ich erwartet habe, etwas davon läuft mir aus dem Mundwinkel und ich muss schlucken.

Außer Atem lasse ich Carmens Schwanz aus meinem Mund gleiten und versuche, meine Sinneseindrücke zu ordnen. Ich verstehe jetzt die ambivalenten Gefühle, die viele Frauen dem Blasen »bis zum Schluss« entgegenbringen. Das Sperma schmeckt salzig und auch ein wenig bitter – nicht wirklich ein angenehmer Geschmack. Doch auf der anderen Seite ist es ein geiles Gefühl, zu spüren, wie sie kommt, wie sie zuckt, wie sie mir alles gibt. Dazu kommt das berauschende Wissen, dass ich sie zum Orgasmus gebracht habe.

Isabelle dreht meinen Kopf in ihre Richtung und lächelt mich an. Mit ihrer Zunge leckt sie über mein Kinn, über das etwas von Carmens Saft gelaufen ist, und gibt mir dann einen leidenschaftlichen Zungenkuss. Carmen legt sich dazu. Wir nehmen uns gegenseitig in die Arme und küssen uns, bis wir von der Müdigkeit übermannt werden und abermals glücklich einschlafen.

26. Juni

Es sind einige Tage vergangen seit meinem letzten Tagebucheintrag. Es ist viel geschehen, und erst heute fühle ich mich wieder in der Lage, in Ruhe meine Gedanken zu ordnen. Ich hoffe, dass es mir hilft, sie niederzuschreiben. Ich habe versucht, zu rekonstruieren, was an welchem Tag geschah, doch ich bin mir nicht mehr sicher. Meine Erinnerungen verschwimmen an einigen Stellen.

Als ich mit Isabelle und Carmen das aufregendste und geilste sexuelle Erlebnis meines Lebens teilte, glaubte ich, es würde fortan einfach so weitergehen: Drei weitere Wochen lang ein einziger glücklicher Strudel aus Lust, Leidenschaft und Zärtlichkeit. Aber das Leben funktioniert leider nicht so, und bereits am nächsten Tag kam die grausame Realität zurück in meinen rosaroten Traum von Glück und Liebe.

Sie trat durch die Tür unserer Wohnung in Form eines großen, ungehobelten Klotzes, der auf den Namen Alex hörte.

Isabelle und ich saßen an diesem Sonntagabend im Wohnzimmer. Isabelle hatte es sich auf meinem Schoß bequem gemacht und machte sich einen Spaß daraus, mich mit Erdbeeren, Trauben, Ananas- und Melonenstücken zu füttern.

Als es an der Tür läutete, achteten wir nicht darauf. Wir wussten, dass Claire wieder mal Besuch erwartete, irgendeinen heißen Typen, den sie vor einigen Tagen in der Disco aufgegabelt hatte.

Wir hörten dann auch sogleich, wie Claires Zimmertür ging, und ihre eiligen Schritte auf dem Flur. Isabelle schob mir gerade eine weitere Traube in den Mund, als ich von der Haustür her Claires überraschte Stimme hörte.

»D-du?«

»Ist Isabelle da?«, fragte eine raue Männerstimme.

Ich spürte, wie Isabelles ganzer Körper sich bei diesen Worten anspannte. Das Lächeln auf ihrem Gesicht erstarrte.

Ich hörte keine Antwort von Claire, nur das Rascheln von Kleidung und dann schwere Schritte auf den Steinfliesen, die rasch näher kamen.

Durch die Wohnzimmertür schob sich eine bemerkenswerte Gestalt. Sie gehörte einem wahren Hünen von Mann, sicherlich zwei Meter groß, mit breiten Schultern und muskulösen Oberarmen. Er trug Kleidung wie ein Darsteller aus der *Malboro*-Werbung. Seine abgewetzten Jeans endeten in Cowboystiefeln und wurden von einem breiten Gürtel mit einer großen, silbernen Gürtelschnalle gehalten. Darüber bedeckte ein rot-braun kariertes Baumwollhemd seinen muskulösen Oberkörper. Ein breitkrempiger Hut auf seiner schulterlangen blonden Mähne komplettierte das Outfit. Der Stoppelbart in seinem kantigen Gesicht und die vielfältigen Tätowierungen auf seinen Oberarmen sollten ihn wahrscheinlich als harten Kerl ausweisen, doch für mich waren es sein herrisches Auftreten und seine kleinen, stechenden grünen Augen, mit denen er sich im Zimmer umsah, die mich mit einer unbestimmten Unruhe erfüllten. Der Hüne warf mir einen kurzen, geringschätzigen Blick zu und ignorierte mich dann.

Isabelle sprang von meinem Schoß. »Alex!«, rief sie. »Was …?«

Er ließ sie nicht ausreden, sondern packte sie am Arm. »Komm«, knurrte er. »Wir müssen reden!« Mit diesen Worten zog er sie hinter sich her in Isabelles Zimmer. Krachend schlug die Tür hinter den beiden zu.

Ich war dermaßen überrumpelt von dem Geschehen, dass ich keinen Muskel gerührt und kein Wort gesagt hatte, seit der Fremde die Wohnung betreten hatte. Erst die zufallende Tür weckte mich aus meiner Starre. Was war eben geschehen? Wer zur Hölle war das? Und was erlaubte sich dieser Kerl eigentlich, hier einfach hineinzuplatzen? Ich überlegte, ob ich den beiden ins Zimmer folgen sollte. Womöglich war der Kerl gefährlich und würde Isabelle was antun. Zutrauen würde ich es ihm instinktiv. Andererseits hatte ich eben keine Ahnung, was los war. Vielleicht schätzte ich die Situation völlig falsch ein.

Claire versuchte, unbemerkt an mir vorbei in ihr Zimmer zu huschen. Ich sprang rasch auf und trat ihr in den Weg.

»Wer ist das?«, wollte ich wissen.

»Alex«, erwiderte Claire, als würde das irgendetwas erklären.

Ich packte sie an den Schultern. »Wer ist das?«

Claire wagte nicht, mir in die Augen zu sehen. »Ihr Freund«, sagte sie leise.

Diese zwei Worte wirkten, als hätte sie mir einen Schlag in die Magengrube verpasst. Ich fühlte mich, als hätte mir jemand den Boden unter den Füßen weggezogen, als hätte sich die Welt urplötzlich auf den Kopf gestellt.

»Tut mir leid«, hauchte Claire, wand sich aus meinem erschlafften Griff und eilte auf ihr Zimmer.

Ich blieb stehen, wo ich war, und starrte sinnlos ins Leere. Während ich versuchte, das Gehörte zu verarbeiten, war mein Gehirn damit beschäftigt, mir alternative Interpretationen anzubieten.

Vielleicht hatte ich Claire ja falsch verstanden? Ihr Freund, ein Freund, das kann man doch leicht verwechseln. Aber Claire hatte, wie immer, englisch gesprochen. Und an »boyfriend« ließ sich nichts heruminterpretieren. Außerdem hatte Claires Verhalten deutlich gezeigt, dass sie sehr genau wusste, was ihre Worte bedeuteten.

Ihr Freund. Nicht Exfreund! Aber wie konnte es möglich sein, dass Isabelle einen festen Freund hatte? Wie konnte es möglich sein, dass ich nichts davon wusste? Ich machte mir klar, dass ich Isabelle seit gerade einmal drei Wochen kannte, auch wenn es mir schon viel länger vorkam. Was wusste ich denn schon von ihrem Leben? Überhaupt nichts.

Aber hier ging es doch nicht um irgendein kleines Detail aus ihrer Vergangenheit … Es ging um ihren Freund, verdammt noch mal! Man vergisst doch nicht zu erwähnen, dass man einen festen Freund hat! Ich spürte, wie mich brodelnder Zorn überkam. Wie konnte sie mir das antun? Viel wichtiger als die Dauer war doch wohl die Intensität, mit der man seine Zeit miteinander verbrachte! Und das, was Isabelle und ich erlebt hatten …

An dieser Stelle erklang eine leise, gemeine Stimme in meinem Kopf, die fragte, ob es nicht sein könnte, dass ich meine Beziehung zu Isabelle völlig falsch eingeschätzt hatte? Vielleicht war das, was für mich ein einzigartiges, traumhaftes Erlebnis war, für sie nur ein kleines, unbedeutendes Abenteuer gewesen? Vielleicht hatte sie schon ganz andere Männer mit ihrem engelsgleichen Gesicht verführt? Schließlich hatte sie kein Problem damit, reihenweise Studenten im Institut zu befriedigen und sich von ihnen zu Dates einladen zu lassen. Ich rief mir in Erinnerung, wie schnell Isabelle von meinem Schoß gesprungen war, als Alex den Raum betreten hatte. Als wollte sie rasch Abstand von mir gewinnen. Wie … eben wie eine Frau, die von ihrem Freund mit einem anderen Mann erwischt wird und so tun will, als sei nichts gewesen.

Doch dann erinnerte ich mich auch an die Sekunden, ehe Alex hereinkam. Ich erinnerte mich daran, wie von einem Augenblick auf den nächsten das Lachen aus ihrem Gesicht verflogen war, als sie seine Stimme gehört hatte. Wie ernst und erschrocken ihre Züge plötzlich ausgesehen hatten. Und ich war mir mit einem Mal sicher, dass Isabelle, meine wunderbare, süße, unschuldige Isabelle, in dieser Geschichte nicht Täter, sondern Opfer war. Wer wusste denn, was das für ein Kerl war? Er sah brutal aus. Vielleicht war es ein gefährlicher, eifersüchtiger Schläger, den sie aus Angst nicht verlassen konnte? Ich war versucht, in ihr Zimmer zu stürmen und den Kerl hinauszuwerfen.

Andererseits …

Als ich merkte, dass sich meine Gedanken im Kreis drehten, trottete ich mit hängenden Schultern in mein Zimmer und ließ mich dort neben dem Bett an der Wand zu Boden sinken. Ich lehnte meinen Kopf gegen den Putz und starrte auf den Kleiderschrank auf der anderen Seite, unfähig, mich mit irgendetwas anderem zu beschäftigen.

Direkt auf der anderen Seite dieser Wand befand sich Isabelles Zimmer. Von dort hörte ich nun laute, aufgeregte Stimmen. Ich konnte die Worte nicht verstehen, aber es klang, als würden sie streiten. Irgendwann wurden die Stimmen leiser und waren nicht mehr zu hören.

Dafür hörte ich einige Minuten später ein anderes Geräusch, das ich zunächst nicht ganz zuordnen konnte. Es klang wie ein hohes Wimmern, beinahe wie der Laut eines kleinen Tieres. Weinte Isabelle etwa? Doch dann sickerte die Erkenntnis in mein Bewusstsein: Noch ehe ich den ersten spitzen Schrei vernahm, war mir klar, um was für Geräusche es sich handelte – ich hatte sie ihr ebenfalls schon entlockt … Es waren ihre Töne der Lust und der Erregung.

Isabelles Stöhnen wurde lauter, abgehackter und drängender. Dann schepperte etwas auf der anderen Seite. Es klang wie Metallrohre, aber ich ahnte, dass es sich um das Bettgestell handeln musste, das rhythmisch gegen die Wand geschlagen wurde.

Ich hatte nicht die geringste Lust, den beiden bei ihrem Liebesspiel zuzuhören. Jedes Stöhnen aus Isabelles Kehle bereitete mir körperliche Schmerzen. Aber ich konnte nicht aufstehen, ich fühlte mich unfähig, etwas anderes zu tun, als dazusitzen und zuzuhören, wie Alex auf der anderen Seite meine Isabelle vögelte.

Unermüdlich schepperte das Bettgestell in einem gleichbleibenden, eintönigen Rhythmus gegen die Wand, während Isabelles Stöhnen und Schreien immer wilder und ekstatischer wurde, abebbte und wieder neu entflammte, ohne dass sich der Takt der Stöße veränderte. Ich wusste nicht, wie lange es dauerte, Minuten oder Stunden. Ich saß nur da, hielt die Augen geschlossen und wartete darauf, dass es endlich vorbei war.

Ich musste schließlich eingenickt sein. Als ich wieder zu mir kam, wusste ich zunächst nicht, wo ich mich befand und was passiert war. Dann kam die Erinnerung schmerzhaft zurück. Ich lauschte kurz, doch aus dem Nachbarzimmer war kein Laut zu hören. Vermutlich schliefen alle anderen schon. Ich kletterte in mein Bett, schlüpfte unter meine Decke und fiel in einen unruhigen Schlaf.

***

Als ich am nächsten Morgen aus aufregenden Träumen erwachte, hatte Isabelle die Wohnung bereits verlassen. Ich saß in der Küche beim Frühstück und fragte mich unsicher, was ich tun sollte. Ich musste mit Isabelle reden. Nur sie konnte mir erklären, was los war. Und gleichzeitig fürchtete ich mich vor dem, was sie sagen mochte.

Als ich das Institut erreichte, fand ich das MRT verlassen vor. Isabelles Kollegen im Labor bestätigten mir, dass Isabelle heute früh eingetroffen war, doch niemand konnte mir sagen, wo sie sich im Moment aufhielt. Ich suchte in den Laboren, den Büroräumen und in der Bibliothek des Instituts nach ihr, doch sie blieb unauffindbar. Ich hatte das dumpfe Gefühl, dass sie sich von mir fernzuhalten versuchte.

Ich wanderte noch eine Weile lang ziellos in der Stadt herum und beschloss dann, dass es absolut keinen Sinn hatte. Also kehrte ich nach Hause zurück.

Als ich den Flur der Wohnung betrat, hörte ich bereits das Stöhnen aus dem Wohnzimmer.

Zuerst befürchtete ich, dass ich dort Isabelle und Alex finden würde, und wollte mich auf der Stelle herumdrehen und fliehen. Da hörte ich plötzlich einen lauten französischen Ausruf.

Vorsichtig durchquerte ich den Flur bis zur Tür des Wohnzimmers. Der Anblick, der sich mir dort bot, ließ mich nach Luft schnappen.

Claire kniete auf allen vieren auf dem Teppich vor der Couch. Hinter ihr kniete Alex, hielt sie an den Hüften gepackt und fickte sie derart wild, dass Claire sich mit beiden Händen an der Couch abstützen musste, damit Alex' Dampfhammerstöße sie nicht quer durch den Raum trieben.

Ich hätte mich durch ein Räuspern bemerkbar machen und die beiden aufscheuchen können, aber ich brachte es nicht über mich. Stattdessen stand ich am Türrahmen gelehnt da und beobachtete, wie Isabelles Freund ihre beste Freundin nagelte.

Es war ein Anblick, der mir wohl lange in Erinnerung bleiben wird: Claires schlanker, cappuccinofarbener Leib und dahinter Alex' massiger, muskelbepackter Körper. Alex fickte Claire mit der Wucht und der Ausdauer eines Presslufthammers.

Claire quittierte seine Stöße mit Stöhnen, lauten Schreien und französischen Flüchen. Ich wusste später nicht mehr, wie lange ich dastand und sie beobachtete, aber es kam mir ewig vor. Alex veränderte den Takt seiner unerbittlichen Stöße die ganze Zeit über nicht, sondern fickte die schlanke Französin wie eine Maschine.

Irgendwann knurrte er: »Dreh dich um!«

Claire legte sich auf den Rücken und präsentierte ihm ihre rot geschwollene Möse mit weit gespreizten Beinen. Bevor er sich erneut auf sie stürzen konnte, konnte ich einen Blick auf seinen prallen Schwanz erhaschen und musste schwer schlucken. Ich selbst bin ziemlich gut ausgestattet und habe schon oft angenehm überraschte Blicke von den Damen geerntet. Aber gegen dieses gewaltige Teil von Alex wirkte mein eigenes bestes Stück geradezu mickrig. Alex' Schwanz war furchteinflößend. Und dieses riesige Ding rammte er jetzt brutal und grob in Claires zarte Möse. Sie schrie laut auf und ihr Gesicht war zu einem Ausdruck verzerrt, in dem Lust und Schmerz miteinander wetteiferten.

Alex' Stöße wurden, falls das überhaupt möglich war, noch wilder und härter, Claires Schreie immer lauter und ekstatischer und hatten schlussendlich kaum etwas Menschliches mehr. Vor mir lagen zwei Tiere, die es hemmungslos animalisch miteinander trieben.

Zuletzt riss Alex seinen Schwanz aus Claires Fotze, streifte sich das Kondom ab und rammte seinen Riemen brutal zwischen Claires Lippen. Er war so groß, dass nicht einmal Claires gieriger Mund mehr als die Spitze in sich aufnehmen konnte. Alex packte Claire an den Haaren, drückte seinen Prügel so tief wie möglich in ihren Mund, riss dann seinen Kopf zurück und spritzte röchelnd in ihr ab. Sperma lief ihr in dicken Fäden aus dem Mundwinkel und über das Kinn.

Dann zog er seinen Schwanz aus ihrem Mund, stand auf und suchte seine Kleidung zusammen, ohne Claire noch eines Blickes zu würdigen. Als er sich umdrehte und mich erblickte, grinste er frech und zwinkerte mir zu, ehe er in Isabelles Zimmer trottete.

Auch Claire hatte mich jetzt wahrgenommen. Regungslos lag sie, noch immer mit weit gespreizten Beinen, auf dem Teppich und sah hilflos zu mir hinauf. Ich sagte kein Wort, ließ sie liegen, wie sie war, und verschwand ebenfalls in meinem Zimmer.

Den ganzen restlichen Tag verließ ich mein Zimmer nur, um auf die Toilette zu gehen. Ich saß auf meinem Bett und versuchte, mich abzulenken. Ich las fünfmal denselben Satz eines Romans, ohne ihn zu verstehen, und legte das Buch schließlich weg. Ich sah mir eine halbe Staffel *Dr. House* an, bis ich feststellte, dass ich durch den Bildschirm hindurchstarrte und von der Handlung absolut nichts mitbekam.

***

Als gegen Abend die Wohnungstür ging, sprang ich eilig aus dem Bett. Aber Alex war schon auf dem Flur. Ich hörte seine und Isabelles Stimme, die sich erst im Flur und dann nebenan in Isabelles Zimmer unterhielten. Meine Gelegenheit, allein mit Isabelle zu sprechen, war vertan.

Ich schlüpfte aus meinen Jeans, legte mich nackt ins Bett und schlang meine Bettdecke um mich. Es war noch viel zu früh zum Schlafengehen, aber ich wusste nicht, was ich sonst mit mir anfangen sollte, und wollte diesen schrecklichen Tag nur noch hinter mich bringen. Dann öffnete sich leise meine Zimmertür. Claire huschte herein, stieg aus ihren Klamotten, kletterte auf mein Bett und kroch zu mir unter die Bettdecke. Als sie ihren schlanken Körper an mich schmiegte, wollte ich sie von mir stoßen, doch mir wurde klar, dass es Claire derzeit nicht um Sex ging. Was sie suchte und mir gleichzeitig anbot, waren Wärme, Zärtlichkeit und Trost. Also ließ ich zu, dass sie sich an mich kuschelte, legte einen Arm um sie und strich ihr über das lange schwarze Haar.

Nachdem wir eine Weile lang schweigend so gelegen hatten, begann Claire plötzlich zu sprechen: »Die beiden sind zusammen, seit ich Isabelle kenne. Ich war am Anfang genauso überrascht wie du. Ungefähr ein halbes Jahr, nachdem sie bei uns eingezogen war, stand er zum ersten Mal vor unserer Tür. Er stellte sich als ihr Freund vor und hat ihr Leben auf den Kopf gestellt. Er blieb paar Monate und war dann von einem Tag auf den anderen verschwunden.« Sie schüttelte den Kopf. »Und so ging es weiter, seit beinahe fünf Jahren, seit ich sie kenne. Er ist eine Zeit lang da, dann ist er monatelang verschwunden und steht eines Tages plötzlich wieder vor der Tür.«

»Was ist das denn für eine Beziehung?«, wollte ich wissen.

Claire zuckt mit den Schultern. »Ich habe das auch nie ganz begriffen. Er ist Musiker, weißt du? Er geht mit seiner Band auf Tour. Und außerdem hatte er schon mehrmals Probleme mit dem Gesetz und musste Hals über Kopf die Stadt oder das Land verlassen.

Jedes Mal, wenn er geht, weint sie sich tagelang jeden Abend in den Schlaf. Schließlich gewöhnt sie sich aber an das Leben ohne ihn, an die neuen Freiheiten und beginnt ihr Leben zu genießen. Doch dann taucht er plötzlich wieder auf und stellt alles auf den Kopf. Was sie tut, während er weg ist, ist ihm egal, aber wenn er hier ist, nimmt er sie ganz und gar in Beschlag. Dann ist sie gewissermaßen sein Eigentum und kann außer ihrer Arbeit nichts ohne ihn machen. Sie ist dann anfangs immer wie unter Schock, jede Lebensfreude ist verschwunden. Letztendlich gewöhnt sie sich aber wieder an das Leben mit Alex und hängt sich an ihn. Und wenn er wieder abhaut, weint sie erneut.«

»Das ist doch schrecklich«, fand ich. »Wieso macht sie das mit?«

»Ich glaube, er ist wie eine Droge für sie. Er zieht sie in seinen Bann, bis sie das Gefühl hat, nicht mehr ohne ihn leben zu können. Wenn er verschwindet, ist das wie ein kalter Entzug. Und kaum ist sie los von ihm, kommt er zurück und sie wird rückfällig.«

»Aber wie kommt ein Mädchen wie Isabelle zu einem Kerl wie Alex?«, wollte ich wissen. »Was sieht sie in ihm?« Ich blickte Claire forschend an. »Was siehst *du* in ihm?«

»Er hat seine guten Seiten«, antwortete Claire.

»Ich kann keine guten Seiten an ihm entdecken«, brummte ich.

»Und das kann nicht zufällig daran liegen, dass du eifersüchtig bist?«

Ich ignorierte die Frage. »Er ist ein selbstgefälliges Arschloch«, stellte ich stattdessen fest.

Claire nickte. »Stimmt. Aber er kann auch sehr charmant sein, wenn er will, und sehr zuvorkommend. Er hat einen wunderbaren sarkastischen Humor. Und wenn er sein Herz an etwas hängt, brennt er mit Leib und Seele dafür und verfolgt wild entschlossen sein Ziel. Frauen schätzen diese Art von Unerschütterlichkeit.«

»Und das hat nicht zufällig etwas damit zu tun, dass er den Körper eines Leistungssportlers und ein Ding so groß wie eine Weinflasche hat?«, fragte ich und ahmte damit ziemlich genau Claires Tonfall von eben nach.

Claire grinste schelmisch. »Doch, bei mir auf jeden Fall. Er hat seine Qualitäten.«

»Weiß Isabelle, dass er sie betrügt?«

»Natürlich«, erwiderte Claire. »Oh, nicht mit mir. Das heute war das erste Mal. Ich … ich konnte nicht widerstehen. Aber ich weiß, dass er laufend andere Frauen hat, wenn er hier ist. Und wenn er unterwegs ist, wohl erst recht.«

Ich schnaubte wütend auf.

»Es ist ja nicht gerade so, als würde Isabelle sexuell monogam leben«, gab Claire zu bedenken.

Ich wischte den Einwand mit einer Handbewegung weg. »Ich verstehe nicht, warum sie ihn nicht verlässt.«

»Sie hängt sehr an ihm«, erklärte Claire. »Wer weiß, vielleicht liebt sie ihn auf gewisse Weise. Und ganz sicher hat sie auch ein klein wenig Angst.«

»Das ist nicht richtig«, sagte ich. »Wir müssen irgendwas tun!«

»Marc, wir haben nicht das Recht, uns einzumischen. Isabelle ist erwachsen und das ist *ihre* Beziehung.«

»Glaubst du, dass er gut für sie ist?«

»Marc …«

»Das ist eine einfache Frage, Claire: Glaubst du, dass er gut für sie ist, ja oder nein?«

Claire seufzte. »Nein, natürlich nicht. Ich glaube, dass ihr Leben sehr viel einfacher und glücklicher wäre, wenn sie ihn verlassen würde. Ich würde so nicht leben wollen. Aber es ist *ihr* Leben. Was willst du machen?«

»Wir müssen ihr helfen!«

»Und wie? Er hält sie ja nicht als Geisel fest, sie ist freiwillig bei ihm.«

Ich kaute auf meiner Unterlippe herum. »Doch, irgendwie tut er das schon. Du hast es selbst gesagt, er nimmt sie in Beschlag und behandelt sie wie sein Eigentum. Er … er erstickt sie.«

Claire nahm mein Gesicht in beide Hände und sah mich tief aus ihren schwarzen Augen an. »Wenn du ihr wirklich helfen willst, dann bin ich dabei. Aber eine Frage solltest du dir stellen: Tust du das für sie? Oder tust du es für dich? Denk gut darüber nach, bevor du irgendetwas unternimmst.«

Bedrückt schwiegen wir eine Weile. Und dann begann meine Folter von gestern Abend erneut.

Das Bettgestell fing wieder an, gegen die Wand zu krachen.

Claire hob ihren Kopf und legte ihre Stirn in Falten. »Beeindruckend«, musste sie zugeben. »Ich hätte gedacht, er steht heute nicht wieder auf.«

Ich brauchte nicht zu fragen, was sie damit meinte. Wir schwiegen und lauschten einige Minuten lang den rhythmischen Geräuschen von nebenan. In das Quietschen und Scheppern des Bettes mischte sich Isabelles Stöhnen. Gegen meinen Willen musste ich feststellen, dass mich diese Geräuschkulisse auf eine gewisse, perverse Art ziemlich erregte.

Ich spüre, wie Claires rechte Hand langsam über meine Brust und meinen Bauch tiefer wandert. Ihr geschmeidiger nackter Körper presst sich an meinen. Sie beugt sich über mich und küsst meine Lippen, dann wandert ihr Mund tiefer, über meinen Hals, meine Brust.

»Claire, lass das«, bitte ich sie halbherzig.

»Scht«, macht sie nur und umfasst mit der Hand meinen Schwanz, der sich rasch aufrichtet. Sie rutscht an mir herunter, verschwindet ganz und gar unter der Bettdecke und nähert sich mit einer Spur heißer Küsse meinem Ständer. Gierig stülpt sie ihre weichen Lippen darüber und lutscht daran. Ich kann es nicht fassen, dass sie nach diesem mörderischen Fick vom Mittag schon wieder Lust hat. Aber andererseits, denke ich mir, handelt es sich hier um Claire.

Ohne aufzuhören, an meinem harten Prügel zu saugen, streckt sie eine Hand nach oben aus und hält mir ihre offene Handfläche hin. Ich ahne, was sie will, greife in meinen Nachttisch und gebe ihr ein Kondom. Ihre Hand verschwindet wieder unter der Decke und kurz darauf spüre ich, wie sie mir den Gummi mit dem Mund überstreift. Dann schlägt sie die Bettdecke zurück, setzt sich rittlings auf mich und schiebt sich meinen harten Schwanz tief in ihre Spalte.

Doch ich habe etwas anderes vor.

Ich ziehe ihren Oberkörper zu mir heran, umklammere sie fest und wälze uns beide dann im Bett herum, sodass ich auf ihr liege. Ich sehe ihren schlanken Leib unter mir, kaffeebraun und zart und wunderschön. Doch während Isabelles Stöhnen aus dem Nachbarzimmer immer lauter wird, verschwimmt das Bild vor meinen Augen. Plötzlich ist es nicht mehr Claire, sondern Isabelle, die da unter mir liegt und stöhnt. Die schwarzen Haare sind blond, die dunklen Augen himmelblau und die Cappuccinohaut ist goldbraun. Dann verschwindet die Vision wieder und Claire windet sich unter meinen Stößen.

Ich lege mich mit meinem ganzen Gewicht auf sie, vergrabe mein Gesicht zwischen ihrem Hals und ihrer Schulter und schließe meine Augen. Angetrieben vom Takt des Schepperns in Isabelles Zimmer ficke ich Claire, ohne sie zu sehen. Vor meinem inneren Auge verschwimmen Claires und Isabelles Gestalten und Gesichter. Ich ficke Claire, ich ficke Isabelle, Alex fickt Isabelle, Alex fickt Claire. Alex und ich stoßen die beiden Mädchen im selben Takt, ihr Stöhnen und ihr Wimmern vermischen sich zu einem einzigen, monotonen Hintergrundgeräusch. Das Scheppern von nebenan wird lauter, das Stöhnen der Frauen ekstatischer, und ich ficke die feuchte Fotze unter mir stumpf und ohne Gefühl, bis die Reize und Eindrücke, die auf mich eindringen, endlich in einem erlösenden Höhepunkt gipfeln. Stöhnend spritze ich ab, verströme mein Sperma in den warmen Körper unter mir, ohne zu wissen, wem er gehört.

Das Stöhnen aus dem Nachbarzimmer ist verstummt. Sind die anderen Beteiligten unseres seltsamen Vierers ebenfalls zum Orgasmus gekommen? Ich weiß es nicht und es interessiert mich auch nicht. Ich bleibe liegen, wo ich bin, bewege mich nicht und konzentriere mich ganz auf meinen eigenen Atem, der sich nach und nach beruhigt. Ich spüre, wie die Anstrengungen des Tages mich übermannen, wie ich langsam wegdrifte. Ich liege immer noch auf Claires warmem Körper, als ich schließlich einschlafe.

***

Ich erwachte allein. Claire war verschwunden, und kein Geräusch war zu hören. Oder doch? Ein leises Klappern drang an mein Ohr, aber es stammte nicht etwa von Isabelles Bettgestell, sondern kam aus der Küche.

Ich stand auf und duschte mich erst einmal ausgiebig, ehe ich mich meinen Mitbewohnern in der Küche stellte. Claire und Carmen saßen mit ernsten Mienen beim Frühstück. Von Isabelle und dankenswerter Weise auch von Alex war nichts zu sehen. Ich trat an den Tisch und steckte zwei Scheiben Brot in den Toaster.

Claire schob mir ein Glas Marmelade hin. »Wir haben gerade über das gesprochen, was du gestern gesagt hast.«

»Ach?«, fragte ich nur und setzte mich.

»Vielleicht hast du recht und wir müssen Isabelle helfen.«

Mit spitzen Fingern beförderte ich die beiden heißen Toastscheiben auf meinen Teller. »Ich habe auch nachgedacht«, eröffnete ich ihr. »Vielleicht hattest *du* recht und ich darf mich nicht in ihr Leben einmischen. Vielleicht will Isabelle gar nicht, dass ich ihr helfe. Vielleicht braucht sie keine Hilfe. Vielleicht störe ich nur.« Ich klatschte eine große Menge Marmelade auf den Toast. »Vielleicht ist das Beste, wenn ich verschwinde und die beiden in Frieden lasse.«

Claire und Carmen starrten mich aus großen Augen an. »Das ist nicht dein Ernst!«, flüsterte Claire, und ihr Ton schwankte irgendwo zwischen Ausruf und Frage.

»Bist du dir da so sicher?«, fragte ich. »Isabelle ist eine erwachsene, starke Frau. Wenn sie seit Jahren so lebt und mit Alex' Launen zurechtgekommen ist, liegt das vielleicht daran, dass sie es so will.«

»Vielleicht hat sie bisher nur keinen anderen Weg gesehen«, warf Claire ein.

»Und was sollte sich daran geändert haben?«

»Du.«

Dieses eine Wörtchen genügte, um meine mühsam aufgebaute Mauer der Gleichgültigkeit in sich zusammenfallen zu lassen. Meine Hand, die Brotscheibe auf halbem Wege zum Mund, erstarrte.

»Komm schon, du musst doch bemerkt haben, wie sehr sie dich mag«, fuhr Claire fort und wechselte einen Blick mit Carmen. »Wir spüren es in jeder Minute, wenn wir euch zusammen sehen.«

»Ich weiß nicht, was sie fühlt«, wehrte ich ab, ohne wirklich daran zu glauben. »Ich weiß nur, was ich mir wünschen würde, dass sie es fühlt.«

»Dann sprich mit ihr!«, drängte Claire. »Rede mit ihr und zeig ihr, was du für sie empfindest. Ich glaube, sie kann Alex nicht verlassen, weil sie sich davor fürchtet, allein zu sein. Sie muss einfach wissen, dass jemand für sie da sein wird, dass sie nicht allein sein wird. Und dieser Jemand bist du.«

Ich seufzte. »Und wie? Sie versteckt sich auf der Arbeit vor mir und hier fängt Alex sie ab, kaum dass sie die Wohnung betritt.«

Claire zuckte mit den Schultern. »Sie kann sich nicht ewig verstecken. Außerdem habe ich eine Idee, und dann kannst du mit ihr reden.«

»Was hast du vor?«, wollte ich wissen.

Claire lächelte. »Ich glaube, ich habe Alex gestern eine gute Ablenkung geboten. Das schaffe ich bestimmt noch ein zweites Mal.« Sie zwinkerte Carmen zu. »Und du kannst mir dabei helfen.«

Ich schüttelte meinen Kopf. »Das ist verrückt.«

»Stimmt«, erwiderte Claire vergnügt und legte mir eine Hand auf den Arm. »Geh und finde Isabelle. Erinnere sie daran, wie schön es ohne Alex war und zeig ihr, dass du für sie da sein wirst, wenn sie ihn verlassen will. Alles andere ist dann ihre Entscheidung. Und Alex überlässt du getrost uns.«

Ich nickte zögernd. »Einverstanden.«

»Gut«, ergriff Carmen plötzlich das Wort. »Aber in meinen Arsch darf der sein Riesenteil nicht stecken!«

***

Ich fand Isabelle schließlich zur Mittagszeit, als sie aus der Kantine des Instituts kam. Ich sah, wie sie sich versteifte, als sie mich bemerkte. Ihr erster Impuls schien darin zu bestehen, vor mir die Flucht zu ergreifen, doch dann kam sie doch zu mir herüber. Als sie mich begrüßte, blickten mich ihre himmelblauen Augen warm und erfreut an.

»Können wir reden?«, fragte ich.

Sie nickte stumm und hakte sich bei mir ein. Gemeinsam spazierten wir zum nahen *Parc de Ciutadella* und fanden dort ein ruhiges, vor neugierigen Blicken geschütztes Plätzchen hinter einigen Sträuchern in der Nähe des Sees.

Noch ehe ich den Mund öffnen konnte, um etwas zu sagen, brach es aus Isabelle heraus: »Es tut mir so leid, Marc, ich hätte viel früher mit dir reden müssen. Ich habe dir nicht mal erklärt, wer Alex überhaupt ist.«

»Claire hat das übernommen«, antwortete ich. »Zumindest die Kurzfassung.«

Isabelle schüttelte den Kopf. »Das muss alles so schrecklich für dich sein! Ich habe alles falsch gemacht, was man nur falsch machen kann! Ich hätte dir von Alex erzählen müssen, schon viel früher! Ich hab zugelassen, dass ich mich auf dich einlasse, obwohl ich doch wusste, dass Alex jederzeit auftauchen konnte. Ich hab dich in eine unmögliche Situation gebracht. Ich ... es tut mir alles so schrecklich leid!« In ihren Augen schimmerten Tränen.

Ich umfasste ihre beiden Hände mit meinen. »Soll das etwa heißen, du bereust, was wir zusammen erlebt haben? Ich bereue es nämlich nicht. Die letzten drei Wochen waren ...«, ich unterbrach mich kurz auf der Suche nach einer Formulierung, die meinen Gefühlen gerecht wurde, »die schönste Zeit meines Lebens. Und das lag nicht an Claire oder Carmen oder dieser Stadt, sondern vor allen Dingen an dir. Ich habe mich in dich verliebt, Isabelle. Ich habe selbst eine Weile gebraucht, um das zu erkennen, aber es stimmt. Ich bin in dich verliebt und ich will mit dir zusammen sein. Und was auch immer als nächstes geschieht, was auch immer du tun wirst, ich werde mich immer an unsere gemeinsame Zeit erinnern als die glücklichste Zeit meines bisherigen Lebens.«

Dieses Geständnis war zu viel für Isabelle. Sie öffnete den Mund, um zu antworten, doch stattdessen brach sie in Tränen aus. Ich nahm sie in die Arme und ließ sie sich an meiner Schulter ausweinen, während sie von Schluchzern geschüttelt wurde. Ich sagte kein Wort, um sie zu trösten, denn ich ahnte, dass sie diesen Ausbruch ihrer Gefühle brauchte. Und so beschränkte ich mich darauf, sie einfach festzuhalten.

»Womit habe ich jemanden wie dich nur verdient?«, fragte Isabelle schließlich, als sie wieder sprechen konnte.

»Du bist du«, antwortete ich, genauso, wie ich es schon vor einigen Tagen getan hatte. »Du verdienst nur das Beste.«

Ein leises Lächeln stahl sich auf Isabelles verweintes Gesicht. »Du hältst dich also für das Beste?«

»Du etwa nicht?«, fragte ich mit gespielter Empörung und bemerkte zufrieden, dass Isabelles Lächeln breiter wurde.

Ich nahm ihr Gesicht in beide Hände und küsste sanft ihre Augen und ihre Wangen, küsste ihre Tränenspuren fort. Als sich unsere Lippen schließlich trafen, schmeckten sie beide gleichermaßen salzig. Unser Kuss, zunächst zaghaft und behutsam, dauerte an, mutierte, breitete sich aus. Aus Zärtlichkeit wurde Leidenschaft, aus Trost wurde Lust, aus Wärme wurde Feuer. Isabelle öffnete ihre Lippen, um meiner Zunge Zugang zu gewähren. Wir suchten und fanden die Zunge des anderen, saugten daran, ließen sie miteinander spielen.

Isabelle setzte sich kurzerhand rittlings auf meinen Schoß und presste ihren Körper so nahe wie möglich an meinen. Der Saum ihres Kleides verbarg vor der Außenwelt, dass sie darunter meine Hose öffnete und meine Männlichkeit befreite, die ihr pochend und drängend entgegensprang. Das Kleid verdeckte auch meine Hand, die ich zwischen Isabelles Schenkel schob, ihren Slip beiseitestreifte und ihre Spalte streichelte, aus der bereits die ersten Tropfen ihrer Erregung quollen.

Es mag befremdlich erscheinen und sicherlich auch sehr ungewöhnlich, dass wir in diesem Augenblick ausgerechnet an Sex dachten. Ich hatte, ehrlich gesagt, auch nicht damit gerechnet. Ich hatte erwartet, dass wir ein langes, ausführliches Gespräch führen würden über Isabelles Vergangenheit, über unsere Gefühle und darüber, was wir jetzt tun sollten. Aber wir brauchten überhaupt nicht zu reden. Als ich ihr in die Augen sah, in diese wunderschönen, blauen, unendlich tiefen Augen, wusste ich, dass sie für mich das Gleiche empfand, wie ich für sie. Und ich wusste, dass sie sich eine gemeinsame Zukunft mit mir wünschte, ebenso wie ich es tat. Auch wenn ich ehrlicherweise dazu sagen muss, dass mir das selbst erst in diesem Augenblick klar wurde.

Isabelle und ich brauchten keine Worte mehr. Wir brauchten einander. Der Sex war für uns längst nicht nur körperliche Lustbefriedigung, nicht nur physische Ekstase. Er war Ausdruck unseres Verlangens, einander nahe zu sein, emotional wie körperlich, und er erlaubte uns, einander so nahe zu sein, wie es für zwei Menschen nur möglich ist.

Isabelle setzte sich auf die Spitze meines Schwanzes und senkte ihren Körper auf meinen Schoß herab, bis sie ihn ganz in sich aufgenommen hatte. Wir sahen einander glücklich in die Augen, und ich zog sie zu mir heran und küsste sie wieder, während wir beide begannen, uns langsam gegeneinander zu bewegen. Für zufällige Passanten, sofern sie uns in unserem Versteck zwischen den Sträuchern überhaupt entdeckten, mussten wir wie ein Pärchen aussehen, das sich leidenschaftlich küsste. Was unter Isabelles Rock geschah, blieb verborgen und ging nur uns beide etwas an. Anders als sonst ließen wir auch akustisch unserer Leidenschaft nicht freien Lauf. Isabelles Atem wurde schwerer, keuchender, doch unser anhaltender Kuss unterdrückte ihre Lustschreie.

Wie weit entfernt war diese Form der Zärtlichkeit von den wilden, animalischen Ficks, die ich mit Claire teilte, wie weit auch von den spielerischen Experimenten, die ich in den vergangenen Wochen vor allem mit Carmen, aber auch mit Claire und Isabelle gewagt hatte! Wir bewegten uns nur langsam, ohne Hast und ohne den Druck, uns selbst oder den anderen zum Höhepunkt zu bringen. Wir ließen uns Zeit, genossen die Nähe, die Wärme und die sich langsam steigernde Erregung des anderen. Carmen und Claire, Alex und Maria, die WG, die Arbeit, der Park und der Lärm der Stadt um uns herum waren vergessen, waren Teil eines anderen Lebens, weit entfernt und bedeutungslos. Wir versanken ineinander, atmeten, lebten nur noch für uns. Nichts anderes zählte in unserer kleinen, privaten Welt.

Ich verlor jegliches Zeitgefühl und kann nicht sagen, ob diese Erfahrung, die wir teilten, einige Minuten oder einige Stunden andauerte. Irgendwann spürte ich, wie Isabelles Körper sich verkrampfte, sah ihre blauen Augen für einen Augenblick lang in seliger Verzückung ausdruckslos werden, fühlte, wie ihre Möse, die meinen Schaft umgab, zuckte und kontrahierte. Im selben Moment hatte auch ich einen Orgasmus, der mich diesmal nicht überrollte wie ein Sturm, sondern wie die sanfte Brandung des Meeres, und ich ergoss meinen Samen tief in ihr.

Wir blieben noch lange so sitzen, aufeinander und ineinander, und erfühlten uns mit geschlossenen Augen. Ich spürte Isabelles pochendes Herz, das sich nach und nach beruhigte, ihren Atem, der mit meinem im Gleichklang ging, die Wärme ihres schönen, geschmeidigen Körpers. Es war wie ein einziger, perfekter Augenblick, der sich in die Ewigkeit zu dehnen schien.

Doch nichts auf der Welt währt ewig. Irgendwann drangen die Geräusche der Menschen um uns herum und der Lärm der Stadt wieder zu uns durch. Der Geruch von Hundekot stach unangenehm in das Bouquet von Isabelles Parfum, ihrem

Schweiß und dem Duft von Sonne auf ihrer Haut. Und mit einem Mal stellte ich fest, wie unbequem unsere Sitzposition eigentlich war und dass meine Füße einzuschlafen drohten.

Also richteten wir unsere Garderobe und erhoben uns. Während wir Arm in Arm am Strand entlang zurück in Richtung unserer Wohnung spazierten, musste ich mit jedem Schritt, den wir uns unserem Zielort näherten, stärker gegen den Drang kämpfen zu fliehen. Ich wollte mich umdrehen, Isabelle mit mir ziehen und in die entgegengesetzte Richtung laufen. Nach Süden, tiefer nach Spanien hinein. Am besten zum Flughafen und von dort aus irgendwohin, egal wohin, nur weit weg, nur nicht zurück zu Alex und den Problemen, die mit ihm in unserer Wohnung auf uns warteten.

Natürlich tat ich es nicht. Ich war viel zu vernünftig dazu, wie immer.

Als wir unser Haus erreichten, betrat ich die Wohnung als Erster, während Isabelle noch draußen vor der Tür wartete. Nach allem, was Claire mir über Alex erzählt hatte, war er sehr eifersüchtig und ich wollte ihn nicht zusätzlich provozieren, indem ich mit seiner Freundin Hand in Hand durch den Wohnungsflur spazierte.

Meine Bedenken erwiesen sich als unnötig. Von Alex war nichts zu sehen. Doch im Wohnzimmer lagen Claire und Carmen auf je einer Couch und blickten mir mit erschöpftem Gesichtsausdruck entgegen.

»Wo ist Alex?«, fragte ich nach einer kurzen Begrüßung.

»Der schläft«, erwiderte Claire und seufzte. »Endlich.«

»Habt ihr …?«, begann ich.

»Wir haben ihm was in sein Getränk gemischt«, erklärte Carmen. »Aber es hat ewig gedauert, bis es wirkte. Drei Gläser mussten wir ihm einflößen.«

»Und in der Zwischenzeit mussten wir ihn bei Laune halten und dazu kriegen, so viel zu trinken«, fügte Claire mit gequältem Gesichtsausdruck hinzu.

»Seine Kondition ist beeindruckend«, merkte Carmen mit unschuldiger Miene an. In diesem Moment kam Isabelle herein.

»Hallo Süße«, begrüßte Claire sie und wandte sich dann wieder an mich. »Na, hat es sich wenigstens gelohnt?«

Ich grinste. »Ich denke schon.«

»Was hat sich gelohnt?«, wollte Isabelle wissen und legte ihre Stirn in Falten. »Und wo steckt Alex?«

Claire ignorierte sie. »Gut«, sagte sie zu mir. »Ich werde eine Woche lang nicht mehr gehen können, und was noch schlimmer ist, nicht mehr ficken. Du schuldest mir was!«

»Was immer du willst, Claire«, versprach ich ernst.

Claire nickte und wedelte dann mit ihrer Hand. »Und jetzt, husch, ins Zimmer, ihr Turteltäubchen. Alex wacht heute nicht mehr auf, also nutzt die Zeit!«

Isabelle öffnete den Mund, um eine Frage zu stellen, doch ich zog sie rasch in mein Zimmer. Dort setzten wir uns nebeneinander aufs Bett und schwiegen eine Weile. Ich sah Isabelle an, dass sie über Claires Worte nachdachte.

Schließlich fragte sie: »Was glaubst du, was sie wohl gemacht haben könnte? Warum glaubst du, kann sie eine Woche lang nicht mehr gehen? Und nicht mehr ficken?«

Ich wusste, dass es völlig zwecklos war, irgendetwas zu leugnen. »Es war meine Idee«, sagte ich, auch wenn das nicht ganz der Wahrheit entsprach. »Claire und Carmen sollten Alex ablenken, damit wir Zeit hätten. Und, äh, Alex hat sich wohl als ziemlich widerstandsfähig erwiesen …«

Jetzt konnte Isabelle sich nicht mehr zurückhalten. Sie lachte laut auf und ließ sich rücklings auf die Matratze fallen. »Widerstandsfähig?«, prustete sie heraus. »Alex ist ein Tier! Er ist nicht kleinzukriegen!«

Wenn ich ehrlich bin, war mir dieses Thema reichlich unangenehm. Wer sprach schon gern über die sexuellen Fähigkeiten seines Konkurrenten?

»Arme Claire«, sagte ich daher matt.

Isabelle winkte ab. »Ach was! Das Gejammer meint sie doch nicht ernst! Ich bin mir sicher, sie hat es genossen. Endlich scheint sie mal jemanden gefunden zu haben, der es mit ihr aufnehmen kann.«

Die lockere Art und Weise, wie Isabelle mit der Situation umging, half auch mir, mich zu entspannen. Ich ließ mich auf die Matratze sinken, sodass ich neben ihr lag. Plötzlich kam mir ein Gedanke. »Meinst du, wir sollten versuchen, die beiden zu verkuppeln?«

Isabelle und ich malten uns dieses Bild in Gedanken aus und brachen dann in lautes Gelächter aus.

»Nein«, sagte Isabelle schließlich und wurde wieder ernst. »Das hat sie nicht verdient. Niemand hat das.«

Ich drehte mich auf die Seite, damit ich sie direkt anblicken konnte. Die Fröhlichkeit war aus ihrem wunderschönen Gesicht verflogen. Ich zog sie zu mir und küsste sie.

»Möchtest du reden?«, fragte ich sie.

Sie erwiderte meinen Kuss und nickte dann.

Isabelle erzählte mir von ihrem Leben mit Alex. Wie sie ihn bei einem Auftritt mit seiner Band in einer kleinen Kellerbar kennengelernt hatte. Wie sie dem Feuer in seinen Augen und der unendlichen Energie, die ihn erfüllte, verfallen war. Wie sie zusammen einige überglückliche, aufregende und leidenschaftliche Wochen miteinander verbracht hatten, bis Alex plötzlich eines Tages mit gepackten Taschen an der Wohnungstür stand und verkündete, er müsse jetzt auf Welttournee gehen, und versprach, er würde ihr schreiben. Wie sie viele Nächte lang geweint und auf eine Nachricht von ihm gewartet hatte, die niemals kam. Wie er irgendwann, nach vielen Monaten, abgebrannt wieder aufgetaucht war.

Isabelle redete sich von der Seele, was sie über die Jahre in sich aufgestaut hatte. Das Wechselbad der Gefühle, durch das sie Alex regelmäßig trieb. Der Kummer, die Wut und die Verzweiflung, wenn er ging. Die hilflose Ohnmacht, wenn er zurückkam und wieder Besitz von ihr ergriff. Die drogenähnliche Sucht, die sie an ihn fesselte. Das Gefühl wilden, berauschenden Glückes, mit dem sie seine Gegenwart erfüllen konnte.

Ich sagte nur wenig und hörte ihr zu. Wenn ihr die Tränen kamen, hielt ich sie im Arm, bis sie sich wieder beruhigt hatte und in der Lage war, weiterzusprechen.

Irgendwann war alles gesagt, was von Bedeutung war. Isabelle war vom vielen Reden und Weinen erschöpft. Wir lagen stumm in inniger Umarmung auf dem Bett und starrten in die Dunkelheit, die sich längst über uns gesenkt hatte. Wir schlüpften aus unseren Klamotten und krochen unter die Bettdecke. Dort schmiegten wir unsere Körper aneinander, berührten, streichelten und küssten uns zärtlich. Ich rollte mich auf sie und genoss das vertraute Gefühl ihres warmen Körpers unter meinem. Ich spürte, wie sie sich mir öffnete, wie sich ihre Beine leicht spreizten, um mir noch näher zu sein, um mich in sich aufnehmen zu können.

»Liebe mich«, bat mich Isabelle schließlich.

Liebe mich. Nicht: *Fick mich.* Oder: *Besorg's mir.* Nicht: *Hab Sex mit mir, bring mich zum Höhepunkt, gib's mir oder schlaf mit mir,* oder irgendeine andere, ähnliche Formulierung, die ich in den vergangenen Wochen aus verschiedenen Mündern vernommen hatte.

Nein.

Liebe mich, sagt Isabelle.

Und das tue ich.

***

Ich wünschte mir, wir hätten ewig gemeinsam eng umschlungen unter der Bettdecke liegen können. Aber unsere Zweisamkeit war uns nicht einmal bis zum Morgengrauen vergönnt. Noch ehe der Tag anbrach, schlüpfte Isabelle unter der Decke hervor.

»Wo willst du hin?«, fragte ich.

»Zu Alex«, erwiderte sie.

Ich war von diesen Worten derart schockiert, dass ich erst einige Augenblicke später begriff, was sie meinte.

»Wenn er aufwacht, muss ich bei ihm liegen«, erklärte Isabelle. »Sonst beginnt der Morgen mit einem furchtbaren Krach. Und es wird so schon schlimm genug.«

»Du willst …«, begann ich und setzte mich auf.

Isabelle nickte. »Ich werde mit ihm Schluss machen, heute noch.«

»Ich werde bei dir sein«, versprach ich.

Sie schüttelte den Kopf. »Schon vergessen? Du hast heute deine Abschlusspräsentation. Du musst ins Institut.«

»Die kann ich ausfallen lassen.«

Isabelle kniete sich neben mich auf die Decke. »Das muss ich allein machen, Marc. Wenn du dabei bist, denkt er, du hättest mich ihm ausgespannt und wird wütend werden.«

»Und wenn er auf dich wütend wird?«, fragte ich. »Was, wenn er dir was antut, wenn …« Meine Fantasie versagte bei der Vorstellung, dass Alex Isabelle vielleicht verletzen könnte.

Isabelle lächelte. »Du schätzt ihn völlig falsch ein, Marc. Er würde mir nie was tun, nie.«

»Aber …«

Sie schüttelte wieder den Kopf. »Es ist meine Beziehung und ich allein muss sie beenden.«

»Aber ich möchte dir beistehen!«, bekräftigte ich.

Isabelle legte ihre Hände um meinen Kopf und gab mir einen langen, liebevollen Kuss. »Das tust du«, sagte sie, als sich unsere Lippen voneinander lösten. Mit diesen Worten raffte sie ihre Kleidung zusammen und huschte nach draußen.

***

Die Stunden, die ich am nächsten Tag im Institut verbringen musste, vergingen quälend langsam. Ich saß zusammen mit dem Gruppenleiter in einer Videokonferenz mit meinem Chef in London, anschließend gab ich der Arbeitsgruppe eine Präsentation mit meinen und Isabelles Ergebnissen. Isabelles Abwesenheit wurde mit Befremden aufgenommen, doch meine Erklärung, sie fühle sich nicht ganz wohl, wurde allgemein akzeptiert.

Während der anschließenden Diskussion fühlte ich, wie mich Unruhe packte, und ich würgte die meisten Fragen kurz angebunden ab. Unter anderen Umständen hätte ich es genossen, ausführlich über die Daten und die noch offenen Fragen zu diskutieren. Außerdem waren einige der Anmerkungen meiner Kollegen wirklich interessant und nachdenkenswert. Aber ich konnte mich einfach nicht konzentrieren. Ständig musste ich an Isabelle denken und daran, was wohl passieren mochte, wenn sie Alex mit ihrer Entscheidung konfrontierte, ihn zu verlassen. Isabelle war überzeugt davon, dass er harmlos war, doch ich machte mir Sorgen um sie.

Als die Diskussion vorüber war, verabschiedete ich mich hastig vom Gruppenleiter und machte mich auf den Heimweg. Das war nicht wirklich höflich, doch andererseits würde ich noch einige Wochen in der Stadt sein. Es würde sich Gelegenheit ergeben, ausführlicher zu diskutieren und sich vielleicht zu entschuldigen. Jetzt wollte ich nur noch nach Hause!

***

Vor unserer Haustür traf ich Claire.

»Und?«, fragte ich ungeduldig. »Wie ist es gelaufen?«

Claire zuckte mit den Schultern. »Woher soll ich das wissen? Ich war arbeiten. Und was soll denn laufen?«

»Isabelle wollte mit Alex Schluss machen.«

Claire stieß einen leisen Pfiff aus. »Wirklich? Na, dann bin ich mal gespannt, wie es ihr geht.«

Wir nahmen den Aufzug nach oben. Im obersten Stockwerk angekommen, eilte ich zur Wohnungstür und schloss sie auf. Es waren keine Geräusche aus der Wohnung zu vernehmen.

Claire trat an mir vorbei in den Flur und rümpfte die Nase. »He, was stinkt hier denn so?«

Ich sog prüfend die Luft ein, die nach faulen Eiern roch. Claire und ich wechselten einen Blick und ich sah, wie sich ihre Augen weiteten. »Gas? Ist das Gas?«

Ich bemühte mich, ruhig zu bleiben, während meine Gedanken rasten. »Gibt es ein zentrales Gasventil?«

Claire nickte. »Im Eingangsbereich.«

»Kommst du da ran?«

»Ja. Ja, ich denke schon.«

»Dann runter mit dir und schließe es! Und nimm die Treppe, nicht den Aufzug! Und ruf die Feuerwehr!«

Claire nickte, drehte sich um und eilte die Treppe hinunter. Ich hielt mit meinem Rucksack die Wohnungstür offen und eilte in die Wohnung. Weiter im Inneren war der Gestank ekelerregend intensiv.

»Isabelle?«, rief ich. »Carmen? Alex?« Niemand antwortete.

Ich eilte in die Küche und riss das Fenster auf. Ein Blick zum

Gasherd sagte mir, dass er abgeschaltet war, aber was bedeutete das schon? Das Gas konnte auch aus einer defekten Leitung austreten.

Ich rannte durch alle Zimmer und öffnete alle Fenster. Ich spürte bereits, wie der Gestank langsam verflog. Dann erreichte ich das Wohnzimmer.

Isabelle lag regungslos auf dem Teppich.

Ich glaube, bei diesem Anblick setzte mein Herzschlag tatsächlich einen Augenblick lang aus. Meine blühende Fantasie begann, Schreckensbilder einer verletzten, bewusstlosen, gar leblosen Isabelle zu produzieren.

Dann übernahm etwas in mir die Kontrolle, das ohne bewusste Gedanken oder Vorstellungskraft auskam. Mit zwei weiten Sätzen war ich an Isabelle vorbei und riss die Terrassentür auf. Dann kniete ich mich neben die bewegungslose Gestalt. Ein erster Blick offenbarte keine sichtbaren Verletzungen. Ich beschloss, mich nicht mit weiteren Untersuchungen abzugeben. Zuerst mal raus aus der Gefahrenzone!

Ich schlang meine Arme um Isabelles Brust, hob sie an und schleifte sie hinaus auf die Dachterrasse, soweit wie möglich weg von der Tür. Dort legte ich sie vorsichtig ab und sog zunächst einmal gierig die frische Luft ein.

Ich wischte mir die schweißnassen Handflächen ab, ehe ich zwei Finger an Isabelles Hals legte. Gott sei Dank, ich spürte noch einen Puls! Ihre Brust hob und senkte sich leicht. Sie atmete flach, aber sie lebte!

Ich musste mit aller Kraft der Versuchung widerstehen, sie zu umarmen und an mich zu pressen. Stattdessen erinnerte ich mich an meinen Erste-Hilfe-Kurs und brachte sie in eine stabile Seitenlage. Dann kauerte ich mich neben sie und wartete auf das Eintreffen der Feuerwehr.

***

An das, was danach geschah, erinnere ich mich nur noch verschwommen. Ich weiß noch, wie plötzlich Feuerwehrleute auftauchten, kurze Zeit später gefolgt von Sanitätern und Polizisten. Sie brachten Isabelle ins Krankenhaus und erlaubten es mir und Claire, mitzufahren. Ich erinnere mich noch an die neugierigen Gesichter der Nachbarn und die ernsten Gesichter der Polizisten, die sich überall umsahen.

Später saßen Claire und ich auf zwei Plastikstühlen in der Notaufnahme und warteten darauf, etwas Neues von Isabelle zu hören. Irgendwann verschwand Claire kurz, um Carmen anzurufen, aber bald darauf tauchte sie wieder auf und leistete mir beim bangen Warten Gesellschaft.

Es kam mir wie Stunden vor, bis endlich ein Arzt erschien und uns beruhigte: Isabelle ginge es gut, sie habe keine Verletzungen und auch keinerlei Vergiftungserscheinungen. Als ich fragte, wieso sie dann bewusstlos sei, zögerte er und fragte uns, ob wir Verwandte seien. Dass Claire daraufhin behauptete, Isabelles Schwester zu sein, schien ihn nicht zu überzeugen. Schließlich rief Claire irgendetwas auf Spanisch, das sehr böse und aufgebracht klang und den Arzt deutlich blasser werden ließ. Was auch immer es war, es tat seine Wirkung, denn er seufzte und rückte dann mit der Sprache heraus: »Sie ist betäubt worden. Wahrscheinlich mit K.O.-Tropfen, auch wenn wir noch nicht genau wissen, welcher Wirkstoff genau eingesetzt wurde.« K.O.-Tropfen, erklärte er, würden Menschen willenlos und schließlich bewusstlos machen. Anschließend hätten sie häufig Schwierigkeiten, sich an die Ereignisse zu erinnern. Deshalb würden sie manchmal auch von Vergewaltigern eingesetzt.

Ich brachte es nicht über mich, die naheliegende Frage auszusprechen. Claire war nicht so zart besaitet: »Ist sie etwa vergewaltigt worden?«

Wieder zögerte der Arzt und warf erst mir, dann Claire einen nervösen Blick zu. Als Claire seinen Blick mit einem wütenden Funkeln in ihren Augen erwiderte, gab er sich geschlagen. »Es gibt Spuren, die vielleicht auf eine Vergewaltigung hindeuten könnten.« Er hob abwehrend beide Hände, um unsere Einwürfe gleich abzuwürgen und sofort beruhigend fortzufahren: »Aber diese Spuren könnten auch durch kürzlich erfolgten, nun ja, heftigen Geschlechtsverkehr zustandegekommen sein. Einvernehmlich.«

Claire und ich wechselten einen bedeutungsvollen Blick. Der Sex, den Alex und Isabelle in den letzten Tagen praktiziert hatten, war mit »heftig« noch sehr harmlos umschrieben.

Der Arzt erklärte uns, dass Isabelle keine bleibenden Schäden davontragen, aber auf jeden Fall eine Nacht zur Beobachtung im Krankenhaus bleiben würde. Gerade als wir darum baten, neben ihrem Bett warten zu dürfen, bis Isabelle aufwachte, tauchten zwei ernst aussehende Polizisten auf.

Ich weiß nicht mehr genau, welche Fragen sie uns stellten, aber es war offensichtlich, dass sie den Verdacht hatten, jemand könnte absichtlich Gas in die Wohnung geleitet haben. Die Leitung, die zum Gasherd führte, war durchgetrennt worden, bestätigten sie Claire, als sie nicht aufhörte, nachzubohren.

Der Arzt erschien, um zu verkünden, dass Isabelle aufgewacht und ansprechbar war. Ich wollte natürlich sofort zu ihr, doch die Polizei bestand darauf, zuerst mit ihr zu sprechen. Einer der Polizisten verschwand mit dem Arzt, während der andere uns weiter ausfragte.

Während wir auf den Arzt gewartet hatten, hatte ich mir natürlich meine Gedanken darüber gemacht, was passiert sein mochte. Und obwohl ich mir zunächst nicht erlaubt hatte, diesen Gedanken bewusst zuzulassen, muss ich doch zugeben, dass er das Erste war, was mir in den Sinn kam. Er bestand aus nur einem einzigen Namen: Alex! Alex musste durchgedreht sein, als Isabelle ihn aus ihrem Leben geworfen hatte. Er hatte sie betäubt und dann das Gas in die Wohnung strömen lassen, aus blinder Wut und Eifersucht. Wenn er sie nicht bekommen konnte, sollte sie niemand bekommen, diese kranke Denkweise kannte man doch aus Familientragödien. So was kam immer wieder vor. Und Alex war genau der Typ, dem ich das zutraute.

Als der Polizist uns fragte, ob wir uns vorstellen könnten, wer Isabelle so etwas antun könnte, zögerte ich nur kurz. Dann erzählte ich ihm alles, was ich von Isabelle und Alex wusste. Ich bemerkte kurz den schockierten Seitenblick, den Claire mir zuwarf, doch als der Polizist sie fragte, ob sie die Geschichte bestätigen könne, nickte sie. Ja, Alex sei Isabelles Freund gewesen, ja, Isabelle hatte heute mit ihm Schluss machen wollen, ja, als sie die Wohnung verließ, waren Alex und Isabelle die Einzigen, die noch zu Hause gewesen waren.

Der zweite Polizist kehrte zurück und berichtete, dass Isabelle sich nicht daran erinnerte, was geschehen sei, wohl als Nebenwirkung der Droge. Dann nahm er mich streng ins Visier und verhörte mich über meine Beziehung zu Isabelle. Es dauerte einige Minuten, ehe mir dämmerte, dass er mich durchaus für einen Verdächtigen hielt. Ich beantwortete seine Fragen so gut ich konnte, Claire bestätigte alles und schließlich zogen die beiden Polizisten zufrieden ab. Sie würden sich auf die Suche nach Alex machen, versprachen sie uns. Dann erlaubten sie uns, endlich zu Isabelle zu gehen.

In dem Krankenbett sah Isabelles sonst so sonnengebräunte Haut blass aus. Aber sie lächelte breit, als sie uns sah. Ich schloss sie vorsichtig in die Arme und küsste sie zärtlich. Ich spürte, wie mir einige Tränen der Erleichterung über die Wangen liefen, aber ich kümmerte mich nicht darum. Ich war einfach nur froh, sie gesund und munter in meinen Armen zu spüren. Schließlich hüstelte Claire hinter mir und ich machte ihr Platz, damit sie Isabelle ebenfalls umarmen konnte.

Isabelle erklärte uns, das Letzte, woran sie sich erinnerte, sei ihr Gespräch mit Alex. Danach gebe es nur noch lose Erinnerungsfetzen, die sie nicht ordnen konnte. Als ich sie vorsichtig fragte, ob Alex wütend geworden sei, schüttelte sie den Kopf.

»Ich weiß es nicht. Vielleicht.« Sie legte ihre Stirn in Falten. »Du glaubst doch nicht, dass er was damit zu tun hat?«

»Wer denn sonst?«, wollte ich wissen.

Wieder schüttelte Isabelle den Kopf, dass ihre blonden Locken nur so flogen. »Du kennst ihn nicht so wie ich, Marc. Nie im Leben würde er mir etwas antun!«

Ich war zwar anderer Meinung, aber ich beschloss, lieber zu schweigen. Nichts wollte ich weniger, als jetzt einen Streit zu beginnen.

Wir saßen an Isabelles Bett und unterhielten uns über alles Mögliche, das nichts mit den heutigen Geschehnissen zu tun hatte, bis eine Schwester uns kurzerhand vor die Tür setzte. Wir versprachen, morgen früh wiederzukommen und verließen schweren Herzens das Krankenhaus.

***

Zu Hause erwartete uns eine nervöse Carmen, die uns sofort mit Fragen bombardierte. Die Polizei hätte herumgeschnüffelt und seltsame Fragen gestellt, sagte sie. Außerdem hatte jemand die Gasleitung repariert und erklärt, es bestehe keine Gefahr mehr. Wir berichteten das Wenige, das wir wussten. Anschließend saßen wir noch lange im Wohnzimmer. Schließlich gingen wir zu Bett – übrigens jeder allein für sich, zum ersten Mal seit langer Zeit.

***

Bereits am nächsten Tag wurde Isabelle aus dem Krankenhaus entlassen und der Arzt versicherte uns, dass sie völlig gesund war und keinerlei bleibenden Schäden davontragen würde. Ich holte sie vom Krankenhaus ab und brachte sie nach Hause. Im Wohnzimmer wurden wir von Claire und Carmen empfangen, die Isabelle sofort um den Hals fielen.

Wir setzten uns auf die Couch und versanken in einer zärtlichen Umarmung zu viert. Isabelles Mund suchte und fand den meinen, wir pressten unsere Lippen aufeinander und küssten uns innig. Ich spürte, wie Isabelles Zunge zwischen meine Lippen in meine Mundhöhle drängte. Zur selben Zeit wanderten ihre Hände an meinem Körper entlang. Eine von ihnen schob sich in meinen Schritt und begann, mein bestes Stück durch den Stoff meiner Hose zu massieren.

Ich drückte Isabelle einige Zentimeter von mir weg und sah sie besorgt an. »Bist du dir sicher?«, fragte ich. »Du bist eben erst aus dem Krankenhaus gekommen …«

Isabelle blickt mich aus ihren himmelblauen Augen fest an und nickt. »Genau. Und jetzt will ich das Gefühl genießen, am Leben zu sein.«

Isabelle packt mich am Kragen, zieht mich zu sich und küsst mich fordernd. Ihre Hände nesteln dabei an meinem Hemd herum und knöpfen es auf. Sie streift mir das Hemd ab und beugt sich nach vorn, um meine Brust zu küssen und neckisch mit der Zunge an meinen Brustwarzen zu spielen. Dann hebt sie ihren Kopf wieder und fragt mit unschuldiger Miene: »Oder hast du keine Lust?«

Ich grinse, nehme ihr Gesicht in beide Hände und küsse sie.

Isabelle entzieht sich meinem Griff, streckt ihre Hände aus und zieht Claire zu sich. Ihre Lippen öffnen sich und ihre Zunge schnellt hervor. Eine Sekunde später sind die beiden

Mädchen in einem wilden Zungenspiel gefangen, während Isabelle Claires Jeans öffnet und abstreift. Carmen beugt sich derweil zu mir vor und küsst mich.

Wir schälen uns gegenseitig aus unseren Klamotten, bis wir alle splitternackt auf Teppich und Couch sitzen. Zärtlich und fordernd zugleich beginnen wir, uns gegenseitig mit Lippen, Zungen und Fingern zu verwöhnen, ohne darauf zu achten, wen wir berühren und wer uns berührt. Es spielt keine Rolle. Wir versinken in einem Strudel aus Zärtlichkeit und Leidenschaft, bestehen ganz aus einem Gewirr aus Gliedmaßen, Körpern und Köpfen, einer sich windenden Masse aus nackter, weicher Haut.

Ich finde mich mit dem Rücken auf dem Teppich liegend wieder, während Claire über mir kniet und meinen Kopf zwischen ihren kräftigen Schenkeln eingeklemmt hat. Ich sauge und lecke an ihrer nassen, süß duftenden Muschi, während gleichzeitig Isabelle vor mir kniet und meinen Schwanz fast bis zum Anschlag in ihrem Mund verschwinden lässt. Carmen sitzt neben uns auf der Couch und lässt sich von Claire verwöhnen.

Ich spüre, wie Claires Möse unter meinen Berührungen anschwillt und zuckt, doch diesmal will die süße Französin offenbar nicht mit der Zunge zum Höhepunkt gebracht werden. Sie rutscht rittlings über meine Brust und präsentiert mir dabei ihren perfekten Apfelpo. Als sie meinen Bauch erreicht, lässt Isabelle meinen Schwanz aus ihrem Mund gleiten und erhebt sich, um Claire zu küssen, während sie beide meinen Schaft wichsen. Claire rutscht noch ein Stück tiefer und reibt meine Schwanzspitze über ihre klatschnasse Muschi, lässt sie ganz kurz eintauchen und zieht sie dann wieder heraus.

An Claires schlankem Körper vorbei werfe ich Isabelle einen fragenden Blick zu. Nach all dem, was geschehen ist, finde ich die Vorstellung Claire zu ficken, irgendwie seltsam, auch wenn ich es schon so oft getan habe. Sind Isabelle und ich jetzt nicht irgendwie fest zusammen? Gelten jetzt andere Regeln?

Doch Isabelle lächelt nur und nickt stumm. Sie streift mir ein Kondom über und umklammert meinen Schaft. Dann positioniert sie meine Schwanzspitze genau vor Claires nassem Eingang und führt meinen Riemen persönlich in die Fotze ihrer Freundin. Claire lässt sich auf meinen Schwanz herabsinken und beginnt, sich langsam auf und ab zu bewegen, während sie heiße Küsse mit Isabelle austauscht. Dann lehnt sich Isabelle zurück, spreizt ihre Beine und präsentiert ihre blanke Muschi. Claire beugt sich nach vorn, streckt mir dabei ihren Apfelpo entgegen und versenkt ihr Gesicht zwischen den Schenkeln ihrer Freundin.

Während mich Claire reitet, knete ich ihre Pobacken und verwöhne mit den Fingerspitzen auch Claires Rosette. Dann bemerke ich, dass Carmen allein auf der Couch sitzt, uns beobachtet und sich ihren Schwanz wichst. Ich winke sie zu mir. Sie gleitet vom Sofa, kniet sich neben mich und beugt sich zu mir herunter, um mich zu küssen. Dann strecke ich meinen Hals, um ihren Schwanz zu erreichen. Ich umschließe ihn mit meinen Lippen und nehme ihn tief in mich auf. Auch wenn ich das in den vergangenen Wochen bereits mehrmals gemacht habe, ist es immer noch etwas Besonderes und Außergewöhnliches für mich, Carmens kleinen, aber schönen harten Schwanz zu blasen.

Claires Bewegungen werden immer heftiger und wilder. Ich spüre, wie es ihr kommt, wie ihre Möse wild zu zucken beginnt, und ihre Lustschreie werden nur durch Isabelles Muschi gedämpft, die sich fest gegen ihren Mund drückt. Claire unterbricht ihren Ritt nur kurz, als sie ihr Höhepunkt durchzuckt, dann reitet sich mich weiter, noch schneller und härter als zuvor, bis auch mein Orgasmus über mich kommt und ich mich röchelnd in ihr ergieße. Claire steigt von mir herunter, dreht sich zu mir um und küsst mich leidenschaftlich, nicht ohne die Gelegenheit zu nutzen, zwischendurch auch kurz Carmens Schwanz in ihrem Mund verschwinden zu lassen.

»Hast du auch Lust zu ficken?«, fragt sie Carmen mit einem schelmischen Lächeln.

»Immer«, erwidert Carmen.

»Aber nicht mich«, konkretisiert Claire, und ihre Augen funkeln. »Ihn!«

Obwohl es bereits das zweite Mal sein wird, bin ich doch aufgeregt, als ich so daliege und darauf warte, dass Carmen in mich eindringt. Wie schon beim ersten Mal nimmt sie sich Zeit, weitet behutsam meinen Hintereingang und verwöhnt meine Rosette mit ihren Fingern. Claire kniet dabei hinter ihr, umfasst von hinten Carmens Schwanz und wichst ihn. Isabelle liegt neben mir und küsst mich zärtlich.

Diesmal will Carmen mich in Rückenlage ficken. Sie hebt meine Beine leicht an, setzt ihre Schwanzspitze an meine Rosette und drückt ihren Lustspeer langsam in mein enges Poloch, bis sie mich ganz ausfüllt. Sie stöhnt leise auf. Während Carmen mich langsam zu ficken beginnt, küsst sich Claire an ihrem Hals, ihrer Brust und ihrem Bauch entlang abwärts, bis sie die Stelle erreicht hat, an der Carmens und mein Körper ineinander übergehen. Sie stülpt ihre Lippen um meinen schlaffen Schwanz und beginnt, daran zu saugen.

In der Zwischenzeit küssen Isabelle und ich uns weiter leidenschaftlich. Meine Hände wandern über ihren perfekten Körper, kneten ihre vollen Brüste, umfassen ihren knackigen Hintern.

Wie schon beim letzten Mal reizen mich Carmens Stöße auf eine aufregende, mir immer noch neue und unbekannte Art. Ich spüre, wie sich neue Erregung in mir aufbaut, sich steigert und über meinen gesamten Körper ausbreitet. Mein Schwanz wächst und erhärtet sich in Claires Mund, und mit jedem von Carmens Stößen steigert sich meine Erregung weiter zur Ekstase. Ich schließe die Augen und genieße das Gefühl, lasse mich gleichzeitig ficken und blasen und spüre dabei zugleich Isabelles warmen, weichen Körper an mir. Carmen steigert ihre Geschwindigkeit immer mehr, stöhnt lauter und heftiger und kommt ihrem Höhepunkt immer näher.

Kurz bevor sie kommt, lässt Claire meinen Schwanz aus ihrem Mund gleiten, schiebt Carmen zurück und zieht ihren Riemen aus meinem Arsch. Sie entfernt das störende Kondom und lutscht Carmens harten Schwanz. Schließlich wirft Carmen ihren Kopf zurück und spritzt mit einem lauten Seufzen tief in Claires Mund ab.

Claire schiebt sich an mir nach oben, schlängelt ihren Körper an meinem entlang, bis sich unsere Gesichter ganz nahe sind. Dann presst sie ihren Mund auf meinen und ich schmecke plötzlich Carmens Sperma in Claires Mundhöhle. Noch vor wenigen Tagen hätte mich die Vorstellung angeekelt, eine Frau zu küssen, die eben den Samen eines Mannes – egal ob meinen oder den eines anderen – in sich aufgenommen hat. Doch derartige Tabus haben jetzt keine Bedeutung mehr für mich. Ich genieße Claires Zunge, Claires Lippen und den leicht salzigen Nachgeschmack von Carmens Lust.

Als sich Claires Lippen von meinen lösen, sehe ich Isabelles schmollendes Gesicht vor mir.

»Und was ist mit mir?«, will sie herausfordernd wissen. Ich küsse sie, doch sie entzieht sich mir und legt sich auf die

Couch. Mit weit gespreizten Schenkeln präsentiert sie mir ihre feuchte Spalte.

»Los! Ich will fühlen, dass ich noch lebe!«

Meine Männlichkeit ist längst wieder hart und einsatzbereit. Ich stehe auf und lege mich zu Isabelle auf die Couch. Ihre Schenkel umschließen meine Hüften, ich spüre ihren heißen Körper unter meinem und mein pochender Schwanz findet seinen Weg von ganz allein in die feuchte, warme Höhle. Und dann vergesse ich Carmen und Claire, vergesse alles um mich herum. Für mich existiert nur noch Isabelle, ihre Wärme, ihr bebender Körper, ihr süßes, engelsgleiches Gesicht, ihre weichen Lippen, ihre strahlend blauen Augen. Ich versinke in dem leidenschaftlichen Kuss, den wir teilen, in ihrem heiseren Stöhnen, im Strudel ihrer Bewegungen und Berührungen. Ich spüre, wie ihre Bauchmuskeln sich unter mir zusammenziehen, wie sie sich verkrampft und kontrahiert, wie eine Welle der Ekstase nach der anderen durch ihren gesamten Körper läuft. Ich ficke sie weiter, treibe sie von einem Höhepunkt zum nächsten, bis ich spüre, dass auch mein Orgasmus unaufhaltsam heranstürmt. Ich explodiere in ihrer zuckenden Lustgrotte, spritze mein Sperma in kräftigen Schüben in die enge, feuchte Spalte und fühle mich dabei, als würde ich mich ganz und gar in ihr auflösen, mich mit ihr vereinigen.

Isabelle und ich sind eins, als wir auf der Couch liegen und langsam in einen glücklich zufriedenen Dämmerzustand abgleiten. Nur entfernt, wie durch eine Watteschicht, die uns einhüllt, spüre ich Claires und Carmens Berührungen auf meinem Körper, merke, wie jemand mich in den Nacken küsst und uns dann allein lässt, damit wir unsere Zweisamkeit genießen können.

30. Juni

Wir bemühten uns auch weiterhin, die unangenehmen Ereignisse der letzten Tage zu vergessen. Isabelle hatte sich für eine Woche krankgemeldet. Sie sagte scherzhaft, dass ihr auch keine andere Wahl bliebe. Ihr Chef würde sie hochkant aus dem Institut werfen, wenn sie jetzt dort auftauchen würde. Also genossen wir die gemeinsame Zeit. Ich durchwanderte mit Isabelle die Stadt und ließ mir von ihr Sehenswürdigkeiten zeigen, die in keinem Reiseführer standen: enge, verwinkelte Gassen, kleine, versteckte Gärten, hinter hohen Mauern vor beiläufigen Blicken verborgen, urige ebenso wie ultramoderne Bars und Kneipen, die hinter unscheinbaren Fassaden warteten. Aber wir trabten auch auf den ausgetretenen Touristenpfaden, erklommen den *Montjuic* und erkundeten den *Park Güell,* warteten eine Stunde lang in der Schlange vor der *Sagrada Familia,* um die berühmteste Baustelle Europas von innen bewundern zu können, und besichtigten die berühmten Wohnhäuser des Architekten Antoni Gaudí.

Wenn wir zu Hause waren, lebten wir unsere Lust aus, gemeinsam mit Claire und Carmen, mal zu zweit, mal zu dritt, mal zu viert. Wir trieben es morgens, mittags, abends und nachts, wild, leidenschaftlich und tabulos. Es schien mir, als wollte vor allem Isabelle durch exzessives Ausleben ihrer Leidenschaft vergessen, dass es jemals etwas anderes gegeben hatte, als diese glücklichen Tage, die wir zu viert verbringen durften. In ihrem Drang, sich sexuell auszutoben, erreichte sie fast so nymphomane Züge wie die unersättliche Claire.

***

Heute Nachmittag erhielt unsere ausgelassene Stimmung allerdings einen erheblichen Dämpfer, als wir aus heiterem Himmel daran erinnert wurden, dass die Welt eben nicht nur aus uns vieren bestand.

Isabelle und ich hatten nach einem ausgiebigen Spaziergang durch das gotische Viertel im Außenbereich eines kleinen Cafés die Sonne genossen. Bevor wir uns in Richtung Hafen aufmachen wollten, verschwand ich kurz auf die Toilette, während Isabelle draußen auf mich wartete.

Als ich zurückkam, bot sich mir ein Anblick, der wirkte, als hätte man mir einen Schlag ins Gesicht verpasst: Isabelle stand einige Meter weiter an die Hauswand gedrängt. Vor ihr ragte die große, breite Gestalt von Alex auf und hielt sie am Arm gepackt.

»Warum hast du mich bei den Bullen angeschwärzt?«, hörte ich ihn gerade wütend knurren. »Wie konntest du mir das antun, he?«

Isabelle hatte keine Möglichkeit zu antworten, weil ich in diesem Moment meine Schreckensstarre ablegte und auf die beiden zustürmte.

»He!«, rief ich. »Lass sie sofort los!«

Alex drehte sich zu mir um. »Was willst du denn, Kleiner?«

Ich spürte, wie ohnmächtige Wut in mir aufflammte. Alles in mir drängte darauf, mich auf ihn zu stürzen. Ich wollte ihm wehtun, ihm heimzahlen, was er meiner Isabelle angetan hatte, dafür sorgen, dass er es bereute und nie wieder tun würde. Ein Rest Selbsterhaltungstrieb, den meine Wut noch nicht verdrängt hatte, hielt mich zurück.

»Lass sie los, du Dreckskerl!«, zischte ich daher nur und öffnete und schloss dabei unwillkürlich meine Fäuste. »Oder ich rufe die Polizei!« Ich nickte. »Ja, das ist eine gute Idee. Ich rufe die Polizei, damit sie dich einlochen kann für das, was du getan hast!«

Ich holte mein Handy aus der Hosentasche und wollte die Notrufnummer wählen, doch Isabelles Stimme hielt mich zurück.

»Nein, Marc«, sagte sie leise. »Bitte nicht.«

Alex trat einen Schritt zurück und funkelte mich böse an. »Was hast du für ein Problem mit mir, Kleiner?«

»Das fragst du noch, nach all dem, was du ihr angetan hast?«, fauchte ich.

»Ich hab ihr gar nichts …«, setzte Alex an, doch ich wollte seine Ausflüchte nicht hören.

»Verschwinde!«, rief ich. »Verschwinde und hör auf, uns zu belästigen! Wenn du dich noch einmal blicken lässt, dann schwöre ich dir, ich werde die Polizei rufen! Hau ab!«

Einen Moment lang glaubte ich, Alex würde sich lieber mit mir prügeln wollen als nachzugeben. Doch dann warf er einen Blick auf Isabelle, drehte sich um und ging davon.

Isabelle und ich setzten unseren Spaziergang fort, doch die unbeschwerte Stimmung war verflogen.

Als Isabelle an diesem Abend zu mir unter die Bettdecke kroch, wusste ich, dass sie heute keinen Sex suchte. Sie rollte sich neben mir in Embryonalstellung zusammen und schloss ihre Augen. Ich schmiegte mich von hinten an sie und hielt sie fest umklammert, während ihr Atem ruhig und gleichmäßig wurde und sie schließlich in das Reich der Träume glitt.

***

So liegt sie jetzt immer noch neben mir, während ich dies hier schreibe. Ich spüre ihre warme Haut an meiner, ihren Rücken, ihren Po. Ich bewundere den friedlichen Ausdruck auf ihrem schlafenden Gesicht und hoffe, dass auch ihre Träume friedlich sind. Wir haben kein Wort über den Vorfall am Nachmittag verloren, aber natürlich weiß ich, wie sehr sie das beschäftigt. Genauso wie es mich beschäftigt. Wie ich sie so liegen und schlafen sehe, kann ich die Frage nicht verdrängen, was passiert, wenn Alex uns nicht in Ruhe lässt. Was kann ich tun, um Isabelle zu beschützen? Mir wird übel bei der Vorstellung, dass dieser Kerl sie erneut in die Finger kriegen könnte, und ich fühle mich zugleich ohnmächtig und hilflos, weil ich nicht weiß, was ich dagegen machen kann.

Tief in meinem Inneren ahne ich, dass es nur eines gibt, was ich tun kann: Ich kann für Isabelle da sein, wenn sie mich braucht. Und das werde ich, schwöre ich mir stumm. Immer.

1. Juli

Am Morgen ließ sich Isabelle nicht anmerken, dass sie die Begegnung mit Alex vom Vortag beunruhigte. Ich wusste, dass sie sich Sorgen machte, doch nach außen hin war sie gut gelaunt und ausgelassen wie an den Tagen zuvor. Schon beim Frühstück vernaschte sie Carmen und zog später am Nachmittag Claire und mich in ihr Bett. Als sie vorschlug, in die Disco zu gehen, waren wir anderen sofort einverstanden. Wir tranken einige Cocktails und tanzten ausgelassen und wild zu den heißen Rhythmen des DJs.

Während Isabelle und ich größtenteils für uns blieben, war Claire, kaum dass sie die Tanzfläche betrat, von einem ganzen Schwarm junger Männer umgeben. Claire ließ sich diese Aufmerksamkeit wohl gefallen, suchte immer wieder Körperkontakt zu einzelnen Männern und fasste auch schon mal dem einem oder anderen Typen geradewegs zwischen die Beine, um zu ertasten, was er so anzubieten hatte. Männer, die ihr gefielen, zog sie an sich und küsste sie, Männer, die ihren Ansprüchen nicht genügten, ließ sie einfach stehen.

Im Laufe des Abends hatte sie schließlich fünf gut aussehende, junge Männer um sich geschart, die fortan immer in ihrer Nähe blieben und sie nicht aus den Augen ließen. Irgendwann deutete sie nacheinander auf die fünf Männer.

»Du, du, du, du und du – kommt mit!«

Claire verließ mit ihren Verehrern die Disco und Isabelle, Carmen und ich schlossen uns an. Mir wurde klar, dass die

Französin tatsächlich vorhatte, die fünf Kerle mit in unsere Wohnung zu nehmen. Ein wenig befremdlich fand ich das zwar schon, doch gleichzeitig war ich neugierig darauf, was Claire mit ihnen anstellen würde. Als einige der Männer auch Isabelle begehrliche Blicke zuwarfen, legte ich meinen Arm um sie und zog sie enger zu mir heran. Die Männer verstanden die Geste und blieben auf Abstand.

***

Zu Hause angekommen, schoben wir im Wohnzimmer Sofas und Tisch beiseite, um genügend Platz zu haben. Während Isabelle, Carmen und ich auf der Couch Platz nahmen, baute sich Claire vor den Männern auf.

»Ausziehen!«, befahl sie.

Die Männer befolgten ihre Anweisung und stiegen aus ihren Klamotten. Mit einem offensichtlich zufriedenen Gesichtsausdruck musterte Claire ihre fünf Spielzeuge, die nackt mit halb erigierten Penissen vor ihr standen. Claire sagte einige spanische Sätze, woraufhin die Männer gehorsam nickten.

Isabelle beugte sich zu mir herüber. »Sie sagt, dass sie nur eine einzige Regel hat: Wenn die Männer kommen, sollen sie in ihren Mund spritzen. Wer nur einen Tropfen daneben gehen lässt, fliegt sofort raus.«

Ich musste grinsen. Ja, das klang ganz nach Claire.

Mit einer einladenden Geste winkte Claire die Männer zu sich. Sie umringten die schöne Französin, küssten sie, entkleideten sie und berührten sie überall. Ihre Hände erkundeten ihre schönen Brüste, ihren knackigen Po, ihre Schenkel und ihre heiße Spalte. Claire griff mit jeder Hand nach je einem Schwanz und massierte beide. Dann ging sie auf die Knie, leckte einmal an jedem der fünf harten Riemen und ließ dann einen von ihnen in ihrem gierigen Mund verschwinden, während sie zwei weitere wichste.

Plötzlich stand Carmen neben uns auf, ließ ihre kurzen Shorts und ihr Top zu Boden gleiten und trat nur in Dessous auf die Gruppe zu. Nach einem kurzen fragenden Blick zu Claire, die stumm nickte, ging auch Carmen auf die Knie und übernahm es, zwei der Männer zu verwöhnen.

Einer der drei Kerle, die rund um Claire standen, legte sich jetzt mit dem Rücken auf den Boden, streifte sich ein Gummi über und zog Claire zu sich. Claire nahm bereitwillig auf seinem Schoß Platz und versenkte seine harte Lanze tief in ihrer Muschi. Während sie ihn ritt, blies sie weiter abwechselnd die anderen beiden Schwänze. Carmen bot indes einem der Männer ihren knackigen Hintern an, indem sie ihren String beiseiteschob. Sie lutschte den Schwanz des anderen Mannes, während der erste begann, sie in den Arsch zu ficken.

Ein lautes Stöhnen und Keuchen erfüllte den Raum, als die beiden Mädchen die fünf Kerle vernaschten. Ein Mann nach dem anderen durfte Claires Fotze und Carmens Poloch beackern, während ihre Münder und Hände unaufhörlich arbeiteten und sie ihrerseits ständig tastende Hände auf ihren Körpern spürten. Unermüdlich brachten die hämmernden Schwänze und die fordernden Finger die beiden Mädchen laut stöhnend von einem Höhepunkt zum anderen, angefeuert durch Claires französische Ausrufe. Wenn es einer der Männer nicht mehr aushielt und seinen eigenen Orgasmus nicht weiter hinauszögern konnte, hielt er sich strikt an Claires Regeln, schob seinen Schwanz zwischen ihre gierigen Lippen und entließ dort seine Ladung.

Isabelle saß während der gesamten Zeit auf meinem Schoß und beobachtete mit mir die heiße Szene. Ich hatte eine Hand zwischen ihre Beine geschoben und streichelte ihre feuchte Spalte, während sie meinen Reißverschluss geöffnet hatte und meinen harten Schwanz wichste. Doch keiner von uns machte

Anstalten, sich der Gruppe anzuschließen oder miteinander Sex zu haben. Wir hatten beide das Gefühl, dass dieses wilde Ficken, das die anderen da veranstalteten, einfach zu weit weg war von unserer zärtlichen Intimität, als dass wir beides miteinander vermischen wollten.

Schließlich hatte selbst Claire genug. Sie stieg von dem Mann herunter, den sie soeben zugeritten hatte, kniete sich aufrecht hin und winkte die Männer zu sich. Unterstützt von Claires erfahrenen Lippen und Händen wichsten sich alle fünf Hengste noch einmal bis zum Orgasmus. Einer nach dem anderen ergoss sich stöhnend in Claires Mund. Schlussendlich zog auch Carmen ihren Slip herunter, der bislang ihren Schwanz verborgen hatte, und ließ ihn sich ebenfalls von Claire lutschen. Die Männer machten erstaunte Gesichter, aber ließen sich sonst nichts anmerken. Sie waren entweder zu abgebrüht oder zu aufgegeilt, um sich daran zu stören, dass eines der Mädchen, mit denen sie sich soeben vergnügt hatten, gar kein Mädchen war. Schließlich kam auch Carmen in Claires Mund. Claire erhob sich, küsste Carmen lange und leidenschaftlich. Dann wandte sie sich wieder den Männern zu.

»Merci«, sagte sie lächelnd. »Ihr könnt jetzt gehen.«

Noch ehe sich die Männer verabschiedet hatten, stand Isabelle auf, streckte mir ihre Hand entgegen und zog mich auf ihr Zimmer. Wir kuschelten uns unter der Bettdecke aneinander und ich fühlte, wie sehr sie sich nach meiner Nähe und meiner Zärtlichkeit sehnte. Wir schmiegten uns aneinander und versuchten, von Kopf bis zu den Zehenspitzen eins zu werden, während ich in sie eindrang und mich langsam in ihr bewegte. Ich weiß nicht mehr, wie lange es dauerte, aber ich erinnere mich daran, wie wir beide gleichzeitig zum Orgasmus kamen und danach eng umschlungen einschliefen.

9. Juli

Eine weitere wunderschöne, glückliche Woche war uns vieren vergönnt, eine Woche voller Sex, voller Leidenschaft, voller Zärtlichkeit, voller prickelnder Erotik, voller ekstatischer Höhepunkte.

Dann brach meine letzte Woche in Barcelona an und gleichzeitig Isabelles erster Arbeitstag seit ihrem Krankenhausaufenthalt.

Sie verabschiedete sich an der Wohnungstür mit einem langen Kuss von mir.

»Soll ich nicht mitgehen?«, fragte ich wahrscheinlich zum hundertsten Mal.

Und zum hundertsten Mal schüttelte sie den Kopf. »Ich finde den Weg schon allein.«

Diesmal wollte ich mich nicht abwimmeln lassen. Trotz all der Unbeschwertheit der letzten Tage hatte ich doch stets darauf geachtet, in Isabelles Nähe zu bleiben. Zu keinem Zeitpunkt hatte ich sie allein gelassen. Und jetzt musste ich unsere unausgesprochene Abmachung, nicht über dieses Thema zu reden, brechen. Ich fasste sie an den Schultern.

»Ich mache mir doch nur Sorgen um dich. Da draußen ist ein Verrückter, der dich betäubt und versucht hat, dich umzubringen. Was ist, wenn er es wieder versucht?« Nur aus Rücksicht auf Isabelles Gefühle verzichtete ich darauf, Alex' Namen zu nennen.

Isabelle lächelte, aber ich sah doch den besorgten Ausdruck ihrer blauen Augen. »Ich bin kein Kind mehr«, sagte sie. »Und ich kann nicht ewig Angst haben. Ich möchte mein Leben leben, ohne mich ständig fragen zu müssen, ob mir jemand auflauern könnte.«

Ich seufzte, gab mich aber dann geschlagen. »Na schön. Aber du trägst dein Handy immer bei dir. Wenn irgendetwas Seltsames geschieht, ruf mich an.«

»Was soll denn Seltsames geschehen?«, wollte Isabelle wissen.

Ich zuckte mit den Schultern. Meine Fantasie lieferte mir mehr Antworten auf Isabelles Frage, als mir lieb sein konnte, doch ich wollte keine davon laut aussprechen.

Stattdessen küsste ich sie noch einmal. »Pass einfach auf dich auf.«

Sie nickte lächelnd. »Bis heute Abend, mein Süßer.« Mit diesen Worten trat sie auf den Hausflur hinaus und ließ mich mit meinen Sorgen allein.

***

Um mich von den irrationalen Ängsten, die mich heimsuchten, abzulenken, beschloss ich, einen längeren Ausflug zu machen. Ich warf einen Blick auf den Stadtplan in meinem Reiseführer und wählte einen Stadtteil, den ich bisher noch nicht besucht hatte. Fünfzehn Minuten später saß ich in der Metro, die mich zu meinem Ziel brachte.

Ich wanderte mehrere Stunden durch die Straßen, ohne meiner Umgebung übermäßige Beachtung zu schenken. Um die Mittagszeit suchte ich mir ein kleines Straßencafé, um etwas zu essen, ehe ich meine ruhelose Erkundung fortsetzte. Am späten Nachmittag machte ich mich auf den Rückweg. Isabelle müsste jetzt bald nach Hause kommen und ich wollte sie an der Wohnungstür empfangen.

Als ich die Wohnung betrat, hörte ich leises, unterdrücktes Stöhnen sowie Claires Stimme, die etwas auf Französisch rief. Unwillkürlich kam mir sofort der Tag in den Sinn, an dem ich Claire mit Alex im Wohnzimmer ertappt hatte. Mit einem beunruhigten Grummeln in der Magengegend durchquerte ich mit wenigen Schritten den Wohnungsflur und erreichte das Wohnzimmer. Über der Rückenlehne der Couch sah ich Claires Oberkörper aufragen, der sich in stetigem Rhythmus vor und zurück bewegte. Claires Gesicht war vor Erregung verzerrt und sie stöhnte laut.

Ich trat direkt an die Couch heran, um über die Rückenlehne hinwegsehen zu können. Unter Claire lag natürlich nicht Alex, sondern Carmen. Sie hatte ihre Hände um Claires Hüften gelegt und unterstützte die Bewegungen ihrer Freundin durch leichte Stöße von unten.

Jetzt erst bemerkte mich Claire und wandte mir ihr Gesicht zu. »Hallo, mein Hengst!«, begrüßte sie mich. »Du kommst genau richtig, wir können hier noch einen zweiten Schwanz gebrauchen.«

»Ist Isabelle schon da?«, fragte ich und ignorierte ihre Einladung.

Claire schüttelte den Kopf. »He! Nicht aufhören!«, rief sie Carmen zu.

Ich runzelte meine Stirn. »Sie müsste eigentlich jeden Moment auftauchen …«

»Du kannst dich doch genauso gut nützlich machen, während du wartest, oder?«, fragte Claire, griff nach dem Bund meiner Hose und zog mich näher. Ihre Hand legte sich in meinen Schritt und massierte mein bestes Stück durch den Stoff meiner Hose.

»Lass das, Claire, ich habe jetzt keine Lust«, wehrte ich ab.

Aber Claire hatte meine Hose bereits ein Stück weit heruntergezogen und mein bestes Stück befreit.

»Dein Freund sieht das wohl anders«, stellte sie zufrieden fest.

Ich blickte hinab zu meinem Schwanz, der in ihrer Hand wuchs und hart wurde.

»Verräter«, brummte ich, musste aber doch lächeln. Warum eigentlich nicht? Warum sollte ich nicht etwas Spaß haben?

Claire öffnete gierig ihren Mund und ließ meinen halbsteifen Penis vollständig zwischen ihren Lippen verschwinden. Ich stöhnte genüsslich auf ...

***

Als es vorbei war, kämpfte ich mich mühsam unter den Körpern von Claire und Carmen hervor, die erschöpft und schwer atmend auf mir lagen.

»Wie spät ist es?«, wollte ich wissen und fischte mit einer Hand nach meiner Armbanduhr, die irgendwo auf dem Wohnzimmertisch lag.

»Es ist zu früh, um aufzuhören«, murmelte Claire. »Du hast doch bestimmt noch Kraft für eine weitere Runde, oder?«

Ich hatte meine Armbanduhr inzwischen in die Finger bekommen und sah auf das Ziffernblatt. Erschrocken schob ich Carmens Kopf von meiner Brust und setzte mich auf. »Isabelle hätte vor mindestens einer Stunde hiersein sollen!«

»Beruhig dich«, sagte Claire, kam aber ebenfalls in die Höhe. »Vermutlich wurde sie aufgehalten. Sie hat ständig irgendwelche Besprechungen oder besonders wichtige Messungen oder sonst was.«

Aber ich wollte mich nicht beschwichtigen lassen. Ich stand auf, angelte mir meine Shorts und holte mein Handy heraus. Ich wählte zunächst die Nummer des Büros, in dem Isabelle und ihre Kollegen ihre Schreibplätze hatten. Eine ihrer Kolleginnen versicherte mir, dass Isabelle sich bereits vor etwa zwei Stunden von ihr verabschiedet hatte und nach Hause gehen wollte. Als nächstes rief ich auf Isabelles Handy an. Eine Computerstimme erklärte mir in mehreren Sprachen, dass der gewählte Teilnehmer vorübergehend nicht erreichbar sei.

»Vielleicht ist sie bei Steffi«, vermutete Carmen und blinzelte nervös. Meine eigene Unruhe begann, sich auf die Mädchen zu übertragen.

Ich kannte Isabelles Freundin nur vom Namen her. »Hast du ihre Nummer?«

Carmen nickte, holte ihr eigenes Mobiltelefon hervor, wählte und reichte es mir. Eine Minute und ein kurzes Gespräch später legte ich wieder auf und war noch unruhiger als zuvor.

»Fehlanzeige«, teilte ich den beiden anderen mit.

Carmen zuckte mit den Schultern. »Dann weiß ich auch nicht. Sie hat außer ihren Kollegen und uns nicht viele Freunde, mit denen sie sich öfter mal trifft.«

Mich hielt es nicht auf der Couch. Ich stand auf und tigerte einige Male auf und ab. Dann sammelte ich meine restlichen Kleidungsstücke zusammen und zog mich an.

»Was hast du vor?«, wollte Claire wissen.

»Ich werde ihren Heimweg abgehen«, erklärte ich. »Und im Institut und in der Bibliothek nachsehen.«

Claire hob ihre Augenbrauen. »Was glaubst du, was passiert ist? Dass sie irgendwo am Straßenrand liegt? Wir sind hier in einer Großstadt, nicht irgendwo auf dem Land. Hier kommen ständig Leute vorbei.«

»Das weiß ich«, presste ich zwischen den Zähnen hervor. »Aber ich kann hier nicht einfach tatenlos herumsitzen.«

Claire nickte. »Also schön. Ich komme mit. Dann siehst du nicht ganz so wie ein verzweifelte Irrer aus, wenn du am Strand entlangrennst.«

Ich wartete ungeduldig an der Tür, während Claire sich anzog. »Carmen, bleibst du bitte hier?«, fragte ich. »Wenn Isabelle kommt, ruf uns an, ja?«

Carmen nickte und kaute auf ihrer Unterlippe herum.

Endlich war Claire fertig. Wir fuhren mit dem Aufzug nach unten und traten auf die Straße. Dort hakte sich Claire bei mir unter und ließ sich von meinen ungeduldigen Schritten in Richtung Strand ziehen.

Natürlich verlief unser Marsch über die Strandpromenade völlig ergebnislos. Als wir anschließend durch sämtliche Räume von Isabelles Arbeitsgruppe streiften, ernteten wir nichts als fragende Blicke der Mitarbeiter, die noch da waren, sowie die Bestätigung, dass Isabelle das Institut schon längst verlassen hatte. In der Bibliothek war sie ebenfalls nicht. Mit jedem Ort, den wir aufsuchten, ohne eine Spur von Isabelle zu entdecken, wurde ich unruhiger und nervöser.

»Was willst du jetzt tun?«, fragte Claire, als wir vor der Bibliothek in der Abenddämmerung standen.

»Wir rufen die Polizei an und melden sie als vermisst.«

Claire schüttelte den Kopf. »Dafür ist es noch zu früh. Sie ist doch erst ein paar Stunden weg, da macht die Polizei noch gar nichts.«

Ich biss mir nervös auf meine Unterlippe. Es mochte sein, dass Claire recht hatte. Vage geisterte in meinem Inneren die Information herum, dass die Polizei erst 24 Stunden nach dem Verschwinden einer Person aktiv wurde. Aber ich hatte keine Ahnung, ob das der Wahrheit entsprach oder nur der Fantasie von Krimiautoren entsprang.

»Wir müssen aber doch etwas tun!«, rief ich verzweifelt.

»Marc, es gibt ein Dutzend harmloser Erklärungen, warum wir sie nicht finden können …«

Ich schüttelte aufgeregt den Kopf. Nein. Ich ahnte, ich wusste, dass irgendwas nicht stimmte, und nicht zu wissen, was ich dagegen unternehmen konnte, machte mich beinahe wahnsinnig.

»Was, wenn Alex ihr aufgelauert hat?«, sprach ich meine Befürchtungen laut aus.

Claire verdrehte ihre Augen. »Denkst du nicht, dass deine Fixierung auf Alex langsam zu weit geht? Ja, ich weiß, er sieht wild aus und kann manchmal etwas grob sein, aber er ist kein …«

»Kein *was?*«, unterbrach ich heftig. »Kein *Mörder?* Wolltest du *das* sagen? Genau das hat er nämlich versucht, als er sie bewusstlos in der Wohnung liegengelassen und das Gas aufgedreht hat. Er hat versucht, sie umzubringen!«

»Wir wissen nicht, ob er es war«, wandte Claire ein. »Isabelle war … ist überzeugt, dass er unschuldig ist.«

Ich tat diesen Einwand mit einer unwirschen Handbewegung ab. »Irgendwer hat versucht, sie umzubringen! Und langsam frage ich mich, warum ich anscheinend der Einzige bin, der Angst hat, dass er es wieder versuchen könnte!«

Ich merkte Claire an, wie sehr meine Worte sie beunruhigten. Sie sammelte sich kurz. »Also schön«, sagte sie dann. »Du hast es geschafft, jetzt mache ich mir auch Sorgen. Aber lass uns bitte erst nach Hause gehen, ja? Warte noch ein wenig.« Sie versuchte vergeblich, optimistisch zu klingen. »Vielleicht ist sie jetzt gerade auf dem Weg nach Hause.«

Mir war klar, dass dem nicht so war. Dennoch nickte ich und ließ mich von Claire den Weg am Strand entlang zurückführen.

Als wir die Wohnung betraten, wartete Carmen nervös auf uns. »Und?«, wollte sie wissen.

Ich schüttelte nur stumm den Kopf und Claire sagte: »Nichts.«

Wir gingen langsam ins Wohnzimmer. Ich ließ mich erschöpft auf eine Couch fallen und wollte mir soeben die Schuhe ausziehen, als es plötzlich an der Wohnungstür klingelte.

Mit einem Ruck schnellte ich in die Höhe und eilte durch den Wohnungsflur. Ich riss die Tür auf und sah – niemanden. Das Treppenhaus lag verlassen da. Abwesend registrierte ich, dass der Aufzug auf dem Weg nach unten war. Ich machte einen Schritt nach vorn und hielt inne, als zu meinen Füßen etwas raschelte. Ich hob meinen Fuß und sah ein Stück Papier, auf das ich soeben getreten war. Ich bückte mich, hob das Blatt auf und entfaltete es. Darauf fand ich nur zwei Zeilen in englischer Sprache geschrieben: »Hol sie dir, wenn du sie haben willst. Komm allein.«

Darunter stand eine Adresse.

Ich starrte auf die Worte hinab, die vor meinen Augen zu verschwimmen begannen. Es gab keinen Hinweis auf dem Zettel, was mit »sie« gemeint war, aber das war auch gar nicht nötig. Es konnte sich nur um Isabelle handeln. Mit einem Mal sah ich all meine Befürchtungen bestätigt. Er hatte sie in seiner Gewalt. Ich fühlte, wie meine Beine unter mir nachzugeben drohten. Mein Kopf fühlte sich wie leergefegt an und ich wusste tatsächlich nicht, was ich tun, nicht einmal, was ich denken sollte.

Claire erschien neben mir. »Was ist?«, wollte sie wissen. Wortlos und ohne sie anzublicken gab ich ihr das Papier. Ich sah, wie ihr Gesicht bleich wurde und sie eine Hand zum Mund riss, um einen erschrockenen Schrei zu unterdrücken. »Was … wie …?«, stammelte sie hilflos.

Es war, als würde ihre Unsicherheit mir selbst wieder Kraft geben. Mit einem Mal sah ich klar vor mir, was zu tun war.

»Kennst du die Adresse?«, fragte ich.

»Was? Äh …«

»Die Adresse!«, wiederholte ich barsch.

Claire nickte. »Ja, das ist ganz in der Nähe. Einfach unsere Straße stadtauswärts und bei der dritten Kreuzung nach links.«

»Gut«, erwiderte ich und klopfte auf meine Hosentasche, um sicherzugehen, dass ich mein Handy bei mir hatte. »Ich geh dahin.«

»Was?«, fragte Claire entsetzt. »Aber du kannst nicht … das ist gefährlich!«

»Das weiß ich.« Ich atmete tief durch. »Ich muss das tun. Wenn ich mich in einer Stunde nicht melde, dann ruf die Polizei und schick sie zu dieser Adresse. Aber nicht vorher, verstanden? Mach ihnen klar …«, ich musste mich unterbrechen und schwer schlucken, ehe ich weitersprechen konnte, »mach ihnen klar, dass es sich um eine Geiselnahme handeln könnte.«

Claire sah mich immer noch mit einem verzweifelten und verwirrten Gesichtsausdruck an und wusste offensichtlich nicht, was sie sagen oder tun sollte. Schließlich streckte sie sich mir entgegen, um mir einen raschen Kuss auf die Wange zu geben. »Viel Glück!«

»Danke.«

Ich eilte die Treppenstufen hinunter. Ich war viel zu aufgeregt, um auf den Fahrstuhl zu warten. Als ich die Straße erreicht hatte, wandte ich mich in die Richtung, die mir Claire beschrieben hatte, und marschierte eilig los.

Ich hatte nicht wirklich einen Plan, was ich tun wollte, wenn ich die genannte Adresse erreichte. Das einzige, was ich wusste, war, dass ich Isabelle auf gar keinen Fall in den Händen dieses Irren lassen wollte. Ich musste alles tun, um ihr zu helfen.

Ich war so mit meinen eigenen Gedanken beschäftigt, dass ich erst nach einem Häuserblock bemerkte, was mir meine

Augen schon seit einigen Minuten verzweifelt mitzuteilen versuchten. Ich runzelte die Stirn und blickte nach vorn. Einige Meter vor mir schritt eine Gestalt, die mir vertraut vorkam … Mein Gehirn brauchte ein paar Sekunden, um zu erkennen, um wen es sich handeln musste. Die große, massige Gestalt, die lange blonde Mähne und dieser bescheuerte Hut – Alex!

Ich spürte, wie mir das Herz bis zum Hals pochte und hörte mein Blut in meinen Adern rauschen. Ich hatte also doch von Anfang an recht gehabt! Alex hatte Isabelle entführt, weil er es nicht ertrug, dass sie ihn verließ. Er hatte die Nachricht auf unsere Türschwelle gelegt und jetzt war er auf dem Weg zurück zu ihr! Mein Instinkt drängte mich, loszurennen und ihn zu stellen, jetzt und hier. Eine andere Kraft versuchte verzweifelt, mich zur Flucht zu bewegen. Ich musste mich beherrschen, ruhig weiterzugehen. Alex würde mich zu seinem Versteck führen. Und dann musste ich mir etwas einfallen lassen, um ihn zu überlisten. Er war ohne Zweifel stärker als ich, aber ich war ziemlich sicher, dass ich schlauer war.

Nach wenigen Minuten erreichten wir die Kreuzung, die Claire beschrieben hatte, und ich fand auf einem Straßenschild den Namen der Straße wieder, der auf dem Zettel gestanden hatte. Alex wandte sich nach links und blieb bereits nach etwa hundert Metern stehen. Ich presste mich rasch in einen Hauseingang und spähte vorsichtig um die Ecke.

Alex stand vor einem alten, halb zerfallenen Lagerhaus. Das musste die richtige Adresse sein. Der Hüne ging einige Schritte an dem Haus entlang, öffnete dann eine morsche Holztür und betrat das Haus. Ich verließ rasch mein Versteck und eilte zu dem Eingang.

Im Inneren des Lagerhauses roch es modrig. Es war so düster, dass ich kaum sah, wohin ich ging. Draußen spendeten die letzten Strahlen der untergehenden Sonne schwaches Licht, doch durch die milchigen Scheiben der Fenster drang so gut wie kein Sonnenlicht ins Innere. An beiden Wänden des Korridors, durch den ich schritt, stapelte sich Gerümpel, ohne dass ich Details erkennen konnte. Ich bemühte mich, meine Augen schnell an die Dunkelheit zu gewöhnen und tastete mich langsam vorwärts, um nicht irgendwo gegenzustoßen und mich zu verraten. Ich konnte ihn nicht sehen, doch ich wusste, dass Alex sich irgendwo vor mir befinden musste. Alle Türen, die von dem Korridor abgingen, waren mit Möbeln und Müll verbarrikadiert.

Während ich langsam weiterging, konnte ich nach und nach mehr erkennen. Offensichtlich gewöhnte ich mich an die Düsternis – oder nicht? War da nicht ein schwacher Lichtschein vor mir? Nach einigen weiteren Schritten war ich mir sicher. Flackerndes Licht, wie von einem Feuer, drang aus einer Türöffnung. Gegen das Licht zeichnete sich vor mir jetzt auch Alex' massiger Körperumriss ab, der sich einige Meter voraus ebenso vorsichtig und langsam bewegte wie ich.

An der Öffnung, durch die der Lichtschein drang, blieb Alex stehen. Bemüht, kein Geräusch zu machen, schlich ich mich vorsichtig Schritt für Schritt näher und verkürzte den Abstand zwischen uns auf wenige Meter.

Nach einigem Zögern trat Alex durch die Tür.

Ich streckte meinen Kopf um die Ecke und versuchte zu erkennen, was vor mir lag. Alex schob sich behutsam durch einen weiteren engen Flur, der sich in einigen Metern Entfernung zu einem größeren Raum zu öffnen schien.

Ich wischte mir die schweißnassen Handinnenflächen an meiner Hose ab. Mein Herz pochte so unerhört laut, dass ich mir beinahe sicher war, dass Alex es hören musste. Das

Adrenalin rauschte durch meinen Körper und versetzte jeden Muskel in höchste Anspannung. Ich spürte, dass die Entscheidung unmittelbar bevorstand, woraus auch immer sie bestehen mochte.

Während ich weiterschlich, beobachtete ich ununterbrochen Alex, den ich immer besser erkennen konnte, je näher wir dem Lichtschein kamen. Ich musste meinen ersten Eindruck korrigieren: Der Korridor, den wir uns entlangbewegten, endete nicht in einem großen Raum. Kurz vor seinem Ende gab es drei breite Türöffnungen direkt hintereinander, die offensichtlich zum selben Raum führten, denn aus ihnen allen flackerte der unstete Schein des Lichts.

Ich erwartete, dass Alex durch eine der Türen treten würde. Doch er blieb lediglich vor der ersten stehen, spähte kurz hinein und ging dann weiter. Täuschte ich mich oder bemühte auch er sich, kein Geräusch zu verursachen? Wieso sollte er das tun, in seinem eigenen Versteck?

Alex ließ alle drei Türöffnungen hinter sich und blieb dann stehen. Der Flur endete in einer kleinen Kammer. Zögernd stand Alex vor der Öffnung und trat dann ein. Was er in dem kleinen Kabuff vorhatte, war mir ein Rätsel. Aber ich kümmerte mich auch nicht weiter darum. Mein Blick wurde von der Tür aus rostigem Eisengitter davor gefesselt. Rostig, ja, aber dennoch sahen die dicken Eisenstäbe stabil aus. Im flackernden Lichtschein aus den Türöffnungen konnte ich deutlich den eisernen Riegel sehen, mit dem man sie verschließen konnte.

Ich zögerte keine Sekunde. Mit vier langen Sätzen sprang ich auf die Tür zu. Alex, durch das Geräusch meiner Schritte aufgeschreckt, wirbelte herum, doch es war zu spät. Ich packte das Gitter und schlug die Tür krachend zu. Alex machte einen Schritt auf mich zu und prallte gegen das Gitter. Ich warf mich mit aller Kraft gegen die Tür, streckte einen Arm aus und verschloss den Riegel. Nur mit Mühe konnte ich mir verkneifen, ein triumphierendes »Hab ich dich!« auszurufen.

Alex streckte einen Arm durch das Gitter, doch der Riegel lag außerhalb seiner Reichweite. »He!«, polterte er empört. »Was soll denn das? Bist du verrückt geworden? Lass mich sofort raus!«

»Das könnte dir so passen!«, herrschte ich ihn an. »Wo ist Isabelle?«

»Das versuch ich grad rauszufinden.«

»Blödsinn!«, unterbrach ich ihn aufgebracht. »Wenn du ihr etwas angetan hast, dann …«

»Ich würde ihr niemals was antun! Ich liebe sie!«, brüllte Alex.

»Du hättest sie beinahe umgebracht mit dem Gas!«

»Was? Welches Gas denn?«, fragte Alex.

Dass er das Offensichtliche immer noch leugnete, ließ unbeschreiblichen Zorn in mir hochkochen. »Stell dich nicht dümmer als du bist. Als sie mit dir Schluss gemacht hat, hast du sie betäubt und das Gas aufgedreht. Du hast sie da zum Sterben liegenlassen!«

Selbst in der schummrigen Dunkelheit glaubte ich zu erkennen, wie Alex' Gesicht blasser wurde. »Was redest du denn da? Als ich gegangen bin, war sie gesund und munter. Klar, das hat mich total fertig gemacht, dass sie mich verlassen wollte, ich hab versucht, es ihr auszureden. Aber am Ende musste ich ihr einfach nur viel Glück wünschen und gehen.«

Ich wollte nichts mehr von seinen Ausflüchten hören. »Halt die Klappe! Ich werde jetzt die Polizei rufen, die freuen sich schon darauf, dich Drecksack einzulochen!«

Alex war mit einem Mal ganz ruhig und trat einen Schritt vom Gitter zurück. »Ja, Polizeirufen ist echt ne Spitzenidee. Du solltest dich aber vielleicht vorher mal kurz umdrehen.«

Ich bemerkte, dass er an mir vorbeiblickte. Ich runzelte die Stirn und fragte mich, ob das wohl ein Trick war, als ich hinter mir plötzlich eine andere Stimme hörte: »Hallo, Geliebter.«

Der Klang dieser Stimme war mir vertraut, doch war ich derart überrascht, sie zu hören, dass ich sie im ersten Moment nicht zuordnen konnte. Langsam drehte ich mich um. Durch die breiten, offenen Türflügel konnte ich in den Raum sehen, der von dem Flur abging. Ein Steinkreis mit einigen Holzlatten darin war zu einem kleinen Lagerfeuer umfunktioniert worden, das unruhiges Licht spendete. Am Rand des Lichtscheins saß auf einem einfachen Holzstuhl – Isabelle! Silbriges Klebeband verschloss ihr den Mund, weiteres Band fesselte sie an den Stuhl. Ihre Augen waren geschlossen. An ihrer Kehle spiegelte das blanke Metall einer Messerklinge die Flammen des Feuers wider. Und am anderen Ende des Messers …

»Maria«, flüsterte ich ungläubig.

Maria. Die schüchterne, kleine Maria, die sich in mich verguckt hatte. Die unschuldige Maria, die mich angefleht hatte, sie zur Frau zu machen. Die hartnäckige Maria – ich schnappte nach Luft, als die Erkenntnis langsam in mein Bewusstsein sickerte – die unbedingt mit mir zusammenleben wollte und die glaubte, dass nur Isabelle dem im Weg stehen würde.

»Maria, was …?« Meine Stimme versagte. Meine Kehle fühlte sich an, als wäre sie völlig ausgedörrt.

Maria presste das Messer an Isabelles Kehle. »Diese Schlampe hat geglaubt, sie könnte dich mir wegnehmen!«, rief sie mit kreischender Stimme. »Aber niemand kann das. Wir gehören zusammen!«

»Was?«, fragte ich völlig verwirrt. »Wovon redest du?«

»Ich liebe dich, Marc. Ich möchte mit dir leben und alt werden!«

»Aber *ich* nicht!«, widersprach ich.

Sie redete weiter, als hätte sie mich überhaupt nicht gehört. »Sie hat dich nicht verdient. Sie weiß gar nicht zu schätzen, was sie an dir hat. Sie ist eine dreckige kleine Hure. Sie hat dich betrogen, wusstest du das?«

»Isabelle hat mich nie betrogen«, sagte ich fest.

Maria lachte hysterisch auf. »Sie hat es mit dem da getrieben!«, rief sie und deutete auf Alex. »Und mit ihren verkommenen Mitbewohnerinnen. Und mit ihren Arbeitskollegen. Sogar mit den Studenten, die sich für ihre Experimente gemeldet haben.«

Ich nickte langsam. »Das weiß ich. Aber sie hat mich nie betrogen. Weil ich immer wusste, was sie tat. Weil ich damit einverstanden war.« Mein Blick zuckte kurz zu Alex. Damit, dass sie mit ihm geschlafen hatte, war ich ganz und gar nicht einverstanden gewesen. Aber das musste ich Maria ja nicht auf die Nase binden.

»Das ist jetzt vorbei!«, kreischte Maria und ihr Blick flackerte wild. »Sie gehört nicht zu dir, sondern *ich!*«

»Da hast du recht«, mischte sich plötzlich Alex' tiefe Stimme ein. »Isabelle gehört nicht zu ihm, sie gehört zu mir. Du weißt das. Deshalb hast du mich hierherbestellt, oder?«

Ich drehte mich verwirrt zu Alex um. »Dich?«

Alex nickte. »Sie hat mir eine Nachricht geschickt.« Er wandte sich wieder an Maria. »Überlass Isabelle mir. Ich werde sie mit mir nehmen. Die Bullen hier sind sowieso nicht gut auf mich zu sprechen. Ich werde mit ihr fortgehen, außer Landes, vielleicht sogar raus aus der EU. Ich werde mit ihr woanders ein neues Leben beginnen. Und du kannst mit Marc hier glücklich werden.«

Die Hand, in der Maria ihr Messer hielt, zitterte. Sie wirkte unsicher. »Ich trau dir nicht. Du willst mich verarschen.« Sie schüttelte den Kopf. »Nein, ich muss sichergehen. Ich muss es zu Ende bringen.«

»Nein!«, rief ich panisch.

»Das kannst du nicht tun!«, brüllte Alex.

»Warum nicht?«, fragte Maria herausfordernd.

»Weil du die Gute bist«, erwiderte ich. Es war das erste, was mir eingefallen war.

Maria legte verwirrt ihre Stirn in Falten. »Was?«

»Du bist die Gute in der Geschichte«, erklärte ich. »Du kannst nicht einfach so jemanden umbringen.«

Als ich das fanatische Flackern in Marias Augen sah, erkannte ich, dass ich falsch lag. Sie hatte es immerhin schon einmal versucht – wer sollte es auch sonst gewesen sein? Ich nagte an meiner Unterlippe. Was konnte ich tun? Was konnte ich sagen, um diese Irre zu überzeugen?

»Warst du schon mal im Gefängnis, Kleine?«, fragte Alex in die Stille hinein.

»Nein.«

»Ich schon«, sagte Alex. »Nicht nett dort. Ich will nie wieder dorthin zurück. Und du willst da sicher auch nicht hin, glaub mir. Wenn du sie tötest, dann werden sie dich jagen. Und wenn sie dich kriegen, werden sie dich bis zum Ende deiner Tage wegsperren. Du willst doch möglichst lange mit deinem Marc glücklich werden, oder?«

Maria nickte.

»Dann musst du unter dem Radar bleiben, Kleine. Glaub mir, ich weiß, wovon ich spreche. Lass mich raus und ich verschwinde mit Isabelle noch heute Nacht aus diesem Land. Niemand außer uns vieren hier weiß, was passiert ist. Niemand wird davon erfahren. Und die Bullen haben keinen Grund, sich einzumischen.«

Maria zögerte und schien mit sich selbst zu kämpfen. Dann wandte sie sich zu mir. »Geh zurück!«, befahl sie streng und fuchtelte mit ihrem Messer herum. »Dort rüber! Los!«

Ich bewegte mich langsam an der Wand entlang von dem Gitter weg.

»Bleib da stehen!«, befahl Maria. »Rühr dich nicht von der Stelle!« Sie packte Isabelles Stuhl an der Rückenlehne und zerrte ihn hinter sich her über den Betonboden. Eine solche Kraft hätte ich ihr gar nicht zugetraut. Isabelle blieb, wie während unseres gesamten Gesprächs, völlig regungslos. Maria musste sie betäubt haben. Sie stellte Isabelles Stuhl vor dem Gitter ab und trat zögernd heran.

»Du verschwindest und nimmst sie mit?«, vergewisserte sie sich.

Alex nickte.

»Und du sorgst dafür, dass sie uns nicht mehr belästigt?«

»Sie wird bei mir bleiben. Ich werde dafür sorgen«, versprach Alex.

Vorsichtig machte Maria einen weiteren Schritt auf Alex zu. »Wenn du mich reinlegen willst, schwöre ich dir …«

Weiter kam sie nicht. Alex' Arm schnellte zwischen den Gitterstäben hervor. Wie ein Schraubstock legte sich seine Hand um das Handgelenk, mit dem Maria das Messer hielt, und drückte zu. Maria schrie vor Schmerz auf, ließ aber den Griff des Messers nicht los. Alex schlug Marias Hand mehrmals gegen die Eisengitter, bis sie die Waffe fallen ließ. Sein zweiter Arm legte sich um Marias Körper und hob sie an, während sie wie wild schrie und zappelte. Mit einem Tritt stieß sie Isabelles Stuhl um, sodass er umkippte und zu Boden krachte.

Mit zwei Schritten war ich zur Stelle. Eilig zog ich zunächst Isabelle aus der Gefahrenzone und untersuchte sie oberflächlich. Sie schien nicht verletzt zu sein.

»He!«, brüllte Alex, der immer noch mit der strampelnden Maria rang. »Kannst du mir mal helfen?«

Ich sprang auf und ließ meinen Blick suchend durch den Raum schweifen. Da, am Rand des Feuerscheins, entdeckte ich eine Rolle des silbrigen Klebebands, mit dem Maria Isabelle gefesselt hatte. Ich schnappte es mir und zog ein Stück davon ab. Dann trat ich an das Gitter heran. Nach mehreren Anläufen gelang es Alex, einen von Marias Armen so festzuhalten, dass ich ihn an das Gitter fesseln konnte. Anschließend verfuhren wir mit dem zweiten Arm genauso. Danach kamen ihre Beine dran, wobei ich mir mehrere schmerzhafte Tritte einfing. Schlussendlich aber hing Maria wie Jesus am Kreuz mit weit ausgestreckten Armen an dem Eisengitter.

»Lass mich raus hier!«, forderte Alex.

Ich öffnete den Riegel und Alex drückte gegen die Tür. Das Gitter samt der daran gefesselten Maria schwang zur Seite.

Maria hörte unterdessen keinen Augenblick auf, uns wild auf Spanisch anzuschreien. Als Alex in Reichweite kam, spuckte sie nach ihm. Er nahm mir kurzerhand das Klebeband aus der Hand und klebte ihr einen breiten Streifen über den Mund.

Ich hatte mich in der Zwischenzeit neben Isabelle gekniet, die immer noch an den Stuhl gefesselt war. Ihr Puls ging langsam, aber gleichmäßig.

»Und nun zu uns beiden.«

Ich blickte auf, als Alex auf mich zutrat. Marias Messer blitzte in seiner rechten Hand auf.

»Du hast echt eine beschissene Menschenkenntnis!«, knurrte Alex. Dann ließ er sich auf seine Knie nieder und begann, Isabelles Fesseln loszuschneiden.

Ich bemerkte erst jetzt, dass ich die Luft angehalten hatte, und nahm einen tiefen Atemzug.

»Wie konntest du nur glauben, ich könnte Isabelle verletzen?«, fragte Alex. »He?«

»Ich, ich dachte …«, stammelte ich und wusste nicht, was ich sagen sollte.

Alex nickte. »Ja, schon klar. Du siehst einen Kerl mit Tattoos und langen Haaren und glaubst sofort, er wär ein Gewaltverbrecher. Du bist ganz schön oberflächlich, Kleiner.«

»Aber ich dachte … sie hat gerade mit dir Schluss gemacht …«

Alex hatte Isabelle jetzt losgebunden. Vorsichtig legten wir sie auf die Seite und versuchten, es ihr dabei so bequem wie möglich zu machen.

»Maria hat mir die Nachricht durch die Tür durchgeschoben«, erklärte Alex. »Ne beachtliche Leistung übrigens, wenn man bedenkt, dass ich mich vor der Polizei versteckt hab. Sie hat mich gefunden.« Er zuckte mit den Schultern. »Na ja, ich dachte, ein wenig Verstärkung kann nicht schaden, darum hab ich dir die Nachricht vor die Tür gelegt, bevor ich mich auf den Weg gemacht hab.«

»Mir?«, echote ich. »Als Verstärkung?«

»An die Bullen konnte ich mich ja schlecht wenden, oder?«, hielt Alex dagegen. »Und ich dachte mir, wenn du nur halbwegs so tickst wie ich, würdest du alles dafür tun, Isabelle wiederzukriegen.«

»Aber warum hast du mir nicht einfach gesagt, was los ist?«

Alex schnaubte. »Hättest du mir denn geglaubt? Denk mal dran, was du das letzte Mal getan hast, als du mich gesehen hast.«

Ich musste widerstrebend zugeben, dass er recht hatte. Ich war derart fixiert auf Alex gewesen, dass ich gar nicht in Betracht gezogen hatte, dass er unschuldig sein könnte.

»Entschuldigung«, brachte ich schließlich hervor.

Alex winkte ab. »Kannste knicken.« Er sah mich aufmerksam an. »Du holst jetzt die Bullen, oder?«

Ich nickte.

»Dann verschwinde ich jetzt besser«, erwiderte er und wollte aufstehen.

Ich ergriff ihn am Arm. »Warte. Du hast nichts Falsches getan. Du hast Isabelle gerettet. Du hast doch sicher nichts zu befürchten, oder?«

Alex grinste schief. »Es wär ganz toll, wenn du das so zu Protokoll geben könntest, Kleiner. Aber ich hatte schon oft genug mit der hiesigen Polizei zu tun. Es ist besser, wenn die mich erst gar nicht sehen.«

Alex strich Isabelle zärtlich eine Haarsträhne aus dem Gesicht. »Pass gut auf meine Süße auf, klar? Eine Lektion solltest du aus dem Ganzen hier gelernt haben.«

»Welche?«

»Ich lasse es nicht zu, dass ihr jemand was antut«, erwiderte Alex fest. »Niemals. Wenn du sie schlecht behandelst, werde ich irgendwie davon erfahren, darauf kannst du dich verlassen. Und dann werde ich dir die Hölle heiß machen.« Er erhob sich. »Brich du ihr das Herz, dann brech ich dir die Beine.«

Ich runzelte die Stirn. »Der Spruch ist nicht von dir, oder?«

»Nein.« Alex grinste breit. »Aber er klingt gut.« Er drehte sich um und marschierte, ohne sich noch einmal umzudrehen, in die Dunkelheit.

Ich atmete mehrmals tief durch, um mich zu sammeln, ehe ich zum Telefon griff. Da ich Sprachprobleme fürchtete, wählte ich nicht direkt die Notrufnummer, sondern rief stattdessen Claire an.

Sie meldete sich schon nach einer Sekunde. »Marc, Gott sei Dank. Ist alles in Ordnung?«

»Isabelle ist in Sicherheit«, berichtete ich. »Kannst du die Polizei hierher schicken?«

»Habe ich schon«, erwiderte Claire. »Wir haben es einfach nicht mehr ausgehalten. Sie müssten gleich bei dir sein.«

»Gut«, sagte ich. »Und ruf bitte auch einen Notarzt. Isabelle ist bewusstlos.«

Ich legte auf, ohne ihre Antwort abzuwarten. Aus der Ferne hörte ich die Sirenen, die rasch näher kamen. Ich ließ mich nach vorn sinken und lehnte meine Stirn sanft gegen Isabelles blasses Gesicht. Dann ließ ich es zu, dass mir Tränen der Erleichterung über die Wangen rannen und Isabelles regloses, engelsgleiches Gesicht benetzten.

15. Juli

Es ist soweit. Der Kreis schließt sich. Ich spüre, wie sich das Flugzeug unter mir in Bewegung setzt und auf die Startbahn rollt. Gleich wird es abheben und mich zurück nach London bringen, zurück in mein altes Leben. Und damit auch fort von dieser Stadt, dieser Wohnung, diesen Menschen, mit denen ich die glücklichste und gleichzeitig die aufreibendste Zeit meines bisherigen Lebens verbracht habe.

Freue ich mich auf die Rückkehr in mein altes Leben und das Wiedersehen mit Freunden und Kollegen? Oder bedaure ich, dass mein Abenteuer schon vorbei ist?

Beides, schätze ich.

Es war ein seltsames Gefühl, das mich jetzt schon seit einigen Tagen begleitete. Bei allem, was ich tat, musste ich daran denken, dass ich es zum letzten Mal tun konnte. Der Spaziergang an der Strandpromenade, das Sonnenbaden auf der Dachterrasse, das leckere Eis aus der Gelateria gegenüber. Ich habe versucht, jede Erfahrung, die ich mit diesem Ort verbinde, noch einmal bewusst auszukosten und zu genießen.

Als Isabelle dieses Mal aus dem Krankenhaus kam, war ihr nicht nach einer wilden Orgie zumute. Das Wissen, dass sie auf offener Straße entführt und betäubt worden war und zum zweiten Mal in kurzer Zeit nur knapp dem Tod entronnen war, belastete sie natürlich. Dass sie sich dank der K.O.-Tropfen nicht mehr daran erinnerte, was geschehen war, machte das

Vergangene nur vordergründig leichter für sie.

In den folgenden Tagen suchte Isabelle noch mehr als sonst meine Nähe. Wenn wir durch die Stadt wanderten, legte ich stets meinen Arm um sie, wenn wir alle zu Hause um den Tisch beim Essen saßen, nahm sie auf meinem Schoß Platz, und wenn wir zu Bett gingen, schmiegte sie sich unter der Bettdecke an mich.

Natürlich hatten wir Sex. Aber was sie wirklich von mir wollte, wonach sie sich wirklich sehnte, waren nicht Ekstase oder Erregung, sondern körperliche Nähe und Geborgenheit. Ich gab mein Bestes, ihre Bedürfnisse zu erfüllen, und auch Claire und Carmen kümmerten sich rührend um sie. Dabei war uns allen jederzeit die Tatsache nur zu offensichtlich bewusst, dass unsere gemeinsame Zeit dem Ende zuging. Jeder Morgen und jeder Abend brachte unseren Abschied wieder ein großes Stück näher. Wir sprachen mehrmals darüber und ich lud Isabelle ein, mich in London zu besuchen. Nach dem, was ihr in den vergangenen Wochen zugestoßen war, hielt ich es für eine gute Idee, wenn sie für einige Zeit Abstand gewann. Und sechs Wochen Auszeit würden ihr guttun, sagte ich scherzend. Da wüsste ich, wovon ich spräche. Schließlich vereinbarten wir, dass Isabelle in wenigen Wochen nachkommen würde, sobald sie einige Dinge hier geregelt hatte. Ich freue mich jetzt schon darauf, sie wiederzusehen!

Was mich selbst angeht, so beschäftigt mich immer noch die absurde Vorstellung, wie ein harmloser Flirt mit einer schüchternen Studentin derart eskalieren konnte, dass zuletzt sogar Leben auf dem Spiel standen. Die Polizisten hatten uns erklärt, dass Maria schon früher verhaltensauffällig gewesen war und auch in therapeutischer Behandlung, die sie allerdings abgebrochen hatte. Sie war jetzt in eine psychiatrische

Klinik zwangseingewiesen worden, wo die Ärzte beurteilen mussten, ob sie zum Zeitpunkt ihrer Taten zurechnungsfähig gewesen war.

Mir ist bewusst und ich verstehe, dass Maria geistig nicht gesund ist. Aber es erscheint mir ein wenig zu leicht, sie einfach als arme Irre abzutun und damit alles zu erklären. Immer wieder gehe ich in Gedanken meine Gespräche mit Maria durch. Hätte ich es verhindern können? Habe ich das alles verursacht? Was habe ich getan, was habe ich gesagt, dass Maria auf die verrückte Idee gekommen war, ich könnte sie lieben und mein Leben mit ihr verbringen wollen? Ich hätte sie bestimmter abweisen können, von Beginn an, aber hätte das etwas geändert? Ich weiß es nicht.

Was bedeutet das für mich? Muss ich Angst haben, dass ich das nächste Mal, wenn ich ein Mädchen in einer Disco anspreche, sofort eine psychopatische Stalkerin am Hals haben werde?

Ich kann nur hoffen, dass ich mich davon nicht beeinflussen lasse. Ich bin so froh, dass ich durch meine Erfahrungen mit Isabelle, Claire und Carmen neues Selbstbewusstsein gewonnen habe, was Frauen angeht. Das will ich mir durch die negativen Erlebnisse mit Maria nicht wieder kaputtmachen lassen. Also nehme ich mir an dieser Stelle fest vor, gleich nach meiner Rückkehr in London meine neu gewonnene Selbstsicherheit zu üben. Die nächste Frau die mir gefällt, werde ich ansprechen, und ich werde dabei weder rot werden noch mich zum Idioten machen, versprochen!

Die Frage, ob ich mich mit anderen Frauen verabreden, mit anderen Frauen schlafen darf, stellt sich mir nicht mehr. Sexuelle Monogamie ist sicherlich kein Merkmal der einzigartigen Beziehung, die Isabelle und mich verbindet. Völlig egal, mit wie vielen Frauen ich Sex habe, vollkommen egal, mit wie vielen Männern sie Sex hat, wir wissen beide, dass das zwischen uns etwas ganz Besonderes ist.

Ich will nicht unerwähnt lassen, dass ich in der vergangenen Woche natürlich auch mit Carmen und Claire meinen Spaß hatte. Und gegen Mitte der Woche sprach Claire mich darauf an, dass ich ihr noch einen Gefallen schuldete.

»Du hast versprochen, dass du mir jeden Wunsch erfüllst, dafür dass ich Alex abgelenkt habe.«

Ich nickte. »Und dazu stehe ich. Was kann ich für dich tun?«

»Es ist ein sexueller Wunsch«, eröffnete mir Claire. »Etwas, was ich mich bisher noch nie getraut habe.«

Ich muss zugeben, dass das meine Neugier weckte. Welche sexuelle Spielart konnte so ungewöhnlich sein, dass Claire, die immergeile und experimentierfreudige Claire, sie noch nicht ausprobiert hatte?

»Ich finde es etwas peinlich«, fuhr Claire fort, und tatsächlich sah sie das erste Mal, seit ich sie kannte, etwas verlegen aus, »aber ich habe das Gefühl, dass ich dir alles anvertrauen kann.«

Ich nickte. »Das kannst du auch«, versprach ich. »Also, sag schon, was wünscht du dir?«

Sie sagte es mir.

***

An diesem Abend standen wir beide nackt unter der Dusche. Wir umarmten uns zärtlich und küssten uns. Meine Hände zeichneten sanft die Kurven ihres schönen Körpers nach. Als ihre Hand an meinem Bauch nach unten glitt und meinen Schwanz umfassen wollte, hielt ich sie zurück.

»Nicht«, bat ich. »Sonst funktioniert es nicht.«

Claire nickte ernst, schenkte mir einen tiefen Blick aus ihren schwarzen Augen und kniete sich direkt vor mich in die Duschwanne.

»Du bist dir ganz sicher?«, fragte ich.

Claire nickte lächelnd. »Ja, ich will es.« Ihre Augen funkelten mich an. »Pinkel mich voll, mein Hengst!«

Ich konnte ein kurzes Auflachen nicht unterdrücken. »Das hat auch noch niemand zu mir gesagt.«

»Es gibt für alles ein erstes Mal.« Claire öffnete ihren Mund weit und streckte ihre Zunge heraus.

Ich atmete tief durch. Dann nahm ich meinen schlaffen Penis in die Hand, richtete ihn auf Claires erwartungsvolles Gesicht und versuchte, mich zu entspannen. Bei aller sexueller Offenheit war Pinkeln doch etwas, das ich normalerweise allein und ohne fremde Blicke verrichtete – und schon gar nicht zielte ich dabei normalerweise auf einen anderen Menschen.

Den ganzen Nachmittag über hatte ich viel getrunken und den Toilettengang aufgeschoben. Jetzt fühlte ich den Druck, dem ich nur nachzugeben brauchte. Ein kräftiger Strahl schoss aus der Harnröhre und traf Claire geradewegs ins Gesicht. Sie zuckte nicht einen Millimeter weit zurück. Ich senkte den Strahl etwas, sodass er direkt in ihren Mund gerichtet war. Sie nahm die warme Flüssigkeit gierig auf, schluckte einiges davon und ließ den Rest aus ihrem Mund über ihr Kinn laufen. Die letzten Spritzer empfing sie mit ihrer ausgestreckten Zunge.

»Und?«, wollte ich wissen. »Wie schmeckt es?«

»Warm und würzig«, erwiderte Claire.

»Würzig?«, echote ich ungläubig.

Claire nickte. »Ja. Ungewohnt, aber eigentlich gar nicht so schlecht. Willst du auch mal kosten?«

Ich schüttelte rasch den Kopf. »Nein, danke. Manche Grenzen dürfen ruhig bleiben.«

»Spießer.« Claire grinste. Dann beugte sie sich nach vorn, stülpte ihre Lippen um meinen Schwanz und lutschte die letzten Tropfen von der Spitze. Ich spürte, wie sich mein bestes Stück unter ihrer Behandlung rasch erhärtete.

»Nicht so schnell!«, lachte ich. »Ungewaschen lasse ich dich nicht an mich ran.« Ich drehte die Duschbrause auf und ließ Strahlen warmen Wassers auf Claire hinabregnen.

Claire stand auf, ließ sich von mir abduschen und schmiegte sich dann an mich. Ich spürte ihren weichen, warmen Körper an meinem und ihre Lenden, die sich mir erwartungsvoll entgegendrängten.

»Komm, fick mich, mein Hengst«, hauchte sie mir ins Ohr. »Fick mich noch ein letztes Mal und dann spritz deinen Saft in meinen Mund. Der schmeckt nämlich noch viel, viel besser!«

***

Ich werde Claire und ihren nimmersatten Mund vermissen, ihre Cappuccinohaut und ihren perfekten Modelkörper. Ich werde auch die zärtliche Carmen vermissen, die mich gelehrt hat, dass es mehr als zwei Geschlechter gibt und dass hetero- und homosexuell Schubladen sind, in die wir uns nicht pressen lassen sollten. Aber vor allen Dingen werde ich Isabelle vermissen, meine wunderschöne, engelsgleiche Isabelle. Was heißt hier: ich werde. Es ist noch nicht einmal eine Stunde her, dass ich mich von ihr in der Abflughalle des Flughafens verabschiedet habe, und ich vermisse sie jetzt schon!

Aber ich weiß, dass ich sie wiedersehen werde. Bald wird sie zu mir nach London kommen, und dann kann ich ihr meine Stadt zeigen.

Die nächsten sechs Sexwochen verbringen wir in London!

Am frühen Morgen

Doktor Victoria Summer schloss das Tagebuch und lehnte sich auf ihrem Bürostuhl zurück. Sie brauchte in keinen Spiegel zu sehen, um zu wissen, dass ihre Wangen gerötet und ihr Haar zerzaust waren. Dieser Marc! Sie hatte ja in ihrer Jugend selbst so einiges ausprobiert, aber das, was sie in den letzten Tagen gelesen hatte, hatte ihr mehr als einmal die Schamesröte ins Gesicht getrieben. *Aber noch viel öfter,* dachte sie lächelnd, *ist die Röte doch eher ein Zeichen körperlicher Anstrengung gewesen.*

Ihr Blick glitt zu der geöffneten Schublade, in der ihr kleiner Vibrator lag – ihr bester Freund während der vergangenen Tage. Sie hatte sich in dieser Woche häufiger selbstbefriedigt, als sonst in mehreren Monaten. Und sie spürte, wie ihre Möse schon wieder juckte. Natürlich war all das kein wirklicher Ersatz für einen Mann. Victoria überlegte, wie lange es wohl her sein mochte, dass sie das letzte Mal mit einem Mann geschlafen hatte. Es fühlte sich an, als wäre es Jahre her. Große Güte, konnte es tatsächlich schon Jahre her sein? Wenn sie ehrlich war, erinnerte sie sich nicht mehr. Ihre letzte feste Beziehung war jedenfalls schon beinahe sechs Jahre her. Sie war so mit ihrer Karriere und ihren Patienten beschäftigt, dass kaum Zeit geblieben war, Kontakte zu knüpfen. Sie, die ihren Patienten versuchte beizubringen, wie sie Berufs- und Sozialleben in Einklang bringen konnten, hatte selbst kläglich darin versagt. Sie sehnte sich nach den Berührungen eines Mannes, an den Geruch, die Ekstase.

Ach, sprich es doch wenigstens in Gedanken aus, schalt sie sich selbst. *Du sehnst dich danach, gefickt zu werden! Du willst es mal wieder richtig besorgt bekommen, das ist es!*

Sie schrak aus ihren Gedanken auf, als es an der Praxistür läutete. War es schon so spät? Sie blickte auf die Uhr. Tatsächlich. Marc Turner, der Urheber dieses Tagebuchs, das ihr so viel Lust bereitet hatte, stand vor der Tür und wartete auf den letzten Termin seiner Therapie. Warum hatte sie nur das Gefühl, dass sie eine Therapie nötiger hatte als er?

Victoria stand auf, ging zur Tür und öffnete sie. »Guten Morgen, Marc.«

»Guten Morgen, Miss Summer«, antwortete Marc höflich.

Victoria musterte ihren Besucher. Er war braungebrannt aus seinem Spanienaufenthalt heimgekehrt. Die dunkle Haut seines markanten Gesichts stand in einem angenehmen Kontrast zu seinen schönen graublauen Augen. Er war so jung und dabei so männlich. Es war kein Wunder, dass die jungen Frauen auf ihn standen. Wenn er sich die Ereignisse aus seinem Tagebuch nicht frei ausgedacht hatte, musste Marc zudem ein ausgesprochen guter Liebhaber sein: erfahren, zärtlich, leidenschaftlich und ausdauernd.

Sie zwang sich, diese Gedanken beiseitezuschieben. Er war ihr Patient und damit verbot sich jeder Annäherungsversuch. *Wenn du Notstand hast, reiß dir einen Mann im nächsten Pub auf!*

Victoria bot Marc einen Sitzplatz auf einem der beiden Sessel an und nahm dann auf dem Sessel gegenüber Platz. Dabei schlug sie ihre Beine aufreizend langsam übereinander. Sie wusste, dass der knappe Rock über ihren halterlosen Strümpfen dabei kurzzeitig den direkten Blick zwischen ihren Beinen freigab. Wenn sie ganz ehrlich zu sich selbst war, musste sie zugeben, dass genau das der Grund war, warum sie den

Rock heute angezogen hatte. *Du hast es wirklich nötig, oder?*

Victoria und Marc sprachen zunächst einige Minuten lang darüber, was Marc diese Woche erlebt hatte, ehe sie zu dem Thema kam, das sie eigentlich interessierte. Sie stand auf, holte das Tagebuch und legte es auf ihre Knie, als sie sich wieder setzte.

»Vielen Dank für die spannende Lektüre«, sagte sie.

Marc lächelte. »Hat es Ihnen gefallen?«

»Es war …«, Victoria unterbrach sich auf der Suche nach dem richtigen Wort, »… lehrreich.«

»Das freut mich«, antwortete Marc unverbindlich.

Victoria beugte sich nach vorn. Der oberste Knopf ihrer Bluse war aufgeknöpft und gewährte dabei einen tieferen Einblick in ihren Ausschnitt als es für eine professionelle Geschäftsfrau schicklich war. »Was mich besonders interessiert«, sagte sie langsam, »ist deine Beschreibung deines ersten Mals.«

Marc nickte wissend. »Wahrscheinlich fanden Sie es ungewöhnlich, dass ich so spät dran war.«

Victoria nickte. »Das und dass du dir ausgerechnet eine so reife Frau ausgesucht hast.«

Marc grinste schief. »Es war ja eher so, dass sie mich ausgesucht hat.«

Victoria ließ bei diesem Punkt nicht locker. »Aber fandest du sie denn nicht zu alt für dich?«

»Nein«, erwiderte Marc. »Ich finde, das Alter spielt keine große Rolle. Die Chemie muss einfach stimmen, und das geht bei einem großen Altersunterschied ebenso wie bei einem kleinen.«

»Hattest du denn seitdem noch öfter Kontakt zu reiferen Frauen?«, fragte Victoria neugierig.

Marc schüttelte den Kopf. »Leider nicht. Aber ich hätte gern.«

Victoria hob überrascht ihre Augenbrauen. »Und warum, wenn ich fragen darf?«

»Sie sind erfahrener und wissen, was sie wollen«, antwortete Marc ohne zu Zögern. Es schien ihm keinerlei Probleme zu bereiten, frei über seine Vorlieben zu sprechen. »Sie haben Lebenserfahrung. Und man sieht ihnen an, dass sie echte Frauen sind. Keine Mädchen.«

Victoria rückte ein Stück näher an ihren Patienten heran. Ihre Knie berührten sich kurz. Victoria wollte sich schon dafür entschuldigen, doch Marc zuckte nicht zurück, sondern lächelte sie nur an.

»Es gibt eine Theorie, wonach die ersten Erfahrungen, die wir auf einem Gebiet machen, uns für unser ganzes Leben prägen«, erklärte Victoria. »Vielleicht fühlst du dich zu Frauen hingezogen, die der Mutter deines Freundes ähnlich sind.«

Marc musterte sie eindringlich. »Sie erinnern mich sehr an sie.«

Victoria spürte, wie sie rot wurde.

»Ich stehe auf rote Haare«, erklärte Marc.

Unwillkürlich griff Victoria sich an ihre feuerrote Mähne. Für gewöhnlich trug sie ihr Haar zu einer strengen Frisur geflochten, doch heute fiel es offen auf ihre Schultern.

»Ich mag schöne, volle Lippen«, fuhr Marc fort. »Und volle Brüste. So wie Ihre, Miss Summer.«

Sein Tonfall blieb freundlich und geradezu sachlich, aber dennoch konnte Victoria nicht ruhig bleiben. Sie stand abrupt auf und ging zu ihrem Schreibtisch. Während sie so tat, als würde sie etwas suchen, hörte sie, wie Marc hinter sie trat.

»Habe ich etwas Falsches gesagt?«, fragte er besorgt.

Sie drehte sich zu ihm um. Er stand direkt vor ihr, näher, als es ihr für gewöhnlich bei einem Fremden angenehm war.

Doch jetzt ertappte sie sich dabei, wie sie den Blick aus seinen blauen Augen genoss und den dezenten, männlichen Duft seines Körpers einsog.

Sie merkte, dass er immer noch auf eine Antwort seiner letzten Frage wartete. »Nein«, sagte sie schließlich.

»Ich habe Ihnen nie gesagt, wie attraktiv ich Sie finde«, fuhr Marc unerbittlich fort. »Ich habe mich nicht getraut. Aber jetzt traue ich mich.«

Victoria wollte einen Schritt zurückweichen, doch sie stieß an die Schreibtischkante. »Es freut mich natürlich, aber ein solches Gespräch ist doch unangemessen.«

»Aber warum denn?«, wollte Marc neugierig wissen.

»Ich … ich finde, dass du auch sehr attraktiv bist …«, setzte Victoria an.

»Danke«, unterbrach Marc.

»Aber ich bin deine Therapeutin. Unsere Beziehung muss rein professionell bleiben.«

Marc warf einen Blick auf seine Uhr. »Also wenn mich nicht alles täuscht, ist eben unsere letzte Sitzung zu Ende gegangen. Das heißt doch, wir sind nur noch zwei erwachsene Menschen, die tun dürfen, was immer sie wollen. Oder nicht?«

Victoria nickte widerstrebend. »Ich denke schon.«

»Gut«, sagte Marc schlicht und beugte sich vor. Victoria lehnte sich unwillkürlich zurück, aber der Schreibtisch schränkte ihre Ausweichmöglichkeiten ein. Seine Lippen kamen näher, leicht geöffnet, er neigte den Kopf, und plötzlich wünschte sie sich nichts sehnlicher, als sie zu berühren.

Er presste seine Lippen auf ihre und sie gestattete sich, in seinem Kuss zu versinken. Er legte eine Hand um ihren Kopf und zog ihn näher zu sich heran, während seine Zunge sich zwischen ihre Lippen schob und ihren Mund eroberte.

Ja, genau das war es, was sie sich gewünscht hatte! Das war es, was sie vermisst, wonach sie sich gesehnt hatte, während sie in Marcs Tagebuch gelesen hatte. Sie fühlte seine Hand, die einen Knopf ihrer Bluse nach dem anderen aufknöpfte und ihre prallen Brüste freilegte, die ihren schwarzen BH voll ausfüllten. Sie roch seinen markant herben Duft, sie spürte seine weichen Lippen und seine flinke Zunge, die bestimmt in ihren Mund eindrang und mit ihrer eigenen Zunge spielte.

Victoria zog Marc das Shirt über den Kopf, während er ihr die Bluse ganz abstreifte. Sie strich bewundernd über seinen nackten Oberkörper, über die breite, starke Brust, über den Bauch mit den fein definierten Muskeln. Er griff hinter sie, öffnete ihren BH und befreite ihre Brüste. Seine Lippen küssten zärtlich ihren Hals, folgten den Rundungen ihrer Brüste und saugten dann an ihren hart abstehenden Nippeln.

Mit einer Hand ertastete Marc den seitlichen Reißverschluss ihres Rockes, zog ihn auf und ließ den Rock zu Boden gleiten. Jetzt stand sie nur noch mit ihren Strümpfen und dem schwarzen Slip vor ihm. Er presste sich an sie, während er sie küsste, umfasste ihre Pobacken und hob sie auf die Schreibtischkante. Sanft drückte er ihren Oberkörper nach hinten, bis sie auf die Ellenbogen gestützt rücklings auf der Tischplatte lag. Dass sie dabei ihre gesamten Unterlagen vom Tisch fegte, war ihr in diesem Moment völlig egal.

Marc kniete sich vor sie, streifte ihr den Slip ab und legte ihre Schenkel auf seine Schultern. Dann ließ er seine Zunge spielen. Victoria konnte ein lautes Stöhnen nicht unterdrücken. Oh, wie lange war es her, dass sie das zuletzt gefühlt hatte! Diese Zunge war besser als jeder Vibrator, den sie als erbärmlichen Ersatz verwenden konnte! Der junge Mann wusste genau, was er tat. Er leckte über ihre zuckende Spalte, nahm dann ihre geschwollene Klitoris zwischen seine Lippen und begann, daran zu saugen. Victoria stöhnte laut und wild, als seine Zunge in einem immer schnelleren Takt gegen ihren Kitzler trällerte. Victoria war derart erregt, dass sie bereits nach wenigen Minuten mit einem spitzen Lustschrei zu ihrem ersten Orgasmus kam.

Atemlos richtete sie sich wieder in eine sitzende Position auf, legte eine Hand um seinen Kopf und küsste ihn leidenschaftlich. Mit der anderen Hand versuchte sie ungeschickt, seinen Gürtel zu öffnen. Er half ihr und nach wenigen Augenblicken fielen seine Shorts zu Boden, direkt gefolgt von seinem Slip. Sein harter, voll erigierter Schwanz federte ihr entgegen. Victoria betrachtete Marcs Männlichkeit beeindruckt. Er hatte geschrieben, dass er gut ausgestattet war, und das war keinesfalls übertrieben. Sie umfasste seinen Schaft mit festem Griff und fuhr mit der Hand einige Male auf und ab. Es fühlte sich absolut großartig an, endlich wieder mal einen Schwanz in der Hand zu halten, einen richtigen, großen, harten Schwanz!

Sie rutschte von der Tischkante, ließ sich auf die Knie nieder und glitt mit ihrer Zungenspitze einmal seinen gesamten Schaft entlang. Dann stülpte sie ihre Lippen über seine Spitze und ließ seinen Riemen zur Hälfte in ihrem Mund verschwinden. Sie genoss seinen Geschmack, das Gefühl seines zuckenden Fleisches in ihrem Mund, sein erregtes Stöhnen, als sie leidenschaftlich seinen Schwanz lutschte. Sie hätte ewig so weitermachen können, doch noch mehr wollte sie seinen Schwanz tief in sich spüren, wollte endlich gefüllt, endlich wieder gefickt werden. Also stand sie auf, drehte sich um und lehnte ihren Oberkörper weiter über ihren Schreibtisch.

Hinter ihr bückte sich Marc kurz, um in seiner Hosentasche zu kramen, dann raschelte eine Kondomverpackung. Kurz darauf trat Marc hinter Victoria und sie spürte seinen starken Körper, der sich an ihren Po presste. Sein Schwanz bohrte sich wie ein Speer in ihre klatschnasse, erregte Spalte. Victoria stöhnte laut auf.

»Ja! Oh Gott, ja!«, brach es aus ihr heraus. »Ich brauche es so sehr! Fick mich!«

Es war wie eine Naturgewalt, die über sie kam. Marc stieß sie hart und fest. Sein großer, harter Schwanz füllte ihre verwaiste Fotze vollkommen aus. Sein jugendlicher Körper beherrschte sie, seine Kraft überwältigte sie. Unermüdlich fickte er sie, trieb sie von einem ekstatischen Orgasmus zum nächsten, besorgte es ihr von hinten und von vorn, im Stehen und im Liegen, auf dem Schreibtisch, auf dem Sessel, schließlich auf dem Teppich. Es fühlte sich an, als würde es Stunden dauern, und es war ihr egal, dass währenddessen Patienten kamen, an der Tür läuteten, vergeblich warteten und unverrichteter Dinge wieder abzogen. Sie ließ sich mitreißen von dem Strudel wilder Leidenschaft, die ihr jugendlicher Liebhaber entfachte, kostete jeden Stoß, jede Berührung, jeden neuen Höhepunkt aus, bis Marc schließlich tief in ihr explodierte und vollkommen erschöpft über ihr zusammenbrach.

Während sie so auf dem Teppich ihres Büros lag und den schwer atmenden Körper auf sich ruhen spürte, beschloss sie, ihr Leben zu ändern. Nie wieder wollte sie dieses Feuer, diese Leidenschaft vermissen!

»Ich glaube«, sagte sie heiser in die atemlose Stille hinein, »es besteht noch dringender Gesprächsbedarf. Was hältst du von Privatstunden, in denen wir deine Probleme erörtern können?«

»Wann immer es Ihnen passt, Miss Summer«, antwortete Marc keuchend. »Jederzeit.«

Jederzeit, dachte Victoria und grinste. Das war ein Mann nach ihrem Geschmack!